U0612280

國家社科基金重大項目“東亞楚辭文獻的發掘、整理與研究”（編號：13&ZD112）
江蘇省第十六批“六大人才高峰”高層次人才項目“楚辭新證”（編號：JY-077）

東亞楚辭整理與研究叢書　主　編/周建忠

楚辭疏

[明] 陸時雍　撰
張學城　薄迎迎　點校

南京大學出版社

圖書在版編目(CIP)數據

楚辭疏 /（明）陸時雍撰;張學城,薄迎迎點校.
—南京：南京大學出版社，2019.11
（東亞楚辭整理與研究叢書 / 周建忠主編）
ISBN 978 - 7 - 305 - 17925 - 9

Ⅰ. ①楚… Ⅱ. ①陸… ②張… ③薄… Ⅲ. ①楚辭研究 Ⅳ. ①I207.223

中國版本圖書館 CIP 數據核字(2019)第 249352 號

出版發行 南京大學出版社
社　　址 南京市漢口路 22 號　　郵　編 210093
出 版 人 金鑫榮

叢 書 名 東亞楚辭整理與研究叢書
主　　編 周建忠
書　　名 楚辭疏
撰　　者 ［明］陸時雍
點　　校 張學城　薄迎迎
責任編輯 劉　丹　石　旻
責任校對 曾小敏

照　　排 南京紫藤製版印務中心
印　　刷 江蘇蘇中印刷有限公司
開　　本 880×1230　1/32　印張 10.125　字數 246 千
版　　次 2019 年 11 月第 1 版　2019 年 11 月第 1 次印刷
ISBN 978 - 7 - 305 - 17925 - 9
定　　價 60.00 圓

網址:http://www.njupco.com
官方微博:http://weibo.com/njupco
官方微信號:njupress
銷售諮詢熱綫:(025)83594756

東亞楚辭文獻研究的歷史和前景
——國家社科基金重大項目開題報告

周建忠

文化是民族的血脈，是人民的精神家園。中國優秀的歷史文化在中國特色社會主義事業和實現中華民族偉大復興的中國夢中，佔有十分重要的地位，具有很大作用。以屈原辭賦爲傑出代表的楚辭，是中華民族優秀傳統文化中一份極爲豐厚、極其珍貴的遺産，對中國社會發展和世界文明進步，産生過巨大影響。屈原是中國的，亦是世界的，其偉大的人格曾在東亞歷史上影響過一大批學者和仁人志士，成爲人類崇高精神的符號。爲了深入推進楚辭研究，在更高的學術平臺對其全面探索，同時積極回應國家新時期的文化戰略，充分體現“走出去”與“請進來”的學術思想，提升國際學術交流品質和水準，增强中國學術的國際影響力，我們將受楚辭文化影響較深的整個東亞作爲研究的新視域，力求採用新的模式、新的方法，對日本、韓國、朝鮮、越南、蒙古等國的楚辭文獻進行全面發掘、整理和研究，通過構建新的文獻基礎，進一步挖掘與弘揚中國優秀傳統文化，推進楚辭研究全面發展。

一、 楚辭文獻研究的學術史梳理

楚辭在古代就流傳到朝鮮、日本和越南等國，在地緣文化相近的東亞國家甚爲歷代學人所珍視，因此東亞的楚辭文獻也極其豐富。

《楚辭》最遲在公元 703 年已經傳入日本，這在奈良時代正倉院文書《寫書雜用帳》中有明確記載。到 9 世紀末，藤原佐世奉詔編纂《日本國見在書目録》。這是日本現存最早的一部敕編漢籍目録，著録有關《楚辭》的著作共有六種，其中《楚辭集音》注明“新撰”，可見此時的日本學者在接受、傳播楚辭文本的同時，已經開始從事對楚辭的研究工作。據日本學者石川三佐男先生統計，江户時期與《楚辭》相關的漢籍“重刊本”及“和刻本”達七十多種。

近代以來，日本也出現了爲數頗多的譯注和論著。代表性的楚辭譯注有：橋本循《譯注楚辭》(東京岩波書店，1941)，目加田誠《楚辭譯注》(東京龍溪書社，1983)，牧角悦子、福島吉彦《詩經 · 楚辭》(東京角川書店，1989)等。相關論著有藤野岩友《巫系文學小考：楚辭を中心として》(1950)、赤塚忠《楚辭研究》(東京研文社，1986)。日本當代著名楚辭學者竹治貞夫不僅撰寫了《憂國詩人屈原》，編了《楚辭索引》，還出版了分量很重的論文集《楚辭研究》，集中闡述了他對楚辭的一系列精闢見解。

高麗王朝時期，騷體文學盛行一時。當時有很多文人模倣楚辭創作辭賦，圃隱鄭夢周《思美人辭》就是一首騷體詩歌。朝鮮王朝時期掀起了一股研讀楚辭的熱潮，當時著名詩人金時習曾模擬《離騷》寫了《擬離騷》《弔湘纍》《汨羅淵》，以此來諷刺當朝的奸佞之臣。

韓國的代表性楚辭譯本有：宋貞姬《楚辭》(韓國自由教養推進會，1969)、高銀《楚辭》(民音社，1975)等。相關論著有柳晟俊《楚辭選注》(螢雪出版社，1989)、《楚辭與巫術》(신아사，2001)等。在論文方面，范善君博士論文《屈原研究》、宣釘奎博士論文《楚辭神話研究》、朴永焕《當代韓國楚辭學研究的現況和展望》、朴承姬

《15 世紀朝鮮朝文人楚辭接受研究》影響較大。

據初步調查，越南和蒙古亦存有楚辭文獻，有待發掘與研究。

楚辭在東亞的廣泛傳播及興盛研究也引起了國内學者的高度重視。1949 年後，越來越多的國内學者開始研究楚辭在東亞的傳播和研究情況。如：聞宥《屈原作品在國外》（《光明日報》，1953 年 6 月 13 日）、尹錫康、周發祥等主編《楚辭資料海外編》（湖北人民出版社，1986）是對海外楚辭學術史綜合研究的著作。國内學者對日本楚辭學研究的主要成果有：崔富章論文《十世紀以前的楚辭傳播》《大阪大學藏楚辭類稿本、稀見本經眼録》《西村時彦對楚辭學的貢獻》，王海遠論文《論日本古代的楚辭研究》《日本近代〈楚辭〉研究述評》等。在韓國楚辭學研究方面，徐毅、劉婧《楚辭在東國的傳播與接受》、鄭日男《楚辭與朝鮮古代文學之關聯研究》、琴知雅《歷代朝鮮士人對楚辭的接受及漢文學的展開》等都是比較有影響的學術論著。

近年來，南通大學楚辭研究中心將研究重點轉向東亞楚辭文獻的挖掘、整理和研究。筆者先後赴日本、韓國訪問調研，搜集到數百種楚辭文獻，並形成論文《大阪大學藏“楚辭百種”考論》《屈原的人格魅力與中國的端午情結》。中心特聘研究員兼學術委員會副主任徐志嘯也數次赴日本考察，並於 2003 年主持國家社科基金項目“日本楚辭研究論綱”，出版著作《日本楚辭研究論綱》（學苑出版社，2004），發表學術論文《中日文化交流背景及日本早期的楚辭研究》《竹治貞夫對楚辭學的貢獻》《赤塚忠的楚辭研究》《星川清孝的楚辭研究》《中日現代楚辭研究比較》等。中心特聘研究員兼學術委員會副主任朴永煥現任韓國東國大學中文系教授，長期致力於韓國楚辭文獻的搜集整理和研究，取得的代表性成果有：專著《文化韓流與中國、日本》（韓國東國大學出版社，2008）、《宋代楚辭學研究》（北京大學 1996 年博士學位論文），論文《洪興祖的屈騷觀研究》《當代韓國楚辭學研究的現況和展望》《韓國端午的特徵與韓中端午申遺後的文化反思》等。中心成員徐毅博士曾任韓國高麗大學訪問學者，千金梅博士先後獲得韓國延世大學文學碩士學位和文學博士學位，賈捷博士由國家留學基金委公派至韓國延世大學攻讀博士學位，他們都曾長期在韓國從事東亞楚辭文獻的搜集和整理工作。中心成員陳亮博士在英國倫敦大學亞非學院攻讀聯合培養博士項目期間，調查了東亞楚辭文獻在歐美傳播的版本情況。

本課題組所調查的東亞楚辭文獻共包括以下五種情況：其一，中國出版，東亞其他國家亦有收藏的楚辭學文獻；其二，中國出版，但在中國已失傳，僅存於東亞其他國家的楚辭學珍本；其三，東亞其他國家的刻本、抄本；其四，東亞其他國家出版的該國學者楚辭研究著作；其五，中國出版的東亞其他國家楚辭學著作。

據初步調查統計，日本現存的楚辭學文獻共有 313 種，其中中國版本 228 種（其中僅存於日本者 10 種）、日本和刻本 47 種、日本出版本國學者的研究著作 38 種，期刊論文 291 篇，學位論文 18 篇。韓國楚辭學文獻 406 種，其中中國版本 204 種、朝鮮版本 178 種（抄本 117 種、木刻本 23 種、木活字本 19 種、金屬活字本 19 種）。韓國出版楚辭學著作 24 種，期刊論文 122 篇，學位論文 26 篇。越南楚辭學文獻 37 種。蒙古楚辭學文獻 12 種。

總之，楚辭流傳兩千餘年，文獻研究與之相始終。兩千多年的楚辭文獻研究在文本的輯録、校注、音義、論評、考證、圖繪、紹述等方面都取得了令人矚目的成就，新時期的多學科綜合研究也有了一定的學術積澱。這都爲我們在東亞文化圈内對楚辭文獻進行更深層次的挖掘、整理和研究搭建了一個很好的學術平臺，奠定了堅實的學術基礎。就東亞楚辭文獻研究而言，已有的相關研究存在以下不足：(1) 以往的研究往往側重於楚辭文獻的某一個方面，呈現出零碎、分散、粗淺的狀態，缺乏全面性和系統性；(2) 對東亞楚辭文獻發掘不夠深入，對一些楚辭文獻的孤本、善本和同一著作的不同版本的發掘亦嫌不足；(3) 除中國外，東亞楚辭文獻整理和研究欠缺，日本、韓國、朝鮮有所涉及，越南、蒙古等國文獻研究幾乎還是空白。由此可見，東亞楚辭文獻有著廣闊的再研究空間，如對東亞楚辭文獻進一步調查、搜集、挖掘、整理，並精選珍本重新點校，對重要批評資料進行彙集和品評，對代表性楚辭著作進行統計、標引、著録、提要，對楚辭文獻按類别進行學術史梳理，構建東亞楚辭文獻語料庫和注釋知識庫，等等。因此，對整個東亞文化圈内的楚辭文獻進行系統全面的整理和研究有十分重要的學術史和文化史意義。

二、東亞楚辭文獻研究的意義

（一）學術價值

第一，文本價值。本課題發掘、考釋中國散佚的、留存在東亞其他國家的楚辭版本，彙集日、韓、朝、越、蒙等東亞國家的楚辭注本及批評資料等，所收作品不僅有楚辭文本，還有作家的注釋、研究、品評、鑒賞、考證等，所採版本涉及中國刻本、和刻本、朝鮮本、越南本、翻刻本，以及稀見的抄本等。課題預期成果，較之已有的楚辭彙編類學術著作規模更爲宏大，搜羅更爲廣泛，研究更爲深入，具有集大成的價值。

第二，文化傳播學價值。搜集整理東傳楚辭文獻，可借以了解古代東亞文化的交通，探尋文化交流可能的策略，增進相互理解，推進文化互信和繁榮。如 1972 年中日恢復邦交，日本首相田中角榮訪華，毛澤東主席將《楚辭集注》作爲國禮贈送。本選題作爲一種全新的楚辭研究方法的嘗試，旨在於整個漢文化圈大背景下對楚辭學進行重新審視與定位，以期客觀探索屈原及楚辭對世界文學的影響。同時，研究成果也爲今後將中華文化更有效地推廣到世界提供經驗借鑒。

第三，闡釋學價值。東亞楚辭文獻的詮釋傳統和話語模式可以不斷强化楚辭的經典地位。以文獻來源爲架構梳理東亞歷代楚辭學文獻，揭示楚辭研究可能涵蓋的領域，可以幫助我們理解不同歷史階段知識、觀念狀況與經典的互動，理解文獻的構成、話語方式、體制特徵，進而準確地描述出經典生成的原理和發展脈絡。

（二）應用價值

第一，爲楚辭研究提供新材料、新思路、新方法，爲以後的深入研究提供更高的學術平臺。正如傅斯年所言，海外學者"做學問不是去讀書，是動手動脚到處尋找新材料，隨時擴大舊範圍，所以這學問才有四方的發展，向上的增高。……我們很想借幾個不陳的工具，處治些新獲見的材料"。

第二，對楚辭教學亦有重要意義。楚辭研究的視域超越了一鄉一國而擴大到整個漢文化圈，其所得出的結論自然不同凡響，這將有利於釐正以往的偏頗結論，更好地還原楚辭在東亞文化圈中的作用與影響。同時，亦能更好地引導學生採用新鮮的學術方法與學術理念去觀照中國傳統文化。

第三，東亞楚辭資料庫的系統構建。一是基於全面的資料；二是充分利用現代信息技術的優勢，從而有利於楚辭研究的深入，並極大地促進作爲中華文化精華之一的楚辭的普及。

（三）社會意義

第一，珍視人類文明重要遺産並擴大中華傳統文化的世界影響力。屈原是中國的，亦是世界的，其偉大的人格曾在東亞歷史上影響過一大批學者和仁人志士，成爲人類崇高精神的符號。因而，對於載録其精神的文本文獻和研究文獻，我們應懷有强烈的歷史使命感去進行搶救性的發掘和整理，從而有利於中華優秀傳統文化的世界流傳，並强有力地呈現屈原對世界文化的貢獻。

第二，激發國人對中華傳統文化的自豪感，增强民族自信。東亞楚辭文獻不只是中國典籍的域外延伸，不只是本土文化在域外的局部性呈現，不只是“吾國之舊籍”的補充增益，它們是漢文化之林的獨特品種，是作爲中國文化的對話者、比較者和批判者的“異域之眼”而存在的。本課題以東亞楚辭文獻爲側重點，能够更爲客觀、翔實地展現屈原及楚辭在東亞文化中的地位和影響，從而進一步增强我們的民族自豪感，以期爲中華民族在傳統文化基礎上實現“中國夢”培育更强有力的民族自信。

第三，增强中華文化的軟實力，掌握跨文化交流中的學術話語權。屈原及楚辭對東亞文化的發展做出過重要貢獻是不爭的事實，本課題作爲集合性、綜合性、實證性的研究，以無可置疑、有理有據的成果，建立起與世界對話的平臺，從而掌握國際學術交流的主動權、主導權，實實在在推進中國學術的國際化進程。

三、總體框架

（一）總體問題、研究對象和主要内容

本課題所説的東亞更傾向於一個文化概念，主要包括日本、韓

國、朝鮮、蒙古與越南等古代以中國爲中心的漢文化圈。本課題研究的總體方向就是對東亞地區楚辭文獻做綜合性的搜集、整理與研究。研究對象就是東亞各國現有的與楚辭有關的文獻，如歷代楚辭的注本及其不同版本、楚辭圖譜、研究評論與學術劄記等。研究的主要内容包括在調查並摸清東亞各國現藏楚辭文獻的數量、藏地、版本特點的基礎上，對東亞地區的楚辭文獻做系統性的研究，涉及編纂書目、撰寫提要、點校、影印等文獻整理工作；以專題形式對楚辭文獻在東亞的傳播與影響做系統的研究；進行東亞楚辭文獻的資料庫建設等應用性研究。

（二）總體框架和子課題構成

課題的總體目標是對東亞地區的楚辭文獻做綜合性的整理與研究，子課題按照"文本""研究""應用"的原則對總課題進行分解：

子課題之一"東亞楚辭文獻總目提要"，將東亞地區各國所藏的楚辭文獻書目編成"東亞楚辭文獻知見書目"，内容包括書名、卷數、撰者、撰作方式、版本、存佚、叢書項等基本信息，爭取將東亞地區目前可見的所有的有關楚辭學的注釋、考證、評點、圖譜與研究等方面的著作全部收入，以"總書目"的面貌出現，以"知見書目"爲基礎，選取其中有代表性的著作撰寫提要。

子課題之二"東亞楚辭文獻選刊"，主要針對東亞地區各國所藏重要的楚辭文獻的注本、音義、考證、圖譜、劄記等著作，對東亞楚辭文獻進行分類整理。精選東亞地區稀見的楚辭版本予以影印，對目前尚未有點校本的楚辭文獻予以點校，精選外文楚辭研究著作翻譯成中文。影印、點校、譯介形成系列成果。

子課題之三 "東亞楚辭學研究集萃"，擬對東亞漢籍中的楚辭批評資料及東亞楚辭研究論文進行整理研究。一是對東亞各國的楚辭研究資料進行全面彙編。二是對楚辭研究的學術論文進行全面收集，編訂目録索引。精選重要的楚辭研究論文撰寫提要，展現東亞楚辭研究的趨勢和流變。三是甄選有代表性的東亞楚辭研究論文，評騭得失，編訂出版。

子課題之四"東亞楚辭學研究叢書"，研究楚辭在東亞地區的傳播及其對東亞文化的影響。對楚辭作家中的"專人"（屈原、宋玉、賈誼等）進行評價與研究，對東亞各國學者翻譯、介紹楚辭作品中的"專篇"（如《離騷》《九歌》《天問》《九章》《九辯》等）進行研究，對東亞各國藏楚辭注本中"專書"（如《楚辭補注》《楚辭集注》《楚辭韻讀》等）的收藏、翻刻與流傳等進行研究，對楚辭史上的熱點"專題"（屈原生平、端午風俗與韓國江陵端午祭等）等進行研究。

子課題之五"東亞楚辭文獻資料庫建設及應用研究"，利用現代信息技術手段，將東亞楚辭文獻進行數字化加工處理，既有利於東亞楚辭文獻的永久保存，有利於楚辭文獻的便捷傳播，也有利於學者的深入研究與利用，有利於普通受衆學習楚辭、了解楚辭。開發東亞楚辭文獻系列資料庫、語料庫和注釋知識庫、智能檢索系統，以滿足不同使用者的學習和研究需求。這些研究成果將以東亞楚辭文獻網絡資料庫和智能檢索平臺的形式展現。

四、預期目標

（一）本課題研究將達到"構建平臺，承前啟後"的學術目標。構建一個包括東亞地區楚辭文獻的整理、學術研究、語義化智能檢索在内的研究平臺。這個研究平臺將發揮承前啟後的作用，既對此前東亞楚辭研究做一個系統的總結，也爲後來的楚辭研究者以這個平臺爲基礎將楚辭研究繼續推向深入提供助力。

（二）學科建設發展上的預期目標。爲楚辭學研究建立一個全新的研究模式，這個模式是包括中國文學、中國歷史、語言學、圖書館情報與文獻學等在内的跨學科的綜合研究模式。這個模式可以爲詩經學、唐詩學等文學研究提供借鑒。

（三）資料文獻發現利用上的預期目標。調查並披露一批楚辭文獻的稀見版本，將結集出版系列點校本，系統推出楚辭各相關領域的研究史，公布東亞楚辭文獻的資料庫和注釋知識庫。這些預期成果都將爲中國古代文學與文化的研究提供重要的基礎文本與研究資料。

五、研究思路、視角和路徑

（一）總體思路

第一，在對國内楚辭研究充分把握、對國内外楚辭文本全面比對的基礎上，對流傳在東亞地區的楚辭的珍本、稀見本等進行搶救性發掘和整理，以期更好地保存中華優秀傳統文化。第二，對東亞的楚辭學成果進行全面調查和研究，探尋楚辭作爲中華精華文化在東亞得以流傳的原因等，從而更爲客觀地描述中華文化對東亞文明的貢獻，喚起國人更强的民族自豪感，進一步加强國人把優秀文化傳承下去的責任感。第三，對楚辭文獻進行深入的數字化工作，理論研究與社會應用並重。

（二）研究視角

課題將以古代東亞漢文化圈爲背景，賦予楚辭文獻研究一個整體意義。研究視野超越國别、語言、民族的限制，以中國現存的楚辭文本文獻、楚辭學研究爲重要基礎和主要參照，以現存的日本、韓國、越南的楚辭文獻爲側重點，形成不同於傳統文獻研究的新視野。因爲東亞楚辭文獻是一個龐大而豐富的學術資源，它會提出許多新鮮的學術話題，與之相適應，必須用新鮮的學術方法和理念去解決楚辭在東亞流傳的實質原因、楚辭在漢文化圈的作用和影響等重要問題。

（三）研究路徑

第一，利用多種途徑調查和搜集國内外楚辭文獻。（1）利用各種書目調查現存於東亞各國的楚辭文獻；（2）利用現代信息技術進行搜索；（3）實地考察東亞各國的各大圖書館、著名文庫以及私人藏書樓等，進行發掘和搜集；（4）利用各種文集、詩話等古代文獻，進行查閱、精選；（5）對發掘和搜索到的楚辭資料，採用購買、複印、拍照等方法收集。

第二，對收集到的楚辭文獻以編目、影印、點校等形式進行整理。（1）將搜集到的楚辭文獻編成詳細書目，對現存東亞楚辭文獻進行統計和梳理；（2）精選東亞地區楚辭文獻的善本、孤本，以及有價值的抄本等予以影印，給學者提供真實的原始參考文獻；（3）對沒有整理過的典籍甄選並予以點校出版，爲今後的楚辭研究提供便利。

第三，對收集整理的楚辭文獻及東亞學者的楚辭研究論著，進行系統的專題研究。如楚辭發生學研究，楚辭經典著作研究，東亞楚辭代表作家作品研究，楚辭在東亞的傳播時間、途徑、方式，以及對東亞文學、文化的影響研究等。

六、研究方法

（一）整理與研究同步進行

進行編目、精選、點校等整理工作的同時，進行撰寫提要、發表專題學術論文、撰寫系列研究叢書等工作，形成“邊整理邊研究”的模式。涉及的研究路徑有目録編制、版本考辨、輯録散佚、影印點校、專題研究等。

（二）以文獻爲基礎的綜合研究

首先，立足載録楚辭文獻的大量域外漢籍，有書目、史書、日記、文集、詩話、筆記、序跋、書信等，其中還包括課題組發掘的未曾公之於世的朝鮮文人出使的日記（燕行録）、文集、詩牘帖等。其次，重視中國典籍中關於楚辭文獻的記載，並與域外漢籍中的記載進行參證、互證、補證等。既重視域外文獻，也不忽略中國典籍，最大範圍地搜集和整理東亞楚辭文獻，是本課題研究的一個基本原則。最後，在充分調研這些材料的基礎上，對東亞楚辭學的新現象、新問題、新特徵等展開分析和研究。綜合採用整理、例證、比較、闡述等多種分析方法以及調查、統計、演繹、歸納等研究方法。

（三）涉及多學科領域的綜合研究

本課題研究涵蓋的學科領域有中國文學、外國文學、圖書館情報與文獻學、考古學、語言學、世界歷史等。

（四）以漢文化圈爲背景的比較研究

本課題超越傳統的楚辭本體研究，放眼東亞，對楚辭在東亞的傳播、東亞古代學者對楚辭的批評與接受、近現代東亞楚辭學史、楚辭及楚文化對東亞各國文化的影響等進行研究。

七、重點難點

（一）資料的調查與獲得

本課題涉及龐大的資料調查工作，各地公私藏書的調查與獲得任務艱巨，尤其是域外楚辭文獻中的善本和稀見本的影印涉及知識産權，其複本的獲取和得到影印授權有較大難度。此外，獲取複本的經濟成本也較高。課題組擬採用各種合理方法努力調查、獲取文獻，與各大藏書機構建立密切合作關係，爭取得到已建立合作關係的海外研究機構和中國政府駐外機構的大力幫助等。同時，加大文獻資料購買的經費投入。

（二）東亞楚辭文獻的整理與校注

東亞楚辭文獻中的一些抄本、稿本十分珍貴，同時整理與校注有一定難度。首先，有些版本本身的源流系統由於證據缺乏，其版本刊刻、流傳過程等難以考辨。其次，有些版本中的文字爲草書，在辨識上有一定困難。再次，一些文本正文爲漢字，疏解爲韓語或日語等，多語種的文獻亦給整理帶來一定難度。最後，校注域外楚辭版本時，整理者亦需諳熟中國楚辭學、東亞漢文學、訓詁學等。子課題負責人均爲一流的古代文學、古典文獻學專家。課題組成員大多受過域外漢籍研究的專業訓練，均爲博士或正、副教授，熟悉東亞各國的歷史文化，通曉日語、韓語、英語等，完全有能力協助子課題負責人，共同完成整理與校注工作。

（三）楚辭研究新模式的構建

以整個漢文化圈爲背景，突破傳統楚辭研究的既有模式，利用多學科的研究力量，對東亞楚辭進行首次全面的調查、整理與研究。楚辭作品中的“專篇”、作家中的“專人”、注家中的“專家”、楚辭學史中的“專題”研究，以及楚辭的東亞傳播與影響研究，是楚辭研究新模式的重要標志。本課題擬通過多層面的學術探索，爲楚辭學的發展構建一個更高的學術起點。

（四）資料庫建設和語義化平臺建設

多語種資料庫結構和規範的設計與建立，多語種語義標注和智慧檢索系統的開發是"東亞楚辭文獻語義化"的重點難點問題。目前各種基於本體的語義檢索系統，多停留在理論研究和部分領域實驗階段，對於古漢語，尤其是先秦文學作品的語義檢索，尚無成熟案例。實現字詞的語義半自動切分，設計基於規則的語義標引系統是擬解決的關鍵問題。本課題將利用現有的分詞技術，結合楚辭作品語義語法規則，開發基於楚辭語義標引訓練集的楚辭語料庫，構建楚辭注釋知識庫，建成多語種楚辭文獻系統平臺，利用最新技術方法和手段推進楚辭研究領域的信息技術應用。

八、創新之處

（一）在問題選擇上，具有東亞文化交流史的視域

首次將楚辭研究置於東亞漢文化圈背景下，以現有的楚辭文本和研究成果爲基礎和參照，比較研究東亞其他國家楚辭文本的存在情況及價值，揭示楚辭作爲中華傳統文化精華在漢文化圈的作用與影響。

（二）在文獻收録上，做到"全"與"新"的突破

對東亞各國所藏楚辭文獻做全面系統的收集整理，調查足跡遍布東亞各國的大小藏書館所。同時，重視日、韓、越、蒙、朝等國的私人藏書，如韓國的雅丹文庫、日本的藤田文庫等。目前，本課題組已經掌握韓國楚辭文本 394 種，日本楚辭文本 313 種，越南、蒙古等國楚辭文本 49 種。其中不乏一些珍本和稀見本，如韓國國立中央圖書館藏《楚辭》光海君年間木活字本、日本京都大學人文研本館藏《楚辭》慶安四年刊本等。

（三）在研究方法上，綜合運用多學科交叉的方法

研究方法涵蓋文獻學、考古學、歷史學、統計學、文藝學、美學、文化學、比較文學、圖書情報學、軟件工程學等諸多學科的理論方法。此外，因爲本課題的研究理念是實證與研究相結合，在具體操作上，注重將縝密的實證上升到綜合研究，在確定事實的基礎上，發現事實與事實之間，甚至事實以外、事實背後的因果或聯繫，做到出土文獻與傳統文獻互證，考據與義理並重，體現出綜合性、系統性與學理性。

（四）在技術路綫上，建立“一體兩翼”的研究模式

以文獻整理爲“一體”，以研究與運用爲“兩翼”。本課題的研究成果不僅是東亞楚辭文獻的整理彙編，而且是對東亞楚辭研究史進行的分類研究，並開發東亞楚辭文獻資料庫，開創了文獻整理研究的新路徑。特別是東亞楚辭文獻資料庫建設，這是先賢整理和研究楚辭尚未涉及的全新領域，基於語義化的資料庫建設，將爲楚辭研究的深入與普及提供一個更便捷的信息平臺，亦有利於楚辭文本及研究資料的永久傳承。

目　録

整理説明

一、 陸時雍生平事迹

陸時雍，字仲昭，晚字昭仲，號澹我，檇李（今浙江桐鄉）人。生於明萬曆中期（約 1590），卒於明崇禎末年（約 1639—約 1644）。陸時雍是明代頗有影響力的楚辭學家、詩歌理論家和批評家。他是“明崇禎六年癸酉貢生。以生逢明季亂世，鬱鬱不得志，唯吟詩著書爲娱，與周氏孟侯相唱酬於語溪，時人稱爲‘雙龍’”①。

陸時雍主要生活在明代末期。萬曆年間，張居正主持裁決一切軍政大事，實行了一系列改革措施，使社會經濟有了很大發展，歷史上稱爲“萬曆中興”。這一時期屬陸時雍的青少年時期。相對祥和的社會環境爲其讀書受教創造了良好的條件。陸時雍年少聰明，博覽群書。周拱辰《陸徵君仲昭先生傳》:“仲昭髫歲穎異，輒試冠軍。性不耐俗，俗亦多避之。慷慨疏豁，不侵然諾，而簡傲自遂。意苟相許，風雨話言無倦意；所不可，終日接不交一言。有貌爲小恭者，唾

---

① 潘嘯龍、毛慶主編，《楚辭著作提要》，武漢：湖北教育出版社，2003，第 83 頁。

不顧曰：'屠沽兒，乃以溷吾長者之色哉！' 仲昭文日高，名亦益起。里有殺人中人者，白之縣令，聲頗慷慨，令目攝之。仲昭推案起，竟去不顧。縣令慚謝，事得直。當是時，遠近頌義無窮，而仲昭深自韜毖，閉户讀書自若。"①周拱辰這段論述生動地描述了陸時雍年少時期的意氣風發以及超越常人的智慧。而"性不耐俗""慷慨疏豁"等詞，也表現出陸時雍慷慨豪放、不拘小節、超越世俗的性格。

明末清初的大理學家張履祥曾師從陸時雍。張履祥，字考夫，號念芝，又號楊園，浙江桐鄉人。世居楊園村，故被稱爲"楊園先生"。據《楊園先生年譜》載："天啟元年辛酉，先生年十一歲。讀書錢店渡，受業於陸昭仲先生。陸先生館於錢店渡沈氏，即先生外家也。陸先生名時雍，桐鄉人。工詩文，尚氣節，著有詩文集。嘗選《古詩鏡》《唐詩鏡》，又注《離騷》《韓子》《淮南子》《揚子》等書。"②張履祥，生於明萬曆三十九年（1611），1621 年受教於陸時雍。陸時雍此時三十歲左右，正值而立之年，其著作大多是這一時期完成的。據《黄山先生〈素問發明〉序》記載，"予（張履祥）十三識黄山先生於塾舍，時吾師陸子感憤不遇，編次詩、騷。陸子字昭仲，有《離騷疏》及《詩鏡》行世"③。

崇禎帝時期，明朝内外矛盾交加，以東林黨爲首的文官集團把持朝政，社會危機深重。崇禎六年（1633），陸時雍入國子監讀書，此時的陸時雍已經四十有餘，人到中年。然久居京城不遇，遂館於順天府丞戴澳家。"崇禎間，天下多故。詔各省大臣保舉岩穴異能之士。

① 徐秉元修、仲弘道纂，《康熙桐鄉縣志》，清康熙十七年（1678）刻本。
② 張履祥著，《楊園先生全集》，北京：中華書局，2002，第 1490 頁。
③ 張履祥著，《楊園先生全集》，北京：中華書局，2002，第 473 頁。

豫撫、越憲兩舉仲昭以應詔。迨膺聘入燕，亦主爵意殊不屬，卒以淪落，久之以貢當得官，亦謝去……大司馬范公、冏卿戴公最相慕愛，延客之。仲昭踞上座，彈射其詩若文不少遜。一時聲滿長安。”①由此看來，戴澳對陸時雍有知遇之恩。但後來陸時雍卻因戴澳被彈劾一案而牽連入獄，最後冤死獄中，實爲大憾。

陸時雍出生於知識分子家庭，祖父陸明，無功名，其事迹《光緒桐鄉縣志》有載。其父陸吉，萬曆壬午舉人，其事迹《康熙桐鄉縣志》有載：“陸吉，號五雲，桐鄉人，中萬曆壬午舉人，仕興化知縣，升昌平州太守，前後俱爲司牧。公能清以自持，愛以及物，頌聲溢於南北。先是秉鐸昭陽，教率有方，獨立師範。至居鄉則卻邪秉正，人不敢干以私。子時雍，孫費錫、費鋐，俱能世其家學。”②由於陸時雍父親的中舉、入仕，逐步扭轉了家境清貧的狀況，家庭情況轉好。在父親的影響下，陸時雍十分重視科舉。但後來仕途不順，屢屢受挫，逐漸形成對科舉制度的反抗情緒。

二、《楚辭疏》的版本與體例

（一）《楚辭疏》版本及館藏情況

《楚辭疏》版本目前可見有如下四種：

1. 明末緝柳齋刻本；

2. 緝柳齋原刻學山堂重印本；

---

① 周拱辰撰，《聖雨齋文集·陸徵君仲昭先生傳》卷二，《四庫禁燬書叢刊》，集部第86册，北京：北京出版社，2000，第399—401頁。

② 徐秉元修、仲弘道纂，《康熙桐鄉縣志》，清康熙十七年（1678）刻本。

3. 緝柳齋原刻天章閣重印本；

4. 緝柳齋原刻清康熙四十四年（1705）杭州陸氏有文堂重印本。

各個版本的館藏情況如下：

1. 明末緝柳齋刻本，浙江圖書館、上海圖書館、武漢圖書館、福建圖書館、中共中央黨校、上海辭書出版社均有藏本。

2. 緝柳齋原刻學山堂重印本，山東省圖書館有藏本。

3. 緝柳齋原刻天章閣重印本，福建師範大學圖書館、湖南省圖書館均有藏本。

4. 緝柳齋原刻清康熙四十四年（1705）杭州陸氏有文堂重印本，内蒙古師範大學圖書館、河南師範大學圖書館、上海圖書館均有藏本。

（二）《楚辭疏》編排體例

該書首刊唐世濟《楚辭疏序》、陸時雍《楚辭序》、周拱辰《楚辭敘》（行書）、張煒如《楚辭敘》，次列司马遷《屈原傳》、陸時雍《讀楚辭语》《楚辭條例》，次列評注楚辭姓氏，次列《楚辭疏》十九卷。後附《楚辭跋》《楚辭雜論》。

《楚辭疏》共十九篇，洪興祖《楚辭補注》共十七篇。兩者不僅收録篇目不同，編排次序亦不同。《楚辭疏》中增加了《反離騷》《弔屈原賦》兩篇，且《九章》《遠遊》《天問》《九歌》篇次排列相異。《楚辭疏》共十九卷，其卷次排列爲《離騷經》《九章》《遠遊》《天問》《九歌》《卜居》《漁父》《九辨》《招魂》《大招》《反離騷》《惜誓》《弔屈原》《招隱士》《七諫》《哀時命》《九懷》《九歎》《九思》。

與傳統注疏不同，陸時雍在正文的注釋中，更注重疏。首先，全文十九卷，開篇皆有小序。自第一卷至第十卷，即《離騷經》至《大招》，皆爲陸時雍所作序。第十一卷《反離騷》，爲漢揚雄所作，“序注俱輯舊本”。第十二卷《惜誓》和十四卷《招隱士》，俱存朱熹本。第十三卷未做詳細説明。第十五卷至十九卷，即《七諫》《哀時命》《九懷》《九歎》《九思》五篇，“小序俱存王逸本”。

其次正文部分，依朱熹本分段，並分段爲解。每段八至二十句，長短不一。注釋始列“舊詁”，次列“陸時雍曰”。注釋規格大都如上，但有少數篇次只列舊注或只存“陸時雍曰”。《天問》篇，除了“舊詁”和“陸時雍曰”外，還有“周拱辰曰”。

通過分析查證可知，“舊詁”部分並非單取自一家，而是綜合了漢王逸《楚辭章句》、宋洪興祖《楚辭補注》、宋朱熹《楚辭集注》等的内容。

除了上述内容，還有幾點需要闡明。第一，《天問》中“周拱辰曰”的内容來自周拱辰《離騷草木史·天問别注》。第二，《反離騷》中的小序、舊注都來自《漢書·揚雄傳》顔師古注。該篇末尾有“陸時雍曰：揚雄《反騷》一篇，與《騷》切近，故即綴之《騷》後。《惜誓》以下，情體相去遠矣”。第三，《弔屈原賦》下無注，其序與《漢書·賈誼傳》内容幾近相同。最後，《楚辭疏》雖十九卷，但自卷十一《惜誓》至卷十九《九思》，都是存原文而無陸時雍的注解。所以，陸時雍的“疏”僅僅局限於前面十章，而這也是本文的主要關注點。

三、《楚辭疏》的注疏内容

（一）注字音

戴震在《六書音均表序》中談到：“故訓、音聲，相爲表里。”①

① 戴震著、趙玉新點校，《戴震集》，上海：上海古籍出版社，1980，第153頁。

這句話在闡明訓詁與音韻重要關聯的同時，亦點明了語音的重要性。聲音是語言的物質外殼，我們讀書識字，必然離不開語音。因此，注音就理所當然地成了注解古書的首要工作。結合語音學的知識以及現有的訓詁資料，我們不難發現，人們對語音的認識經歷了一個漫長的發展過程。與此同時，注音方法亦不斷演變，從古拙、粗略到精密、準確。

顏之推在《顏氏家訓·音辭篇》中簡明扼要地述說了我國古代訓詁著作中注音方法產生及其演變的過程，"夫九州之人，言語不同，生民已來，固常然矣。自《春秋》標齊言之傳，《離騷》目《楚詞》之經，此蓋其較明之初也。後有揚雄著《方言》，其言大備。然皆考名物之同異，不顯聲讀之是非也。逮鄭玄注《六經》，高誘解《吕覽》《淮南》，許慎造《說文》，劉熹制《釋名》，始有譬況假借，以證音字耳。而古語與今殊别，其間輕重清濁，猶未可曉；加以内言、外言、急言、徐言、讀若之類，益使人疑，孫叔然創《爾雅音義》，是漢末人獨知反語，至於魏世，此事大行"①。由上可知，訓詁著作中的注音始於鄭玄、高誘、許慎、劉熹等人。鄭玄之前，書面訓詁著作基本上是不注音的。孫炎（孫叔然）是三國時期的經學家，受業於鄭玄，被稱爲"東州大儒"，其在《爾雅音義》中首創反切注音之法，在魏晉時期大行於世。

魏晉南北朝時期首次出現了爲《楚辭》注音的著作，"最早的當是晉代徐邈的《楚辭音》"②，該書現已亡佚。目前所能見到的最早的有關《楚辭》注音的著作是隋代高僧智騫《楚辭音》（殘卷），"其 97%

① 顏之推撰，《顏氏家訓》，上海：上海古籍出版社，1992，第 240 頁。

② 黄建榮著，《〈楚辭〉訓詁史》，北京：高等教育出版社，2015，第23 頁。

的條目均有注音”[1]，且注音方式以反切、直音爲主。洪興祖繼承並發揚了《楚辭》注音的傳統，爲《楚辭》增加了大量的注音。從注音方法上看，有直音、讀若、四聲別義、反切等。

1. 直音法

直音法是指用一個漢字直接標注另一個漢字讀音的注音方法。從現有文獻看，直音法產生於漢末。宋賈善翔在《南華真經直音》自序中稱：“世之好事者，不暇擇師友，每乘閑披覽以適性情，而其間有深字及點發、假借稱呼者，往往不識，遂考之於釋音，然釋音有類格、翻切之難，不能洞曉。……因吐納之暇，輒以《老》《莊》深字，洎點發、假借者，皆以淺字志之，其有難得淺字可釋者，即以音和切之，庶披覽者易得其字，命之曰《直音》，亦小補于學者之一端云。”[2]賈氏所述明確地指出了直音法的本質。

陸時雍在《楚辭疏》中常用此法給一些生僻字注音。直音法的一般形式爲“甲，音乙”。例如：

《離騷經》：“扈江離與辟芷兮，紉秋蘭以爲佩。”

注：扈，音户。

《離騷經》：“固時俗之工巧兮，偭規矩而改錯。”

注：偭，音面。

《九章·惜誦》：“忘儇媚以背衆兮，待明君其知之。”

注：背，音佩。

《九章·哀郢》：“忠湛湛而願進兮，妒被離而鄣之。”

---

① 黄建榮著，《楚辭訓詁史》，北京：高等教育出版社，2015，第 29 頁。

② 賈善翔《南華真經直音》，《道藏》第 16 册，北京：文物出版社、上海：上海書店、天津：天津古籍出版社，1988，第 1 頁。

注：鄣，音章。

《遠遊》："步徙倚而遥思兮，怊惝怳而永懷。"

注：怊，音超。

《遠遊》："吸飛泉之微液兮，懷琬琰之華英。"

注：琬，音宛。

此外，陸時雍使用直音法時還有一些變式，如：

《離騷經》："'……思九州之博大兮，豈惟是其有女？'曰：'勉遠逝而無狐疑兮，孰求美而釋女？何所獨無芳草兮，爾何懷乎故宇？'"

注："釋女"之"女"，音汝。

《離騷經》："恐鵜鴂之先鳴兮，使夫百草爲之不芳。"

注：鵜，一作鷤，音題。鴂，音決，一音桂。

《九章·懷沙》："亂曰：浩浩沅湘，分流汩兮。"

注：汩，音骨，水流聲；又音鶻，湧波也。

《天問》："斡維焉繫？天極焉加？八柱何當？東南何虧？"

注：斡，一作筦，竝音管。

《遠遊》："玉色頩以脕顔兮，精醇粹而始壯。"

注：脕，音晚，又音萬。

2. 讀若法

即用同音字或音近字給被注字注音。陸時雍在《楚辭疏》中使用此方法注音的地方比較少，共3例。

《大招》："鰅鱅短狐，王虺騫只。"

注：騫，讀若褰，音軒。

《反離騷》："惟天軌之不辟兮，何純絜而離紛！"

注：辟，讀作闢。

《反離騷》:“亡春風之被離兮，孰焉知龍之所處?”

注：被，讀曰披。

3. 反切法

反切法是用兩個漢字相拼給一個字注音，切上字取聲，切下字取韻和調的注音方法。漢末，佛教傳入中國，在其影響下，我國古代語言學家發明了反切注音法。因爲用反切法注音較爲科學，所以此法爲後世學者廣泛應用並加以推廣。陸時雍在注解古代典籍時亦多採用反切法。據統計,《楚辭疏》中反切用例有 290 餘例，是該書中使用最多的注音方法。舉例如下:

《離騷經》:“攝提貞于孟陬兮，惟庚寅吾以降。”

注：陬，子侯反。

《九章·惜誦》:“矰弋機而在上兮，罻羅張而在下。設張辟以娛君兮，原側身而無所。欲儃佪以幹傺兮，恐重患而離尤。”

注：矰，則僧反。辟，毗亦反。儃，知然反。重，儲用反。

《遠遊》:“步徙倚而遥思兮，怊惝怳而永懷。”

注：惝，昌兩反。怳，于往反。

《天問》:“冥昭瞢闇，誰能極之? 馮翼惟像，何以識之?”

注：瞢，莫鄧反。馮，皮冰反。

《九歌·湘君》:“横流涕兮潺湲，隱思君兮陫側。”

注：潺，依連反。陫，符沸反。

一般而言，陸時雍爲被注字標注一個反切，但有時也有爲一個字注有兩個或兩個以上反切的情況，例如:

《離騷經》:“曾歔欷余鬱邑兮，哀朕時之不當。”

注：欷，許衣反，又許毅反。

《離騷經》:“路曼曼其脩遠兮，吾將上下而求索。”

注：曼，莫半反，又莫官反。

《遠遊》："玉色頩以脕顔兮，精醇粹而始壯。"

注：頩，普茗、普經二反。

《天問》："恒秉季德，焉得夫朴牛？ 何往營班禄，不但還來？"

注：朴，匹角反，一云平豆反，無朴音。

《九辨》："鴈廱廱而南遊兮，鵾鷄啁哳而悲鳴。"

注：啁，竹交反，又張流反。

4. 四聲别義法

當文中出現多音字時，則用此法。 一字多音，其中必有一個爲慣用音。 如果另一個音只是與慣用音的聲調有異（意義往往也有差别），則直接標出與慣用音不同的聲調。 例如：

《離騷經》："進不入以離尤兮，退將復脩吾初服。"

注：離，去聲。

《離騷經》："曾歔欷余鬱邑兮，哀朕時之不當。 攬茹蕙以掩涕兮，霑余襟之浪浪。"

注：當，平聲。 浪，平聲。

《九章 · 懷沙》："重華不可遻兮，孰知余之從容！"

注：重，平聲。

《九章 · 惜往日》："秘密事之載心兮，雖過失猶弗治。"

注：治，平聲。

《天問》："何承謀夏桀，終以滅喪？"

注：喪，去聲。

5. 叶音法

"叶音"是人們在爲古籍作注時，爲求押韻，而臨時改變韻字的讀音的一種注音方式。 陸時雍在注解古籍時大量使用叶音，《楚辭疏》中使用叶音法注音約 280 處，使用次數僅少於反切法，在整部書所使用的注音方法中占較大比重。根據陸時雍使用叶音法的實際情況，可以分爲以下幾類：

（1）叶某音

《離騷經》："女嬃之嬋媛兮，申申其詈予，曰鮌婞直以亡身兮，終然殀乎羽之野。"

注：予，叶音與。

《九章·惜誦》："惜誦以致愍兮，發憤以抒情。所非忠而言之兮，指蒼天以爲正。"

注：正，叶音征。

《遠遊》："餐六氣而飲沆瀣兮，漱正陽而含朝霞。"

注：霞，叶音胡。

（2）叶某反切

《天問》："明明闇闇，惟時何爲？陰陽三合，何本何化？"

注：化，叶虎爲反。

《漁父》："聖人不凝滯於物，而能與世推移。世人皆濁，何不淈其泥而揚其波？"

注：波，叶補悲反。

《九辨》："悲憂窮戚兮獨處廓，有一美人兮心不繹；去鄉離家兮徠遠客，超逍遥兮今焉薄！"

注：繹，叶以略反。客，叶苦各反。

（3）叶某四聲

《離騷經》："荃不揆余之中情兮，反信讒而齌怒。"

注：怒，叶上聲。

《九章·悲回風》："氾潏潏其前後兮，伴張弛之信期。"

注：期，叶上聲。

《九歌 · 河伯》："魚鱗屋兮龍堂，紫貝闕兮朱宮。"

注：魚，叶上聲。

《招魂》："致命於帝，然後得瞑些。 歸來歸來！ 往恐危身些。"

注：瞑，叶上聲。

（二）釋詞

釋詞是訓詁的一大内容。 戴震指出："治經先考字義，次通文理。 志存聞道，必究所依傍。"①黄侃亦提出："訓詁之事，在解明字義和詞義。"②陸時雍的釋詞主要集中在名物訓詁上，例如：

1. 解釋人（神）名

《九章 · 惜誦》："晉申生之孝子兮，父信讒而不好。 行婞直而不豫兮，鮌功用而不就。"

陸時雍曰：申生，晉獻公之太子也。

《遠遊》："撰余轡而正策兮，吾將過乎句芒。 歷太皓以右轉兮，前飛廉以啟路。"

陸時雍曰：句芒，木神；太皓，即太皥，庖羲氏也。

《遠遊》："鳳凰翼其承旂兮，遇蓐收乎西皇。 擥彗星目爲旍兮，舉斗柄以爲麾。"

陸時雍曰：西皇，即少昊也。

《遠遊》："召黔嬴而見之兮，爲余先乎平路。 經營四方兮，周流六漠。"

---

① 戴震撰、張岱年主編，《戴震全書》第 6 册，合肥：黄山書社，1995，第 495 頁。

② 黄侃述、黄焯編，《文字聲韻訓詁筆記》，上海：上海古籍出版社，1983，第 195 頁。

陸時雍曰：黔嬴，造化神名。

《招魂》："魂兮歸來！ 入脩門些。 工祝招君，背行先些。"

陸時雍曰：男巫曰祝。

《九章·思美人》："勒騏驥而更駕兮，造父爲我操之。 遷逡次而勿驅兮，聊假日以須時。"

陸時雍曰：造父，善御，周穆王時人。

《遠遊》："張《咸池》奏《承雲》兮，二女御《九韶》歌。 使湘靈鼓瑟兮，令海若舞馮夷。"

陸時雍曰：馮夷，華陰潼鄉人。 得仙道，爲河伯。

《九章·懷沙》："内厚質正兮，大人所晠。 巧倕不斲兮，孰察其揆正。"

陸時雍曰：倕，舜時工正。

2. 解釋物名

《九章·悲回風》："魚葺鱗以自别兮，蛟龍隱其文章。 故荼薺不同畝兮，蘭茝幽而獨芳。"

陸時雍曰：荼，苦菜。 薺，甘菜也。

《天問》："咸播秬黍，莆雚是營。 何由并投，而鮌疾脩盈？"

陸時雍曰：秬黍，黑黍。

《招魂》："蘭薄户樹，瓊木籬些。 魂兮歸來！ 何遠爲些？"

陸時雍曰：瓊木，猶言玉樹。

《離騷經》："汩余若將不及兮，恐年歲之不吾與。 朝搴阰之木蘭兮，夕擥洲之宿莽。"

陸時雍曰：宿莽，一名卷舒，摘取其心，復生不死。

《招魂》："芙蓉始發，雜芰荷些。 紫莖屏風，文緣波些。"

陸時雍曰：屏風，水葵也，又名鳧葵，即荇菜也。

《九章 · 懷沙》:“鳳凰在笯兮，雞鶩翔舞。 同糅玉石兮，一概而相量。”

陸時雍曰: 笯，籠也；概，平斗斛木也。

《九章 · 懷沙》:“任重載盛兮，陷滯而不濟。 懷瑾握瑜兮，窮不知所示。”

陸時雍曰: 瑾、瑜，美玉也。

《天問》:“咸播秬黍，莆藋是營。 何由并投，而鮌疾脩盈?”

陸時雍曰: 莆藋，水草也。

《招魂》:“工祝招君，背行先些。 秦篝齊縷，鄭綿絡些。”

陸時雍曰: 綿、絡，纏縛之具。

《遠遊》:“鳳凰翼其承旂兮，遇蓐收乎西皇。 攣彗星目爲旍兮，舉斗柄以爲麾。”

陸時雍曰: 麾，旗屬。

《九章 · 抽思》:“與美人之抽思兮，並日夜而無正。 憍吾以其美好兮，傲朕辭而不聽。”

陸時雍曰: 少歌，樂章音節之名。

《招魂》:“宮庭震驚，發《激楚》些。 吴歈蔡謳，奏大吕些。”

陸時雍曰:《激楚》，歌舞名，此其爲歌舞雜發，音樂並陳者也。

（三）釋句

《楚辭疏》的訓詁既有注音、釋詞，又有釋句。 而且陸時雍在《楚辭疏》中更注重詮釋句意。 下面分析《楚辭疏》中釋句的情况。

1. 歸納句意

《楚辭疏》在釋句的過程中注重對句意的歸納。“歸納句意” 有三種類型: 一種是直譯，一種是意譯，一種是結合原文内容揭示言外之意。

《離騷經》:“帝高陽之苗裔兮，朕皇考曰伯庸。攝提貞于孟陬兮，惟庚寅吾以降。皇覽揆余于初度兮，肇錫余以嘉名。”

陸時雍曰：本自高陽，同源已久，世載令望。至於伯庸，以顯於時，是不得行路其君傳舍其國明矣。且天授以性，皇錫以名，履忠蹈信，死而不渝。

本句屬於意譯，陸時雍不僅對釋句内容進行了調整，而且補充了原文中缺少的内容，有利於對原文的理解。

《九章·懷沙》:“同糅玉石兮，一概而相量。”

陸時雍曰：玉石而糅，則無貴賤之可言矣。君子小人而混，則無賢愚之可顯矣。

本句屬於揭示言外之意。釋句將“君子”比作美玉，將“奸佞”比作頑石。爲釋文凸顯了言外之意：如果君子和小人雜糅交纏，世界上就没有高低貴賤之分别了；如果君子和小人沆瀣一氣，則世界上也就没有賢愚之分别了。

《天問》:“陰陽三合，何本何化?”

陸時雍曰：一陰一陽，而又有一非陰非陽，爲陰爲陽者，三者常合而不舍也。一即是本，兩即是化，更何本何化?

本句屬於直譯。釋句按照原文順序，對字詞進行直接解釋，基本上保持了原文的内容和形式。

2. 引文、史佐證

陸時雍對《楚辭》中較爲籠統或抽象的語句，常常舉出一些古代詩文、史事作爲佐證，以此闡明句意或者補充句意，加深讀者對文句的理解。例如：

《九章·惜誦》:“矰弋機而在上兮，罻羅張而在下。”

陸時雍曰：機網之密，舉動絓之。《詩》云：“萋兮斐兮，成是貝錦；彼讒人者，亦已太甚！”此伯奇所以流離，萇弘所以血碧也。

陸時雍先是引用《詩經》感慨讒人對於忠臣的迫害。接著用伯奇、萇弘的經歷進行佐證。伯奇是古代有名的孝子。其父是周文王時期的重臣尹吉甫。伯奇母親去世后，其父聽信其後母的譖言，將伯奇放逐野外。萇弘是周朝時期劉文公的大夫，一生忠君愛國，卻蒙冤被殺，據傳，其死後三年，血化爲碧。陸時雍列舉伯奇和萇弘的例子，佐證讒人的危害。

《九章·惜誦》："晉申生之孝子兮，父信讒而不好。"

陸時雍曰：申生，晉獻公之太子也。其母夫人死，驪姬有寵於公，而將害太子，謂太子曰："余夢夫人，必祭之。"太子祭，致胙於公，驪置毒焉。試之犬，犬斃；與小臣，小臣亦斃。姬泣曰："賊由太子。"太子再拜，遂自經也。

上例用"申生在内而亡"之事釋句。其講述了在春秋戰國時期的晉廷，晉獻公的妃子驪姬爲了幫助自己兒子繼承大位，設毒計誣陷太子申生，逼迫其自殺之事。

《天問》："受賜兹醢，西伯上告。何親就上帝罰，殷之命以不救？"

陸時雍曰：紂烹伯邑考以賜文王，文王食之，紂曰："孰謂西伯聖者乎？食其子而不知。"斯時紂之惡亦酷矣。文王飲聲不言，臣罪當誅，況其子乎？醢梅伯以賜諸侯，得罪於天下矣。西伯乃上告帝，帝怒而致罰，殷之命遂以不救。

上例用伯邑考被殺，引起伐紂之戰，武王終以滅商紂之事來釋句。商紂王將文王姬昌的兒子伯邑考剁成肉餅，賞賜給文王姬昌，文王忍痛吃下。後來，武王發兵起事，滅掉商紂王。

3. 闡明原因

陸時雍在注釋《楚辭》時，有時還會在文中闡明事情的原因，以方便讀者領會文句意義。例如：

《離騷經》："民好惡其不同兮，惟此黨人其獨異。户服艾以盈要兮，謂幽蘭其不可佩。覽察草木其猶未得兮，豈珵美之能當？蘇糞壤𠤎充幃兮，謂申椒其不芳。"

陸時雍曰：原之致病于黨人者，至矣。如日之雲可以掩光，黨人之爲雲也，太矣。合左右前後以蔽一人，不亦易乎？世謂三人成虎，有以也。黨人不生，君心不蝕，而賢不肖之途自清，原之所以深咎黨人者以此。

上文簡要闡明了對黨人深惡痛絶的原因。

《九章·惜誦》："竭忠誠以事君兮，反離群而贅肬。"

陸時雍曰：人固有日相與而日不知者，我以爲忠，彼以爲佞。此孝子所以無慈父，而忠臣所以無察主也。或彼此之不同量，或始信而終疑，或讒人而間生，或愛深而望至，所由非一端矣。

上文簡要分析了忠臣得不到重用的原因。

《九章·惜誦》："疾親君而無他兮，有招禍之道也。"

陸時雍曰：人臣得罪於君，猶可言也。得罪於左右，不可道也。左右，能移君心而用君之意者也。百親君未必見忠，而一得罪於左右，則禍立至。此《離騷》所以嫉黨人也。

上文簡要分析了屈原厭惡、痛恨黨人的原因。這樣闡釋章句，鞭辟入里，有利於讀者進一步理解原文。

四、《楚辭疏》的注疏術語

《楚辭疏》中運用了多個注疏術語，簡列如下：曰、爲、謂之、謂、即、言、猶、同、下同、屬、名、貌、之貌、之意、見、未詳、宜

闕、如字、音、當作、作、一作。 根據術語的不同用法和功能，可以將其分爲如下三類:

（一）釋義術語

1. 曰

使用術語“曰”時，釋詞在其前，被釋詞在其後。 該術語往往採用對比爲訓的形式來區别同義詞或近義詞。 在《楚辭疏》中，“曰”作爲釋義的術語共出現了11次，現舉例如下:

《九章 · 惜誦》:“行不群以顛越兮，又衆兆之所咍也。”

陸時雍曰: 楚人謂相嘲笑曰咍。

《九章 · 悲回風》:“登石巒以遠望兮，路眇眇之默默。”

陸時雍曰: 山小而鋭曰巒。

《九章 · 懷沙》:“玄文處幽兮，矇瞍謂之不章。”

陸時雍曰: 無眸曰瞍，有眸不明曰矇。

《九章 · 悲回風》:“鳥獸鳴以號群兮，草苴比而不芳。”

陸時雍曰: 生曰草，枯曰苴。

《招魂》:“高堂邃宇，檻層軒些。”

陸時雍曰: 縱曰檻，横曰楯。

2. 爲

“爲”的用法與“曰”基本相同。 在《楚辭疏》的訓釋中，“爲”共出現了5次。 例如:

《九章 · 懷沙》:“懷瑾握瑜兮，窮不知所示。”

陸時雍曰: 在衣爲懷，在手爲握。

《遠遊》:“舒并節以馳騖兮，逴絶垠乎寒門。”

陸時雍曰: 九陰之地爲寒門，五寒所自出也。

《招魂》:“光風轉蕙，氾崇蘭些。 經堂入奥，朱塵筵些。”

陸時雍曰：筵，竹席鋪陳爲筵；藉之爲席。

《招魂》："文異豹飾，侍陂陁些。軒輬既低，步騎羅些。"

陸時雍曰：徒行爲步；乘馬爲騎。

3. 謂之

"謂之"大致相當於現代漢語的"稱之爲"。被釋詞放在術語後面。在《楚辭疏》中，"謂之"出現了3次。

《九章·惜往日》："君無度而弗察兮，使芳草爲藪幽。"

陸時雍曰：蘭萎於澤謂之藪幽。

《遠遊》："經營四方兮，周流六漠。上至列缺兮，降望大壑。"

陸時雍曰：列缺，電隙也，謂之天門大壑。

《招魂》："芙蓉始發，雜芰荷些。紫莖屏風，文緣波些。"

陸時雍曰：芰，菱也，秦人謂之薢茩。

需要注意的是，"謂之"和"之謂"用法有異。戴震在《孟子字義疏證》已經談到："凡曰'之謂'，以上所稱解下，如《中庸》：'天命之謂性，率性之謂道，修道之謂教。'此爲性、道、教言之，若曰性也者天命之謂也，道也者率性之謂也，教也者修道之謂也。《易》：'一陰一陽之謂道。'則爲天道言之，若曰道也者一陰一陽之謂也。凡曰'謂之'者，以下所稱之名辨上之實，如《中庸》：'自誠明謂之性，自明誠謂之教。'此非爲性教言之，以性教區别'自誠明''自明誠'二者耳。"①若用"屬種"概念加以表示，兩者的區别就是："之謂"是以屬概念釋種概念，而"謂之"則是以種概念釋屬概念。

4. 謂

在《楚辭疏》訓釋中，"謂"共出現了13次。該術語有多重作

---

① 戴震著、何文光整理，《孟子字義疏證》，北京：中華書局，1961，第17頁。

用，現對其進行分别説明：

首先，“謂”主要用來説明被釋詞在句中特指某一事物。①

《九章·惜誦》：“吾使厲神占之兮，曰：有志極而無旁。”

陸時雍曰：厲神，古有泰厲、公厲、族厲之屬，謂死而無後者。

《九章·涉江》：“哀南夷之莫吾知兮，旦余將濟乎江湘。”

陸時雍曰：南夷謂楚。

《天問》：“湯謀易旅，何以厚之？覆舟斟尋，何道取之？”

陸時雍曰：湯，當是康字，謂少康也。

其次，“謂”可以用來區分同義詞或近義詞。此種用法《楚辭疏》只有一例。

《九章·懷沙》：“邑犬群吠兮，吠所怪也。非俊疑傑兮，固庸態也。”

陸時雍曰：智過千人謂俊，十人謂傑。

上例中“俊”“傑”是同義詞，都可以表示“才智超群之人”，區别在於程度、範圍不同，“俊”指智力超過千餘人，“傑”指智力超過十餘人。

5. 即

該術語相當於現代漢語中的“就”。在《楚辭疏》訓釋中，“即”出現了6次。例如：

《九章·悲回風》：“依風穴以自息兮，忽傾寤以嬋媛。”

陸時雍曰：風穴，即宋玉所謂土囊之口是也。

《遠遊》：“歷太皓以右轉兮，前飛廉以啟路。”

陸時雍曰：太皓，即太皞，庖羲氏也。

---

① 周大璞主編，《訓詁學初稿》，武漢：武漢大學出版社，2013，第210頁。

《招魂》:“秦篝齊縷，鄭綿絡些。招具該備，永嘯呼些。”

陸時雍曰：嘯呼，即所謂皋也。

6. 言

該術語相當於現代漢語中的“説”“説明”，且多與“也”搭配使用。這一術語既可用來解釋詞義、串講文意，也可以用來説明比喻、夸張等修辭手法。在《楚辭疏》訓釋中，“言”共出現了 12 次。例如：

《九章 · 涉江》:“帶長鋏之陸離兮，冠切雲之崔嵬。”

陸時雍曰：切雲，言其高耳，朱晦翁以爲冠名，恐未必。

《遠遊》:“超氛埃而淑郵兮，終不反其故都。”

陸時雍曰：淑郵，言善而尤絶也。

《天問》:“咸播秬黍，莆雚是營。何由并投，而鮌疾脩盈?”

陸時雍曰：言禹平治水土，咸播五穀，莆雚之地亦得耕營，厥功大矣。

《招魂》:“冬有突夏，夏室寒些。川谷徑復，流潺湲些。”

陸時雍曰：川谷徑復，言激導川水，徑過回復其中，所謂“醴泉涌於密室，通川過於中庭”是也。

《大招》:“炙鴰烝鳧，煔鶉陳只。煎鰿臛雀，遽爽存只。魂乎歸徠！麗以先只。”

陸時雍曰：麗，類也，言此類先進也。

《招魂》:“紫莖屏風，文緣波些。文異豹飾，侍陂陁些。”

陸時雍曰：“文異豹飾”，言侍從之人，衣文異采，班駁如豹也。

《招魂》:“美人既醉，朱顔酡些。娭光眇視，目曾波些。”

陸時雍曰：“娭光眇視，目曾波些”，言清矑的皪，半醉情酣，而娭笑之光，發於綿眇，如層波瀲灎，瀲灎不窮也。

7. 猶

該術語相當於現代漢語中的“某跟某差不多”“某相當於某”。主要用來説明被釋詞和解釋詞意思相同或相近，即段玉裁所云“凡漢人作注云猶者，皆義隔而通之”①。在《楚辭疏》訓釋中共出現了10次。例如：

《九章·哀郢》：“楫齊揚以容與兮，哀見君而不再得。”

陸時雍曰：容與，猶從容。

《九章·抽思》：“悲夷猶而冀進兮，心怛傷之憺憺。”

陸時雍曰：憺憺，猶漠漠，心之百計，一無所之，故常漠漠。

《天問》：“閔妃匹合，厥身是繼，胡爲嗜不同味，而快鼂飽？”

陸時雍曰：鼂飽，猶《左傳》所謂“蓐食”。

8. 猶言

用法和“猶”基本相同。在《楚辭疏》訓釋中，該術語只出現了2次，用來説明釋詞與被釋詞的意義相同或相近。

《天問》：“浞娶純狐，眩妻爰謀。何羿之䠶革，而交吞揆之？”

陸時雍曰：䠶革，猶言貫革。

《招魂》：“蘭薄户樹，瓊木籬些。魂兮歸來！何遠爲些？”

陸時雍曰：瓊木，猶言玉樹。

9. 下同

該術語用來表明被注字在下文中出現時，其用法不變。在《楚辭疏》訓釋中，“下同”共出現3次。例如：

《離騷經》：“乘騏驥以馳騁兮，來吾道夫先路。”

---

① 許慎撰、段玉裁注，《説文解字注》，上海：上海古籍出版社，1981，第90頁。

陸時雍曰：駝，一作馳，下同。

《離騷經》："忳鬱邑余侘傺兮，吾獨窮困乎此時也。"

陸時雍曰：邑，一作悒，下同。

《離騷經》："飄風屯其相離兮，帥雲霓而來御。"

陸時雍曰：御，叶音迓，下同。

10. 屬

該術語主要用來解釋名詞，强調事物之間存在的共性，一般以類名解釋事物名。段玉裁《説文解字注》："凡言屬而别在其中，如秔曰稻屬，秏曰稻屬是也。"①在《楚辭疏》訓釋中，"屬"共出現了2次。

《遠遊》："擥彗星目爲旍兮，舉斗柄以爲麾。"

陸時雍曰：麾，旗屬。

《九章》："吾使厲神占之兮，曰：'有志極而無旁。'"

陸時雍曰：厲神，古有太厲、公厲、族厲之屬，謂死而無後者。

11. 名

該術語主要用來解釋名詞。在《楚辭疏》中，"名"共出現了2次。

《九章·抽思》："少歌曰：與美人之抽思兮，並日夜而無正。"

陸時雍曰：少歌，樂章音節之名。

《招魂》："宫廷震驚，發《激楚》些。吴歈蔡謳，奏大吕些。"

陸時雍曰：《激楚》，歌舞名，此其爲歌舞雜發，音樂並陳者也。

12. 貌；之貌

該術語相當於現代漢語的"某某的樣子"。其一般用來解釋副詞

---

① 許慎撰、段玉裁注，《説文解字注》，上海：上海古籍出版社，1981，第402頁。

或形容詞，用來説明事物的形狀或性質。 在《楚辭疏》中，“貌”共出現了 30 次，“之貌”只出現了 1 次。

《離騷經》：“高余冠之岌岌兮，長余佩之陸離。”

陸時雍曰：陸離，光粲分散之貌。

《離騷經》：“望瑶臺之偃蹇兮，見有娀之佚女。”

陸時雍曰：偃蹇，撟據貌。

《九歌 · 湘君》：“美要渺兮宜修，沛吾乘兮桂舟。”

陸時雍曰：要渺，纖束貌。

《遠遊》：“質銷鑠以汋約兮，神要渺以淫放。”

陸時雍曰：汋約，柔弱貌。

13. 之意

該術語相當於現代漢語的“某某的意思”。 在《楚辭疏》訓釋中，“之意”共出現了 11 次。 例如：

《九章 · 哀郢》：“過夏首而西浮兮，顧龍門而不見。”

陸時雍曰：浮，榜不進而自流之意。

《遠遊》：“路曼曼其修遠兮，徐彌節而高厲。”

陸時雍曰：厲，憑陵之意。

《招魂》：“光風轉蕙，氾崇蘭些。 經堂入奥，朱塵筵些。”

陸時雍曰：氾，如水泛舟，淺拂輕度之意。

14. 見

該術語表示對被釋詞的釋義，可以參照本書其他篇章的注釋，而不再贅述。 在《楚辭疏》中，“見”共出現了 3 次。

《離騷經》：“邅吾道夫崑崙兮，路修遠以周流。”

陸時雍曰：崑崙，見《天問》。

《九章 · 惜誦》：“行婞直而不豫兮，鮌功用而不就。”

陸時雍曰：鮌事，見《天問》。

《大招》："魂乎無北！ 北有寒山，逴龍赩只。"

陸時雍曰：逴龍，當作燭龍，見《天問》。

其中"崑崙，見《天問》"指該章"崑崙"的釋義與《天問》"崑崙縣圃，其尻安在？ 增城九重，其高幾里"中"崑崙"的釋義相同。陸時雍曰："崑崙墟在西北，去嵩高五萬里，地之中也。《崑崙説》曰："崑崙之山三級，下曰樊桐，一名板松。 二曰玄圃，一名閬風……"其中"鮌事，見《天問》"指的是該處"鮌事"，可參看《天問》"鴟龜曳銜，鮌何聽焉"的注釋。 其中"逴龍，當作燭龍，見《天問》"指該章"逴龍"作"燭龍"的用法在《天問》"日安不到，燭龍何照"中已經做了較爲全面的介紹，此處不再詳述。

15. 未詳；宜闕

該術語用來表示对被釋詞、句、章旨等不甚了解，在此不强作注解，存疑。 但是，在解釋某些前人已經注釋過的詞語時，作者雖認爲其表意"未詳、宜闕"，也會在詞後標注"舊注"以供參考。《楚辭疏》訓釋中，"未詳"共出現了 3 次，"宜闕"共出現了 5 次。 例如：

《天問》："該秉季德，厥父是臧。 胡終弊于有扈，牧夫牛羊？"

陸時雍曰：宜闕。

《天問》："有扈牧豎，云何而逢？ 擊牀先出，其命何從？"

陸時雍曰：宜闕。

《天問》："昬微遵迹，有狄不寧。 何繁鳥萃棘，負子肆情？"

陸時雍曰：舊詁謂："人循闇微之道爲戎狄之行者，不可以安其身。"晉大夫解居父聘吴，過陳之墓門，見婦人負子，欲與之淫。 婦人引《詩》刺之曰："墓門有棘，有鴞萃止。" 余謂此事不類，故宜闕之。

《招魂》:“盛鬋不同制，實滿宮些。容態好比，順彌代些。”

陸時雍曰：鬋，鬢也，古制未詳，即如後世所云靈蛇之髻、墮馬之髻，種種不同，有自來矣。

《大招》:“發政獻行，禁苛暴只。舉傑壓陛，誅譏罷只。”

陸時雍曰：暴，不叶下韻，未詳。

（二）注音術語

1. 如字

“如字”指“相對於‘破讀’而言，表示讀如本音，仍用原來的意義，而不破讀。”①傳統上，用“如字”表示常用義的讀音。並且，在注解破讀音時，訓詁學家也通過標注“如字”的方式表明被釋字應當標爲分化前的讀音。陸時雍繼承了前人的此種注釋方式。在《楚辭疏》訓釋中，“如字”共出現了 8 次。例如：

《離騷經》:“曰：‘兩美其必合兮，孰信脩而慕之？思九州之博大兮，豈惟是其有女？’”

陸時雍曰：“有女”之“女”，如字。

《九章 · 悲回風》:“傷太息之愍憐兮，氣於邑而不可止。”

陸時雍曰：於，音烏邑、烏合反，又並如字。

《天問》:“幹維焉繫？天極焉加？”

陸時雍曰：加，叶音基，又如字。

2. 音

該術語表示用音同或音近的字爲被釋字注音。在《楚辭疏》訓釋中，“音”共出現了 407 次。例如：

《離騷經》:“恐鵜鴂之先鳴兮，使夫百草爲之不芳。”

---

① 郭芹納著，《訓詁學》，北京：高等教育出版社，2005，第 171 頁。

陸時雍注：鴂，音決；一音桂。

《九章·惜往日》："乘氾泭以下流兮，無舟楫而自備。"

陸時雍注：氾，音汎。泭，音敷。

《遠遊》："吸飛泉之微液兮，懷琬琰之華英。"

陸時雍注：琬，音宛。琰，音剡。

《招魂》："靡顏膩理，遺視矊些。離榭脩幕，侍君之閒些。"

陸時雍注：矊，音綿。閒，音閑。

除此之外，《楚辭疏》中用到的注音術語還有"叶""反""切"等。在注音的過程中，各個術語既可獨立使用，也可與其他術語搭配使用，使用形式多樣。鑒於該部分在"注字音"一節已經有過詳細論述，故此處不再贅述。

（三）校勘術語

1. 當作

該術語用於在訓詁中改正誤字誤讀。在《楚辭疏》訓釋中，"當作"共出現了 11 次。例如：

《九章·懷沙》："重華不可遻兮，孰知余之從容！"

陸時雍注：遻，當作遌。

《大招》："長爪踞牙，誒笑狂只。魂乎無西！多害傷只。"

陸時雍注：踞，當作鋸。

2. 一作

"一作"的用法與"作"基本相同。兩者都用於指出異文。在《楚辭疏》訓釋中，"一作"共出現了 96 次。

《離騷經》："路修遠以多艱兮，騰衆車使徑待。"

陸時雍注：待，叶徒奇反；一作持。

按："待"和"持"，二者的上古讀音都屬於定紐之部，讀音相

同，古書多通假。“《荀子 · 禮論》: ‘兩者相持而長。’《史記 · 禮書》‘持’作‘待’。” ①

《九章 · 抽思》:“道卓遠而日忘兮，願自申而不得。”

陸時雍注: 卓，一作逴。

按:“卓”的上古音屬於端紐藥部，“逴”的上古音屬於透紐藥部，兩者讀音相近，古書多通假。“《史記 · 衛將軍驃騎列傳》: ‘逴行殊遠。’《索隱》: ‘逴與卓同。’” ②

《遠遊》:“誰可與玩斯遺芳兮，長鄉風而舒情。”

陸時雍注: 鄉，一作向。

按:“鄉”和“向”，二者上古音都屬於曉紐陽部，讀音相同，古書多通假。“《墨子 · 兼愛下》: ‘即求以鄉其上也。’孫詒讓《閒詁》: ‘鄉與向字通。’《周禮 · 夏官 · 撢人》: ‘使萬民和說而正王面。’鄭玄注: ‘面有鄉也。’” ③

五、《楚辭疏》的注疏特色

《楚辭疏》的注疏内容全面、豐富，包含了注音、釋詞、离章辨句三個方面。 注音，採用了直音、讀若、四聲別義、反切等方法對《楚辭》中的生僻字詞進行了注音; 釋詞，對《楚辭》中的人名、物名、方言詞彙展開訓釋; 離章辨句，除了注音、釋詞之外，陸時雍更加側重對《楚辭》句子、篇章的整體串講。 陸時雍在對《楚辭》解詁

---

① 高亨著,《古字通假會典》，济南: 齊魯書社，1989，第 403 頁。
② 高亨著,《古字通假會典》，济南: 齊魯書社，1989，第 806 頁。
③ 高亨著,《古字通假會典》，济南: 齊魯書社，1989，第 281 頁。

實踐過程中，具有以下特點：

（一）攢列異文，綜匯舊注

1. 攢列異文

陸時雍在注疏《楚辭》時，廣泛閱讀了當時所能夠見到的楚辭版本。陸時雍把他所看到的版本間的文字差異整理出來置於正文之后，形成了豐富的異文資料。例如：

《離騷經》："夕擥洲之宿莽。"擥，一作攬。

按：《説文》："擥，撮持也。"《廣韻·談部》："擥，擥持。"《慧琳音義》："攬，手取也。"《釋名·釋姿容》："攬，斂也，斂置手中也。"《廣雅·釋詁三》："攬，持也。"《慧琳音義》卷七十二"不攬"注曰："攬，或作擥。""擥"與"攬"意義相同，僅字形有異，則"擥"與"攬"爲異體字關係。

《離騷經》："載雲旗之委蛇。"委蛇，一作逶迤。

按：委蛇、委移、逶迤爲同一聯綿詞，字異而音義同。姜亮夫指出："《文選》謝靈運《九日從宋公戲馬臺集送九令詩》注引作逶迤，《詠懷詩》注引作逶迆，皆連綿詞以音爲衍，字無定體。"①

《大招》："名聲若日，照四海只。"照，一作昭。

按："照"和"昭"的上古讀音均屬章紐宵部，兩者讀音相同，古書多通假。《詩·大雅·文王》："宣昭義問。"《玉篇·言部》引昭作照。《山海經·海外南經》："照之以日月。"《淮南子·墬形》照作昭。《老子》："俗人昭昭。"《釋文》："昭，一本作照。"

《離騷經》："蘇糞壤目充幃兮。"目，古以字。

---

① 姜亮夫著，《姜亮夫全集》（六）《重訂屈原賦校注、二招校注》，昆明：雲南人民出版社，2002，第108頁。

按:《説文》:“㠯，用也。”《説文 · 巳部》:“以，用也。”《説文解字注》:“㠯，又按今字皆作以。 由隸變加人於右也。”邵瑛《羣經正字》:“《詩 · 何人斯》釋文: 㠯，古以字。”

2. 綜匯舊注

陸時雍在注解《楚辭疏》的過程中，對先賢的舊注非常重視。 這一點可以認爲是對朱注的繼承。 朱熹曾在《論語訓蒙義》序言談到:“本之注疏，以通其訓詁; 參之釋文，以正其音讀; 然後會之於諸老先生之説，以發其精微。”①朱熹對前人訓詁成果的重視可見一斑。《楚辭疏》在注釋中將正文部分分爲“舊詁”和“陸時雍曰”兩部分,“舊詁”部分單獨列出，然後再續以己意。

“舊詁”部分内容豐富:

(1) 廣納舊説。“舊詁”的内容不局限於一家，而是綜合參考了前人注疏，如朱熹《楚辭集注》、王逸《楚辭章句》及洪興祖《楚辭補注》等。

如:《離騷經》:“紛吾既有此内美兮，又重之以脩能。 扈江離與辟芷兮，紉秋蘭以爲佩。 汩余若將不及兮，恐年歲之不吾與。 朝搴阰之木蘭兮，夕攬洲之宿莽。”

舊詁: 紛，盛貌。 重，再也。 脩，長也。 能，熊屬，多力，故有絶人之材者曰能。 楚人名被爲扈。 離，蘼蕪也。 辟，幽也。 紉，結也。 蘭至秋乃芳。 蘭與澤蘭相似，生水旁，紫莖赤節，緑葉光潤，花紅白色而香，五六月盛。 汩，水流去疾之貌。 搴，拔取也。 阰，山名。 木蘭，皮似桂而香，狀如楠樹，高數仞，去皮不死。 攬，采也。 水中可居者曰洲。 草冬生不死者，楚人名曰宿莽。

① 黎靖德編,《朱子語類》，北京: 中華書局，1986，第 2226 頁。

王逸：紛，盛貌。扈，被也。楚人名被爲扈。辟，幽也。汩，去貌，疾若水流也。搴，取也。阰，山名。攬，采也。水中可居者曰洲。草冬生不死者，楚人名之曰宿莽。

劉良：紉，結也。

陸善經：脩，長也。

洪興祖：重，再也。脩，長也。能，才也。能，獸名，熊屬，多力，故有絶人之才者謂之能。搴，音蹇。《説文》："攓，拔取也，南楚語。"《本草》云："木蘭皮似桂而香，狀如楠樹，高數仞。"

朱熹：離，香草，生於江中，故曰江離。《説文》曰"蘼蕪"也。蘭，亦香草，至秋乃芳。《本草》云："蘭，與澤蘭相似，生水傍，紫莖，赤節，高四五尺，緑葉，光潤、尖長、有岐，陰小紫，花紅白色而香，五六月盛。"汩，水流去疾之貌。《本草》云："木蘭皮似桂而香，狀如楠樹，高數仞，去皮不死。"

由此可知，《楚辭疏》中"舊詁"部分的内容，是對前人注疏的匯總與繼承。這其中又以王逸、洪興祖、朱熹三家注解所佔比重最大。

（2）標明出處。陸時雍對於徵引的文獻往往標明出處，兹舉例如下：

《離騷經》："製芰荷以爲衣兮，集芙蓉以爲裳。"舊詁曰："芙蓉，蓮花也。《本草》云：'蓮，其葉名荷，其花未發爲菡萏，已發爲芙蓉。'"

《離騷經》："覽察草木其猶未得兮，豈珵美之能當？"舊詁曰："珵，美玉也。《相玉書》云：'珵，大六寸，其光自曜。'"

《遠遊》："餐六氣而飲沆瀣兮，漱正陽而含朝霞。"舊詁："《陵陽子明經》言：'春食朝霞，日始欲出，黄氣也。秋食淪陰。日没以後，赤黄氣也。冬食沆瀣，北方夜半氣也。夏食正陽，南方日中氣也。並天地玄黄之氣，爲六氣。'"

（二）廣征博引，多聞闕疑

1. 廣征博引

陸時雍善於利用古代字書、典籍及前人觀點進行考證文字、解釋詞語。例如：

《遠遊》："召黔嬴而見之兮，爲余先乎平路。經營四方兮，周流六漠。"

陸時雍注：漠，漢《樂歌》作幕。

《天問》："洪泉極深，何以寘之？地方九則，何以墳之？"

陸時雍注：泉，疑當作淵，唐本避諱而改之也。

《離騷經》："指九天以爲正兮，夫唯靈脩之故也。"

陸時雍曰：九天，《廣雅》云："東方蒼天，東南陽天，南方炎天，西南朱天，西方成天，西北幽天，北方玄天，東北變天，中央鈞天。"

《九章·思美人》："指嶓冢之西隈兮，與纁黄以爲期。"

陸時雍曰：嶓冢，在隴西氐道縣。《漢中記》曰："嶓冢以東水皆東流，嶓冢以西水皆西流。"漢水出武都氐道縣漾山爲漾水，《禹貢》"導漾東流爲漢"是也。嶓冢北即終南華熊諸峰，南即蜀東諸峰，或謂蜀東諸峰皆嶓冢，謂其岡嶺綿亘耳。"

《遠遊》："集重陽入帝宫兮，造旬始而觀清都。"

陸時雍曰：重陽，天氣清陽之所也。《詩含神霧》云："地去天一億五萬里，則一億五萬里以上皆天氣矣。故天有九重，則重陽之謂也。"

《九章·惜誦》："矰弋機而在上兮，罻羅張而在下。"

陸時雍曰：機網之密，舉動絓之。《詩》云："萋兮斐兮，成是貝錦；彼譖人者，亦已太甚！"

《招魂》:“被文服纖，麗而不奇些。長髮曼鬋，豔陸離些。”

陸時雍曰:“長髮曼鬋，豔陸離些”，如《左傳》所云“玄妃鬒髮，其光可鑑”是也。

《楚辭疏》可考的引書達二十餘種，不僅具有輯佚和校勘的價值，對於陸時雍思想的研究也有重要的意義。

其一，在文獻學意義上，通過對《楚辭疏》引書的梳理，能夠使一些古書在明清時代存佚的情況浮顯出來，借以考察當時文獻留存情況。以《楚辭疏》引文和今本古書比對，能夠爲考論古書版本、推求原貌增加佐證。而利用《楚辭疏》研究古書佚文，有助於促使一些已經消失的典籍重歸學術研究的視野。

其二，引書的考察有利於探究陸時雍的學術思想。《楚辭疏》引書種類多樣，顯示出陸時雍廣博的閱讀視野。對於經書，不拘泥於一家之學説，廣泛吸收各家思想，以《禮記》和《春秋穀梁傳》爲主。史書部分，陸時雍較爲側重於《史記》的記載。文章涉及到歷史故事、人物傳記等的地方，多引自《史記》。子部書籍中，陸時雍引用較多的爲《山海經》《淮南子》等。這些書籍多爲道家著作，或道家思想濃厚。由此可知，陸時雍的知識構建來源豐富。

陸時雍上述的訓詁特色，是對朱熹訓詁原則的繼承。錢穆先生曾高度評價朱熹，其指出:“朱子於經學，雖主以漢唐古注疏爲主，亦采北宋諸儒，又采及理學家言，並又采及南宋與朱子同時之人，其意實欲融貫古今，匯納群流，採擷英華，釀制新實。此其氣魄之偉大，局度之宽宏，在儒學傳統中，惟鄭玄差堪在伯仲之列。”[①]陸氏

---

① 錢穆著,《朱子學提綱》，北京:生活·讀書·新知三聯書店，2002，第30頁。

對朱注的繼承，亦意義重大。在明代中後期學術低迷的時代背景之下，陸時雍能夠吸取前代學術精華，將訓詁注疏與義理之學結合在一起，一定程度上克服了明末楚辭學牽强臆説之弊。

2. 多聞闕疑

朱熹作注疏，曾提出："經書有不可解處，只得闕，若一向去解，便有不通而謬處。"[①]陸時雍注書亦推崇"君子於其所不知，蓋闕如也"的精神，對於書中知之不確者，均注明"未詳""未聞"或"闕"等字樣，絶不牽强注解。

《大招》："發政獻行，禁苛暴只。舉傑壓陛，誅譏罷只。"

陸時雍注：暴，不叶下韻，未詳。

《天問》："皆歸䠶籥，而無害厥躬。何后益作革，而禹播降？"

陸時雍曰：宜闕。

《天問》："蓱號起雨，何以興之？撰體脅鹿，何以膺之。"

陸時雍曰：舊詁云，蓱，蓱翳，雨師名。號，呼也。天撰十二神鹿，一身八足兩頭，何以膺受此形體？此當闕疑。

《天問》："該秉季德，厥父是臧。胡終弊于有扈，牧夫牛羊？"

陸時雍曰：宜闕。

《天問》："有扈牧豎，云何而逢？擊牀先出，其命何從？"

陸時雍曰：宜闕。

《天問》："昏微遵迹，有狄不寧。何繁鳥萃棘，負子肆情？"

陸時雍曰：舊詁謂"人循暗微之道爲戎狄之行者，不可以安其身"。晉大夫解居父聘吴，過陳之墓門，見婦人負子，欲與之淫。婦人引《詩》刺之曰："墓門有棘，有鴞萃止。"余謂此事不類，故宜闕之。

《天問》："伯林雉經，維其何故？何感天抑墜，夫誰畏懼？"

① 黎靖德編，《朱子語類》，北京：中華書局，1986，第193頁。

陸時雍曰：宜闕。

《招魂》："九侯淑女，多迅衆些。盛鬋不同制，實滿宮些。"

陸時雍曰：鬋，鬢也，古制未詳。即如後世所云靈蛇之髻、墮馬之髻，種種不同，有自來矣。

由上可見，陸時雍雖然在自己不確定的地方不强作解。但他重視舊注，亦能將古籍舊注、前賢時彦的一些觀點記録在《楚辭疏》中，爲後世研究楚辭提供線索。並且，從文化史的角度來説，這種行爲也爲保存舊注做出了積極貢獻。

（三）敢於創新，不落窠臼

1. 簡化注釋語言

陸時雍注疏，强調注釋語言要簡明扼要，一改以往注疏繁瑣冗長的弊病。陸時雍的這一做法亦深受朱熹的影響。

朱熹曾説："凡解釋文字，不可令注腳成文，成文則注與經各爲一事，人唯看注而忘經。不然，即需各作一番理會，添卻一項功夫。竊謂須只似漢儒毛、孔之流，略釋訓詁名物及文義理致尤難明者，而其易明處，更不須貼句相續，乃爲得體。蓋如此，則讀者看注即知其非經外之文，卻須將注再就經上體會，自然思慮歸一，功力不分，而其玩索之味，亦益深長矣。"①錢穆先生對此做法也頗爲認同，其説："所論誠是解經唯一正軌。後來清儒以漢學自尊，取以與宋儒理學争門户，於朱子尤所嫉視。然其解經，訓詁名物之考據，一字一物，累數千言不自休。使人僅知有訓詁考據，不知復有經義，取以與朱子較得失，固何如耶？"②

---

① 朱傑人、嚴佐之、劉永翔主編，《朱子全書》，上海：上海古籍出版社、安徽：安徽教育出版社，2002，第3581頁。

② 錢穆著，《朱子新學案》，成都：巴蜀書社，1986，第1400頁。

陸時雍提倡的這一原則是有針對性的。洪興祖等的注疏在解釋經文時，常常離開文章意義而對一些名物禮制進行繁瑣的考證，動輒成百上千言，看似周到詳盡，實際上卻不得要領。以《離騷》“扈江離與辟芷兮，紉秋蘭以爲佩”中關於“蘭”的釋義爲例：

洪興祖《補注》中論及：“《本草注》云：‘蘭草、澤蘭，二物同名。蘭草一名水香。李云都梁是也。’《水經》云：‘零陵郡都梁縣西小山上，有渟水，其中悉生蘭草，緑葉紫莖。澤蘭如薄荷，微香，荆、湘、嶺南人家多種之。此與蘭草大抵相類。但蘭草生水傍，葉光潤尖長，有歧，陰小紫，花紅白色而香，五六月盛。而澤蘭生水澤中及下濕地，苗高二三尺，葉尖，微有毛，不光潤，方莖紫節，七月八月開花，帶紫白色，此爲異耳……’《荀子》云：‘蘭生深林。’《本草》亦云：‘一種山蘭，生山側，似劉寄奴，葉無椏，不對生，花心微黄赤。《楚辭》有秋蘭、春蘭、石蘭，王逸皆曰香草，不分别也。’近時劉次莊《樂府集》云：‘《離騷》曰：紉秋蘭以爲佩。又曰：秋蘭兮青青，緑葉兮紫莖。今沅、澧所生，花在春則黄，在秋則紫，然而春黄不若秋紫之芬馥也。由是知屈真所謂多識草木鳥獸，而能盡究其所以情狀者歟。’黄魯直《蘭説》云：‘蘭生深山叢薄之中，不爲無人而不芳，含香體潔，平居與蕭艾同生而不殊。清風過之，其香藹然，在室滿室，在堂滿堂，所謂含章以時發者也。然蘭蕙之才德不同，蘭似君子，蕙似大夫。概山林中十蕙而一蘭也……’”

而陸時雍在《楚辭疏》中卻用寥寥數語就將問題説明白了：

“蘭至秋乃芳。蘭，與澤蘭相似，生水旁，紫莖赤節，緑葉光潤，花紅白色而香，五六月盛。”

對於理解詩義而言，陸時雍的解釋給人的資訊量足矣。

2. 創立新説

陸時雍的《楚辭疏》對朱熹等舊注多有繼承，但在此基礎上，他也提出了一些新的看法、觀點，爲深化《楚辭》研究提供了資料。例如：

《離騷經》："皇覽揆余于初度兮，肇錫余以嘉名。"

按："初度"一詞含義，由古至今存在多種解釋。較有代表性的觀點有以下幾種：第一，王逸以爲"年月日皆合天地之正中"，錢澄之、王夫之二家與之略同；第二，張銑認爲應釋爲"初生之法度"，洪興祖、陸善經皆認同此説；第三，朱熹以爲"時節"，王邦采稱之，徐焕龍、胡鳴玉説雖小異，而皆從朱説。第四，劉永濟認爲"初度，初生時的容貌態度"；第五，胡文英認爲"初度，初生之氣度也"。

然而不同於上述諸説，關於"初度"之義，陸時雍又提出了一種新的解釋。他認爲，"初度"的意思應該是"始生辰也"。其後，浦江清亦認爲"初度"乃"生辰"之義，可以認爲是對陸注的一種認同。對"初度"一詞的認識，各家存在較大差異。"初度"所表達的意思，目前尚未有定論。陸時雍能夠結合文意提出一種新的釋義，亦是十分難得。

《離騷經》："朝搴阰之木蘭兮，夕攬洲之宿莽。"

按：關於"宿莽"一詞，王逸、朱熹都認爲是"草冬生不死者"。郭璞及《爾雅》認爲，"宿莽"指的是"卷施草"。錢杲之則認爲指的是"衆草之既枯者"。

不同於上述諸説，陸時雍又提出了一種新的説法。他認爲，"宿莽"又名"卷舒"，其特點是"摘去其心，復生不死"。

《九章 · 涉江》："帶長鋏之陸離兮，冠切雲之崔嵬。"

按：陸時雍曰：切雲，言其高耳，朱晦翁以爲冠名，恐未必。崐崘至高，玉英至潔，天地比壽，日月齊光，所謂卓然高遠，不與俗同者也。

朱熹認爲此處“切雲”指的是冠名。陸時雍對此説表示懷疑，並提出自己的觀點，他認爲這裏“切雲”是夸張的用法，是爲了形容所戴帽子的高度。

《九章·懷沙》：“章畫志墨兮，前圖未改。”

“畫”字之義，王逸、朱熹、陳第等並未單獨列出釋義，而是放在句意中，和“明章”一起，籠統解釋爲“明於所畫”“明其經畫”。最早對“畫”字進行解釋的是汪瑗，他認爲：“畫，言所指示之法。”① 陸時雍對此觀點不認同，他認爲：“畫，界限也。猶是非畫然之畫。”

《天問》：“何由并投，而鮌疾脩盈？”

陸時雍：宜其蓋鮌之愆，何故既已并投而惡聲復長滿於世也？并投者，當年之事。疾、盈者，後世之稱。原之此問，蓋歎之也。君父之事，力有所不得用。臣子之心，常有時而窮。若此者，古今豈一事哉？

“并投”一詞，朱熹《楚辭集注》未注釋。洪興祖《楚辭補注》僅對“并”字進行解釋。陸時雍對“并投”一詞進行注釋，他認爲“并投者”指的是“當年之事”。

總之，陸時雍在訓詁的過程中，能夠打破界限，反對傳統“疏不破注”等墨守成規之説，且多新解，創新頗爲豐富，在中國訓詁學史上佔據了一定的地位，對後世訓詁研究也産生了深遠的影響。

---

① 汪瑗集解，《楚辭集解》，吴平、回達强主編，《楚辭文獻集成》，揚州：廣陵書社，2008，第 3224 頁。

（四）立足文化，以通訓詁

中華民族有五千年的歷史，期間創造的華夏文化是我國的寶貴財富。典籍和文物是我們了解和傳承民族文化的重要橋樑和紐帶。但是，在閲讀古籍時，我們經常會出現明白字詞意思，卻不能夠把握文章大意的問題。這多少與我們不了解文章中藴含的文化知識有關。如果對古代文化知識一知半解或理解不深，那麽在解讀古籍時很容易出現錯誤或無法順通文意。因而，這也對從事古籍注釋的人提出了更高的工作要求。

陸時雍已經注意到了這一問題，故其在自己的訓詁著作中，很好地貫徹了"以文化通訓詁"的原則，對《楚辭疏》中所涉及的文化現象進行了詳細的闡釋，涵蓋的内容亦比較廣泛。

1. 敘事考實

通過解説這些歷史故事，讀者可以更加清楚地把握書中所要表達的思想内容。陸時雍的注疏中包含許多歷史故事，例如：

《離騷經》："啟《九辨》與《九歌》兮，夏康娱以自縱。不顧難以圖後兮，五子用失乎家衖。羿淫遊以佚畋兮，又好射夫封狐。固亂流其鮮終兮，浞又貪夫厥家。澆身被服强圉兮，縱欲而不忍。"

陸時雍曰：啟子太康不修先王之政，畋於洛表，十旬不反。羿拒於河，五弟御母以從，都於陽夏。所謂五子作歌是也。太康崩，弟仲康立。仲康崩，子相立。自太康及相，偏有兖豫之境，而羿據冀都之方。及寒浞弑相於帝丘，遂奄有河南之地而夏統中絶矣。方相之被弑也，后緡方娠，歸有仍氏，相臣靡奔有鬲氏，後生少康。少康自有仍奔虞，爲庖正，虞思妻以二姚，有田一成，有衆一旅。……羿之祖世爲射官，天子賜之弓矢，使司射。夏之方衰也，羿自鉏遷於窮石，號有窮氏。因夏民以代夏政，恃其射也，不恤民事，淫於原獸。

寒浞，伯明氏之讒子弟也，羿收，信而使之。浞行媚於内，施賂於外，愚弄其民而娱羿於田。羿田將歸家，衆殺之。浞因羿家，生澆及豷，恃其讒慝，而不德於民也。少康既立，滅澆於過，滅豷於戈，有窮遂亡。”

陸時雍詳細敘述了夏朝歷史上出現的“太康失國”“后羿代夏”和“少康中興”的事件。並且，通過對如上歷史資料的補充，可以使讀者清楚地掌握人物關係及事情發展的脈絡，更有利於理解文意，把握作者想要表達的“相觀民之計極”的思想。

《九章·惜往日》：“惜往日之曾信兮，受命詔以昭時。奉先功以照下兮，明法度之嫌疑……遭讒人而嫉之。君含怒以待臣兮，不清澈其然否。”

陸時雍曰：按《史記》：“懷王使屈平造爲憲令，屬草藁未定。上官大夫見而欲奪之，屈平不與。因讒之曰：‘王使屈平爲令，衆莫不知，每一令出，平伐其功，曰：非我莫能爲也。’王怒而疏屈平。”

陸時雍引用《史記》來述説屈原因讒言而遭楚懷王疏遠之事，旨在闡明“行婞直而不豫，鮌功用而不就”的道理，點明屈原不受任用亦與自身正直不阿的性格有關。

類似的例子還有很多，都是旨在解釋文意。陸時雍敘事考史的根本目的還是爲了注釋典籍。通過敘述與文意相關的歷史故事，可以進一步闡明文章的思想内容或句意章旨，進一步爲自己的訓詁服務。

2. 解釋天文地理

《楚辭》晦澀難懂的一個主要原因是大量涉及古代的天文、地理知識。陸時雍在注解時，通過稽考舊注等方式，對這些地方都給予了較爲詳盡的注釋。例如：

《遠遊》：“召豐隆使先導兮，問太微之所居。集重陽入帝宮兮，造旬始而觀清都。朝發軔於太儀兮，夕始臨乎於微閭。”

陸時雍曰：太微，宫垣十星，在翼軫北。重陽，天氣清陽之所也。《詩含神霧》云：“地去天一億五萬里，則一億五萬里以上皆天氣矣。故天有九重，則重陽之謂也。”天地交會之際曰宸。宸者，帝之所居也。

《遠遊》：“時曖曃其曭莽兮，召玄武而奔屬。”

陸時雍曰：玄武，北方七宿龜、蛇也。位在北方，故曰玄。身有鱗甲，故曰武也。

《離騷經》：“吾令羲和弭節兮，望崦嵫而勿迫。路曼曼其脩遠兮，吾將上下而求索。”

陸時雍曰：崦嵫，日所入山也，下有蒙水，中有虞淵。

《離騷經》：“鳳凰翼其承旂兮，高翱翔之翼翼。忽吾行此流沙兮，遵赤水而容與。”

陸時雍曰：赤水，在崑崙東南陬，入南海。

《九章·哀郢》：“出國門而軫懷兮，甲之鼂吾以行。發郢都而去閭兮，怊荒忽其焉極？……過夏首而西浮兮，顧龍門而不見。”

陸時雍曰：郢都，在漢南郡江陵縣。夏口，夏水口也。……龍門，楚都南關二門，一名龍門，一名脩門。

《九章·哀郢》：“當陵陽之焉至兮，淼南渡之焉如？”

陸時雍曰：陵陽，楚地，卞和氏封爲陵陽侯即此。

《九章·思美人》：“指嶓冢之西隈兮，與纁黄以爲期。”

陸時雍曰：嶓冢，在隴西氐道縣。

3. 考辨名物、典章制度

《楚辭》中多有草木、魚蟲、器具之名。而且很多名物的名稱與後世迥異，不辨不明。典章制度屬於上層建築。在中國漫長的兩千年封建專制社會中，各種制度繁瑣複雜。並且，隨著時間的推移，朝代的更替，許多制度已發生變化。因此，需要予以解釋。陸時雍在注釋典籍時，在繼承舊注的基礎上，充分結合時代的特點，與時俱進，對相關制度作出了很好的解釋。

《九章·哀郢》："發郢都而去閭兮，怊荒忽其焉極？"

陸時雍曰：閭，里門也。

《招魂》："箟蔽象棊，有六簙些。"

陸時雍曰：古者烏曹氏作簙，以五木爲子，有梟、盧、雉、犢、塞，爲勝負之采，簙頭刻梟形者最勝，盧次之，雉、犢又次之，塞爲下。

《招魂》："魂兮歸來！入修門些。工祝招君，背行先些。"

陸時雍曰：巫背行反走，則面向魂，而先爲引導者，以致敬也。

《招魂》："蘭膏明燭，華容備些。二八侍宿，射遞代些。"

陸時雍曰：二八，二列。《左傳》所謂"女樂二八，歌鐘二肆"是也。侍宿，侍夜也。射，厭也。侍女以二八爲數，意有厭射，輒使遞更，所以進新趣而易故觀也。"

總而言之，中國古代傳統文化與訓詁之間存在著十分密切的聯繫，只有對古代文化現象進行正確解讀，才能對古代典籍做出正確解釋。陸時雍將此作爲自己訓詁的一個原則，對《楚辭疏》中涉及到的古代文化都盡力予以詳細的闡釋，與此同時也提供了自己的見解，這也從另外一個角度反映了陸時雍的訓詁水平。

六、《楚辭疏》注疏的不足之處

雖然在明代的楚辭研究著作中，《楚辭疏》是一部較爲優秀且有特色的注本，但也存在許多不足。

（一）注音多叶音

叶音法是漢語注音方法之一。它是人們在爲古籍作注時，爲求押韻，而臨時改變韻字的讀音的一種注音方式。由於這種注音方式深受時人主觀性思維影響，學者們對叶音説持否定態度。例如，明代焦竑在《焦氏筆乘》卷三中云："詩有古韻、今韻。古韻久不傳，學者於《毛詩》《離騷》，皆以今韻讀之，其有不合，則强之爲音，曰此'叶'也，予意不然。"

陳第在《毛詩古音考·自序》中談到："蓋時有古今，地有南北，字有更革，音有轉移，亦勢所必至。"①由上可知，焦竑、陳第等對叶音法進行了大力批判，並點明了該注音法最大的不足在於不識古今語音變化。但處於焦竑、陳第之後的陸時雍，理應受到科學語音觀的影響，認識到叶音法的不足。可是事實上，在其《楚辭疏》中，採用叶音法注音的有 280 餘處，且其"叶音"多源自朱熹。

爲了更加科學地把握陸時雍所注"叶音"，本文將《楚辭疏》中的所有"叶音"整理出來與朱熹《楚辭集注》所注"叶音"進行一一對比，標注《楚辭疏》中每篇陸注"叶音"總數，以及與朱注中所用"叶音"注音相同的數目，如下表格：

表 1　《楚辭》陸注、朱注"叶音"對比表

篇目	離騷經	九章	遠遊	天問	九歌	卜居	漁父	九辨	招魂	大招
陸注	48	68	13	41	36	2	2	16	34	25
朱注	40	55	13	39	30	2	2	13	32	23

① 陳第著、康瑞琮點校，《毛詩古音考》，北京：中華書局，2011，第 7 頁。

由上表，我們可以清晰地看出，陸時雍所注“叶音”共285處，其中與朱熹所注相同的地方爲249處，比例高達87.40%。據此，我們可以推斷：陸時雍標注的“叶音”多出自朱熹。

陸時雍没有捨棄叶音，並且還將朱熹《楚辭集注》作爲舊詁的重要參照，這是爲何？筆者認爲，叶音説源遠流長，盛行近千年，對後世產生了深刻影響，至“唐宋時，叶韻之説氾濫，竟有爲求叶韻而改動古書文字者，使得先秦兩漢之書幾不可讀”①。到了宋代，由於朱熹的推崇，叶音之説風氣更盛，雖然“宋人吴棫、明人楊慎都曾對叶韻説表示懷疑，但始終不敢斷然否定”②。陳第等人與陸時雍生活年代相差僅一百餘年，其學説影響一時難以超越朱熹學説對陸時雍的影響。因而，在古韻學尚未成熟的情況下，並非古音學家的陸時雍，儘管可能會受到陳第在古音説方面的影響，但他對叶音的認識遠不能達到後世學者的水平。

故而，我們認爲造成陸時雍在注音方面局限的原因，可以歸結爲兩點：一是主觀原因，其自身音韻知識不足；二是客觀原因，時代限制，古音學發展尚未成熟。

（二）辨章離句多，釋詞少

戴震説：“經之至者，道也；所以明道者，其詞也；所以成詞者，字也。由字以通其詞，由詞以通其道。”③戴震認爲，訓詁的核心内容在於釋詞。郭在貽在其訓詁學著作《訓詁學》中亦明確提出：“訓詁的中心内容是釋詞”。④但統觀《楚辭疏》全文，釋義以章句爲

---

① 陳第著、康瑞琮點校，《毛詩古音考》，北京：中華書局，2011，第1頁。
② 戴震著、趙玉新點校，《戴震文集》，北京：中華書局，1980，第140頁。
③ 戴震著、趙玉新點校，《戴震文集》，北京：中華書局，1980，第140頁。
④ 郭在貽著，《訓詁學》，北京：中華書局，2013，第54頁。

主，釋詞部分所佔比重很小（釋詞多集中於《九章》篇）。

以《離騷經》篇爲例，《離騷經》全文共 373 小句，僅釋詞共 15 處；在《九歌》篇中，全文共 130 句，僅釋詞共 5 處。在許多章節的注釋中，亦存在只串講句意或闡發言外之意，而没有詞語注釋的情况。

爲了更加清晰地顯示出《楚辭疏》在解釋詞句方面的特點，特意對全書中每篇文章的總句數和陸時雍注解時解釋詞語的地方進行統計，如下表格：

表 2 《楚辭疏》釋詞統計表

篇目	離騷經	九章	遠遊	天問	九歌	卜居	漁父	九辨	招魂	大招
句數	373	337	82	373	130	26	14	26	147	38
釋詞	15	96	41	13	5	11	1	0	48	3

（三）部分注文、引文不準確

例如《遠遊》："質銷鑠以汋約兮，神要眇以淫放。"

陸時雍曰：綽約，柔弱貌。

按：陸時雍在解釋詞義時，所用詞語與原文所用詞語不完全相同。文中原本採用"汋約"一詞，在注音部分，陸時雍注"汋音綽"。可是陸時雍在釋義時卻用"綽約"一詞直接替代"汋約"，與原文不符合。雖然"綽約"爲連綿詞，只求記音即可，但在同一文句中，字形的不統一，容易引起讀者的誤解，更會在古籍流傳過程中造成不便。

《離騷經》："指九天以爲正兮，夫唯靈脩之故也。"

陸時雍曰：九天，《廣雅》云："東方蒼天，東南陽天，南方炎天，西南朱天，西方成天，西北幽天，北方玄天，東北變天，中央鈞天。"

按：該例中，引用注文“東方蒼天”和“北方玄天”有錯訛。《廣雅疏證》云：“東方昦天，東南陽天，南方炎天，西南朱天，西方成天，西北幽天，北方玄天，東北變天，中央鈞天”。① 其中“東方蒼天”和“北方玄天”之説取自《淮南子》，《淮南子》曰：“九天：中央鈞天，東方蒼天，東北變天，北方玄天，西北幽天，西方昊天，西南朱天，南方炎天，東南陽天。”②於此，我們認爲陸時雍在注釋“九天”時雜糅了《廣雅》和《淮南子》的學説。

《天問》：“夜光何德，死則又育？ 厥利維何，而顧菟在腹？”

陸時雍曰：沈括有云：“月本無光，日耀之乃光。 光之初生，日在其傍，故光側而所見纔如鈎耳。 日漸遠，則斜照，而光稍滿。 對照則正圓也。”余謂陽烏、陰菟皆爲月之魄，假物言之者也。 魄陰而闇，如目中之有翳睛。 假菟言之者，菟望月而生精相感也。 沈括又謂：“日月在天，如兩鏡相照，而地居其中，四旁皆空水。 故月中微黑之處，乃鏡中天地所照之影。”斯言恐未然也。

按：此段注語之誤有二：一、引文不準確。 開頭部分，引自沈括《夢溪筆談 · 日月之形如丸》，該文以當時所掌握的自然科學知識闡釋了日月構成及其形狀演變的問題。 其文曰：“月本無光，猶銀丸，日耀之乃光耳。 光之初生，日在其傍，故光側而所見纔如鉤；日漸遠，則斜照，而光稍滿。 如一彈丸，以粉涂其半，側視之，則粉處如鉤；對視之，則正圓。”③二、引文作者有誤。 文末引文作者實爲朱熹而非沈括。 朱熹在《楚辭集注》中提出：“日月在天，如兩鏡相

---

① 王念孫著，《廣雅疏證》，北京：中華書局，2004，第 281 頁。

② 洪興祖撰，《楚辭補注》，北京：中華書局，2014，第 9 頁。

③ 沈括著，《夢溪筆談》，长春：吉林大學出版社，2011，第 97 頁。

照，而地居其中，四旁皆空水。故月中微黑之處，乃鏡中大地之影，略有形似，非真有桂樹蟾兔。”

七、結語

明朝是繼漢唐之後的黄金時期。但明朝中晚期由於“土木之變”和“東林黨争”，國力衰退，内憂外患。然而，社會政局、經濟發展狀況的改變卻在一定程度上推動了楚辭研究的發展。陸時雍是明末較有影響的楚辭學專家和詩歌理論家，其著《楚辭疏》是明代楚辭學著作中的特色注本。

關於陸時雍的注疏特色，主要有以下四方面：攢列異文，總匯舊注；廣覽群書，多聞闕疑；敢於創新，不落窠臼，簡化注釋語言和創立新説；立足文化，以通訓詁，敘事考實、解釋天文地理和各種制度。這些特色從不同方面反映了陸時雍對訓詁的態度：在訓詁研究中既能吸收前人研究的精華，又能積極創新，體現自身的訓詁特色，别具一格。這一訓詁特點，貫穿陸時雍《楚辭疏》訓詁研究的整個過程。

關於不足之處，主要體現爲三個方面：注音多叶音；辨章離句多，釋詞少；注文、引文不準確。注音研究是陸時雍的薄弱環節，在這一方面，其多繼承朱熹的注音研究，在叶音方面表現得尤爲突出。訓詁的核心在於釋詞，但《楚辭疏》全文更注重對句意的闡發，釋詞在全書釋義中佔據較低的比例。且陸時雍在引用文獻爲《楚辭疏》釋義時，可能偶有僅憑記憶而未認真核對典籍的疏漏，因而在引文方面存在不準確的地方。

總之，陸時雍作爲明代較爲有影響力的楚辭研究專家，其楚辭訓詁研究在楚辭學史及訓詁學史上起到了重要的作用，他兼收並蓄，辯證客觀的態度爲清代及後世楚辭研究奠定了基礎。我們對陸時雍的《楚辭疏》的訓詁成就進行整理研究，目的亦是對當代的訓詁研究起促進作用。

凡　例

一、《楚辭疏》原文以明末緝柳齋刻本爲底本，參照緝柳齋原刻學山堂重印本、天章閣重印本、清康熙四十四年（1705）杭州陸氏有文堂重印本。

二、 正文句子單位劃分襲依原文，以保留原本面貌。

三、 凡明顯誤字者，徑加改正，不出校記。 凡文字有明顯出入且影響文意理解者，出校記，校記以腳注形式放在該頁文字之後。

四、 原文序、跋、目録、音釋等均予保留，以顯其原貌。

五、《九章》《九歌》《七諫》《九懷》《九嘆》《九思》各篇篇名原刻均置於文后，今爲方便讀者均置於文前。

六、 原刻有眉批，爲孫鑛、張煒如、李挺、李思誌、張焕如的評語。 今爲排印方便，以腳注的形式附在該頁文字之後。

楚辭疏序

昔陸士龍初不喜《離騷》，已乃歎其清絶，至貽書士衡曰："兄復不作者，此文遂單行千載間。"吾謂士龍同氣相推，爲恭耳。《離騷》之單行久矣。宋、景，其門人，若堂之有簃，帖然庇其下。東方生以降，其人大都負絶世才辭而擬之，後無稱焉。借士衡繼響有異諸人乎？如玉如瑩，爰變丹青。匪變也，益也。玉質而丹青，餙至矣。將來哲何加焉。故東方生、嚴夫子、王褒、劉向之徒不如淮南、班、賈、王、朱之當也。作，固有時不及述。雖然，作者乃推己以附《騷》，述者乃推《騷》以附經。夫《離騷》單行之書也，後無今，前無古。即懸六經而繩之，鮮不合者。要别子也，自爲祖矣。誰能混之？故概以詞賦焉則庳，因釋以《風》《雅》焉而亦不得尊。蓋善述者難焉。淮南、班、賈，湮矣。今所行叔師、考亭兩家，叔師疏，考亭密。疏者耕，密者穫，即遺秉滯穗時時有之。然而後起者勝考亭，其繼别之宗乎？陸昭仲起考亭之後，盡掃諸附會，獨以《楚辭》還《楚辭》，間取舊詁，録其瑜，拂其違，踵其事，變其本，合論而分疏之，使作者幽墨、紆軫、奇瑰、陸離之詞不必離朱睇而賈胡鑒，乃始較然勤哉。其用心乎振考亭之業，纘湘纍之緒，以當《騷》之苗裔，則繼禰者也。直補機、雲所未逮，亢宗陸氏乎哉。夫尊朱，功令也，焚林竭澤以求之，不勝給而索瘢者，乃日甚。《楚辭》功令所不及，是以獲免。今得昭仲善述，而考亭藉以無憾於千載。如意創而獺髓療之，益其妍矣。索瘢者爲誰？矧夫斐如、邠如不斤斤訓詁者。述也，媲於作矣。夫拾牙，後窺管中，作述之難也。唯昭仲獨也，超然轢古切今，二十五篇之後爲盛焉。吾知陸氏之書自此單行哉。昭仲言注《天問》者，周孟侯居多。孟侯麗才，少所下，獨心折昭仲，兄事之。與昭仲同居語溪之涘，溪流湯湯，得兩君焉。比於延津望氣者，詫爲雙龍，接沅湘之文，瀾若同源。然瓊枝瓊靡，唯所屬饜，即騷魄當顣頷避之，綵絲楝葉，有明徵矣。何考亭不衙官也？雲龍騤騤行矣，卜天飛焉。寧久朿功令哉？泠然如戛金者，意風雨之一吟耶。吾聆其初聲矣。

賜進士第通議大夫資治尹兵部左侍郎烏程唐世濟題

楚辭序

或問乎:“《離騷》曷離爾?”曰:“義取諸夫婦也。”“曷君臣而夫婦之?”“屈原深被寵眷,諸臣莫與比肩。上官大夫、靳尚之徒,心害其能,而讒間搆之,王懵不寤,賜之遠去,其離竆矣。”辨之言曰:“重無怨而生離。此《離騷》所以作也。然則曷騷也?”曰:“衷不平也。室家既造,拮据以之。蛾眉不揚,而嫫母ヂ以自代。其衷騷,騷憤作,故不平也。”外史氏曰:“余觀於騷,而知詩之所以變也。和平之失,沿而哀怨。哀怨之極,至於淒洏。人喜斯陶,陶斯咏,咏斯懌,懌斯愠,愠斯哀,哀斯困。君子讀《離騷》而知楚國之將亡也。哀而困矣,不可以復振矣。陳之亡也以《株林》,鄭之亡也以《溱洧》,王風之絶也以《何草不黄》,此皆一往而不可更反者也。”“然則《騷》,曷取乎爾?”曰:“此神將告之。非士君子之罪也。國之將亡,陰幽愀憯之氣,上菀而下泄。人羣鳥言,男子婦語,貞毅之結,激爲喟歎,而音以哨。哨不揚,詩其知之,强作也哉!”或謂:“《離騷》存楚。此與奄奄者庶愈耳!楚之亡也,《騷》曷能存之?然則夫子作而將安置《騷》?”曰:“從《詩》。夫子一日作,即《詩》一日未亡也。《離騷》變風爲歌,變而不降。其言則緼緼爾,其衷則緝緝爾。周公作《鴟鴞》,成王惎之,幸其有風雷之感也。《小弁》盡誠號呼,親佯弗聞,君子愍焉。《離騷》作而忠義明。楚國既撓,君臣相蒙。然小人媿，君子奮。仁人志士，感憤而扼腕者，即千載如一日焉。嬴秦制帝，六國既靡，謂楚雖三户，亡秦必楚。國有遺勁，人有餘烈，忠義之教，所砥世固甚遠也。《離騷》存楚，是故也。夫《騷》之不平愈於鄭、衛慆淫遠矣。《詩》亡而《騷》興。《騷》興世知有人倫之教。誠使其亂政波俗，荒淫讒慝之間，爲君若臣，《騷》何可一日無也。《詩》能廢也，即《騷》可不存已夫！”

陸時雍撰

楚辭敘

昔者王道既微，君子卷屈，經綸黼黻之具，不御於朝，而鬱之寤歌，著之編簡。孔子不得志於時，因《詩》亡以作《春秋》。《春秋》作而詩教粲然大備。故夫《三百》者，《春秋》之精華也。魯、齊、晉遞衰，楚日競進，政教文物，埒於中國。然楚有史無詩，識者怪焉。楚《檮杌》與魯《春秋》並，而《七月》《東山》諸什，儼然甲十五國而上之。人謂擯楚，然乎哉？後孔子二百餘歲，而屈大夫以《離騷》特鳴。《離騷》之視《詩》，異矣！憂懷鬱伊，感憤激昂。其言上述邃古，下譏當世。悟君念國，九死未悔。乃説者以《檮杌》爲變史，《離騷》爲變風。後世脩詞家習《騷》而以不見《檮杌》爲恨。夫《騷》存而不善讀之，猶之無《騷》也。則《檮杌》存而不善讀之，不猶之無《檮杌》乎哉！如玉如瑩，爰變丹青。於《騷》故無損也。華衮蘭芷，斧鉞蕭艾。佞雖顯而在斥，忠已汨而必揚。嘗謂《騷》存而《檮杌》可廢。夫《離騷》固《檮杌》之精華也，亦猶《三百》之於《春秋》也。楚之先，有於菟、叔敖以經濟鳴，倚相、射父以善讀《八索》《九丘》鳴，而最後宋玉、景差以辭賦鳴。差、玉皆原弟子，遞相祖述，几几乎掩中原而上之。夫楚人亦能自進於天下也哉！吾友昭仲之才之望，所稱自進于天下者也。經濟不愧於菟、叔敖，讀古不愧倚相、射父，登高作賦，不愧屈、宋、景、賈諸人。

而超絶之識，沉雄之力，不識於古何擬。夫昭仲自進於天下，而天下之進昭仲，猝未知所處。居常扼腕，每欲網羅昭代二百七十餘年故事，成一王不刊之史。而蛟龍有神，風雲未便。間以其感慨鬱騷，孤憤不平之氣，寓之詩賦雜著。今其諸書具在，一縱一横，籠絡宇宙，亦几几乎掩屈、宋諸人而上之。而弘獎名教，義存陽秋，則昭仲之詩騷與賦，固昭仲之史之精華也。嘗語我曰："《六經》息而邪説熾，訓詁繁而《風》《雅》堙。"每欲舉《三百篇》揭大義以訓世。謂《離騷》一書，上薄《風》《雅》，下開詞賦，間爲闡幽顯微，歸之經傳。而余亦出《天問别注》一卷佐之。嗟乎！世之得是書而讀之者，宜何如？亦庶幾乎善讀靈均者斯善讀昭仲者乎？若夫窺蘭臺石室之藏，成昭代不刊之典。而快然見《騷》與《檮杌》之合，尚俟之異日可也。是爲敘。

古醉里周拱辰孟侯父題

楚辭敘

屈原上稽邃古，下通列國，編愁組思，樹以芬芳，特出瑰瑋。自能言以來所未有。余師陸昭仲，胸敵古人。獎忠靈，昭黯默，論次其義，謂《離騷》頡昂人楚，抗峙列國風。疾病呻吟，戚顏長吁，使《江漢》《汝墳》間爲之，亦未即談笑若夷也。昭仲師聲《詩》班《雅》，然嘗推《騷》伯長之。其疏衷宣義，一如與原促膝把臂語。嗚呼！《騷》即於古不經，今竟經之。思靈均，求佚女，讀昭仲師之言，更不知憤然幾作矣！

門人張煒如道先父撰

屈原傳[①]

漢龍門司馬遷撰　明武林張焕如閱

屈原者，名平，楚之同姓也。爲楚懷王左徒。博聞强志。明於治亂，嫻於辭令。入則與王圖議國事，以出號令；出則接遇賓客，應對諸侯。王甚任之。上官大夫與之同列，争寵而心害其能。懷王使屈原造爲憲令，屈平屬草稿未定。上官大夫見而欲奪之，屈平不與，因讒之曰："王使屈平爲令，衆莫不知。每一令出，平伐其功，曰以爲'非我莫能爲也'。"王怒而疏屈平。屈平疾王聽之不聰也，讒諂之蔽明也，邪曲之害公也，方正之不容也，故憂愁幽思而作《離騷》。"離騷"者，猶"離憂"也。夫天者，人之始也；父母者，人之本也。人窮則反本，故勞苦倦極，未嘗不呼天也；疾痛慘怛，未嘗不呼父母也。屈平正道直行，竭忠盡智，以事其君，讒人間之，可謂窮矣。信而見疑，忠而被謗，能無怨乎？屈平之作《離騷》，蓋自怨生也。

---

① 原刻此處有眉批：太史公作《屈原傳》，便似屈原纏綿悱惻，過於女嬃之申申遠矣。將《離騷》中意挈入於此。所謂虚而得實、簡而得詳者，史氏之妙法也。太史公之于屈原，悲其志，高其行，而又重賞其文，故以《離騷》爲傳意，而以行事附。見其傾心于《騷》者，何其至！代述作傳。

《國風》好色而不淫,《小雅》怨誹而不亂。若《離騷》者，可謂兼之矣。上稱帝嚳，下道齊桓，中述湯、武，以刺世事。明道德之廣崇，治亂之條貫，靡不畢見。其文約，其辭微，其志潔，其行廉。其稱文小而其指極大。舉類邇而見義遠。其志潔，故其稱物芳；其行廉，故死而不容。自疎濯淖汙泥之中，蟬蜕于濁穢，以浮游塵埃之外，不獲世之滋垢，皭然泥而不滓者也。推此志也，雖與日月爭光可也。

屈平既絀。其後秦欲伐齊，齊與楚從親，惠王患之。乃令張儀佯去秦，厚幣委質事楚，曰:“秦甚憎齊，齊與楚從親，楚誠能絶齊，秦願獻商、於之地六百里。”楚懷王貪而信張儀，遂絶齊，使使如秦受地。張儀詐之曰:“儀與王約六里，不聞六百里。”楚使怒去，歸告懷王。懷王怒，大興師伐秦。秦發兵擊之，大破楚師於丹、淅①，斬首八萬，虜楚將屈匄，遂取楚之漢中地。懷王乃悉發國中兵，以深入擊秦，戰於藍田。魏聞之，襲楚至鄧。楚兵懼，自秦歸。而齊竟怒，不救楚，楚大困。明年，秦割漢中地與楚以和。楚王曰:“不願得地，願得張儀而甘心焉。”張儀聞，乃曰:“以一儀而當漢中地，臣請往如楚。”如楚，又因厚幣用事者臣靳尚，而設詭辨於懷王之寵姬鄭袖。懷王竟聽鄭袖，復釋去張儀。是時屈平既疏，不復在位，使於齊，顧反，諫懷王曰:“何不殺張儀?”懷王悔，追張儀，不及。

其後，諸侯共擊楚，大破之，殺其將唐眜。時秦昭王與楚婚，欲與懷王會。懷王欲行，屈平曰:“秦，虎狼之國，不可信，不如無行。”懷王稚子子蘭勸王行:“奈何絶秦歡?”懷王卒行。入武關，秦伏兵絶其後，因留懷王，以求割地。懷王怒，不聽。亡走趙，趙不

---

① 原刻作“浙”，誤，據《史記》改。

内。 復之秦，竟死於秦而歸葬。

長子頃襄王立，以其弟子蘭爲令尹。 楚人既咎子蘭以勸懷王人秦而不反也。 屈平既嫉之，雖放流，睠顧楚國，繫心懷王，不忘欲反。 冀幸君之一悟，俗之一改也。 其存君興國，而欲反覆之，一篇之中，三致志焉。 然終無可奈何，故不可以反。 卒以此見懷王之終不悟也。

人君無愚智賢不肖，莫不欲求忠以自爲，舉賢以自佐。 然亡國破家相隨屬，而聖君治國累世而不見者，其所謂忠者不忠，而所謂賢者不賢也。 懷王以不知忠臣之分，故内惑於鄭袖，外欺於張儀，疏屈平而信上官大夫、令尹子蘭，兵挫地削，亡其六郡，身客死於秦，爲天下笑，此不知人之禍也。《易》曰："井泄不食，爲我心惻，可以汲。 王明，並受其福。"王之不明，豈足福哉！ 令尹子蘭聞之，大怒。 卒使上官大夫短屈原於頃襄王。 頃襄王怒而遷之。 屈原至於江濱，被髮行吟澤畔，顔色憔悴，形容枯槁。 漁父見而問之曰："子非三閭大夫歟？ 何故而至此？"屈原曰："舉世混濁而我獨清，衆人皆醉而我獨醒，是以見放。"漁父曰："夫聖人者，不凝滯於物，而能與世推移。 舉世混濁，何不隨其流而揚其波？ 衆人皆醉，何不餔其糟而啜其醨？ 何故懷瑾握瑜，而自令見放爲？"屈原曰："吾聞之，新沐者必彈冠，新浴者必振衣。 人又誰能以身之察察，受物之汶汶者乎？ 寧赴常流而葬乎江魚腹中耳。 又安能以皓皓之白，而蒙世之温蠖乎？"乃作《懷沙》之賦。(其辭見第四卷)於是懷石，遂自投汨羅以死。

屈原既死之後，楚有宋玉、唐勒、景差之徒者，皆好辭而以賦見稱。 然皆祖屈原之從容辭令，終莫敢直諫。 其後楚日以削，數十年竟爲秦所滅。

屈原傳終

讀楚辭語

《風》《雅》既湮，《離騷》繼作，人取而經之。《騷》誠可經也。《詩》以持人道之窮者也。愛君憂國，顯忠斥佞，《騷》曷爲不可經哉？得聖經存，無聖經亡。十五《風》不折衷於孔氏之門，其或存、或亡，亦久矣！《騷》之存而不没，《騷》自足於存世也。或曰：《詩》發乎情，止乎禮義，故足稱耳。然則謂《騷》不經，謂《騷》之不止於禮義，則謂愛君、憂國、顯忠、斥佞之非禮義也。非持世之論也。欲尊經而經亡，寬於古昔嚴於來兹，亦非聖人之意也。

今試舉一二，踵武前王，取鑑堯舜，何其貞也。九天爲正，重華𠹶詞，何其亮也。顑頷何傷，九死未悔，何其忠也。鷙鳥不群，忍尤攘詬，何其卓也。靈脩美人，抑何親也。聰既塞矣，猶稱哲王，又何厚也。

《離騷》非怨君也，而專病黨人。貪婪求索，謡諑善淫，並舉好朋，蔽美稱惡。一篇之中强居半焉。而又其甚者，蘭芷化而爲茅也。糞壤爲芳，蘭不可佩，令爲君者，東西易面，泛泛然舉國以奉之。孰謂兩東門之不可蕪乎？故曰：余不難夫離别兮，傷靈脩之數化。靈脩非此其誰與化，乃知疾惡如仇讎，良自不容已也！

《離騷》之愛君，其本懷也。人未有不愛其君者，而《離騷》爲甚。以高陽之苗裔也。高陽之苗裔非一，而愛君《離騷》爲甚者，紉秋蘭以爲佩故也。其紉秋蘭以爲佩也，動必以芳。苟動必以芳，舍愛君則莫已者，所以九死而未悔也。不憚謇謇，不難離别。不惜以其心愁，不吝以其身死。貞婦愛夫，莫踰於此矣。

其爲《遠遊》求女也奈何？曰：此托也。意有所不可，則托而逃之以自解也。愠托而喜，憂托而豫。知其不可而無奈，姑托之以自解也。陟彼崔嵬，我馬虺隤，我姑酌彼金罍，維以不永懷。此有若狂癡，然療狂靡藥，故曰道思作頌，聊以自救兮，不救則病甚矣。

《離騷》者，其秦青之曼聲乎？長歌而却奏，故婉而多變也。悠柔之音，慘於激烈矣。舉其聲，若不任其衷焉。攬其詞，若不欲有其生焉。循其情，真嗚咽流涕而莫之白焉。《騷》弗被之於樂也，《騷》而被之於樂也，一哀而不可止矣，以是明其亡國之音也。

詩道雍容，騷人悽惋。讀其詞，如逐客放臣、羈人嫠婦，當新秋革序，荒榻幽燈，坐冷風淒雨中，隱隱令人腸斷。昔人謂痛飲讀《離騷》，酒以敵愁，《騷》以起思，温涼并服，差足當耳！

“鷙鳥之不群兮，自前世而固然。何方圜之能周兮，夫孰異道而相安。”語莊而排。“余固知謇謇之爲患兮，忍而不能舍也。指九天以爲正兮，夫惟靈脩之故也。”語直而凜。“惟草木之零落兮，恐美人之遲暮。棄騏驥以馳騁兮，來吾道夫先路。”語淺而旨。“雖萎絶其亦何傷兮，哀衆芳之蕪穢。”“恐鵜鴂之先鳴兮，使夫百草爲之不芳。”語深而思。“初既與余成言兮，後悔遁而有他。余不難夫離别兮，傷靈脩之數化。”懷而不私。“衆女嫉余之蛾眉兮，謡諑謂余以善淫。”“荃不揆余之中情兮，反信讒而齌怒。”怨而不憤。“閨中既以邃遠兮，哲王又不寤。懷朕情而不發兮，余焉能忍而與此終古。”號而不狂。“朝飲木蘭之墜露兮，夕餐秋菊之落英。苟余情其信姱以練要兮，長顑頷亦何傷。”約而不餒。“製芰荷以爲衣兮，雧芙蓉以爲裳。”華而不繢。“飲余馬於咸池兮，總余轡乎扶桑。折若木以拂日兮，聊逍遥以相羊。”高而不詭。“吾令鴆爲媒兮，鴆告余以不好。雄鳩之鳴逝兮，余猶惡其佻巧。”欲而善閑。“何昔日之芳草兮，今直爲此蕭艾也。豈其有他故兮，莫好脩之害也。”砭而善悟。此皆騷人之善立言也。

馬揚矻矻，騷人自得。《騷》之所不能至者，神也。《詩》之三百，《騷》之二十五篇，一常言耳。而能言人所欲言，合千百代人之意，而自一人發之，可不謂言之聖乎?

《離騷》撰名，特剏正則靈均，非爲字釋也。靈脩美稱，朱晦翁謂婦悦其夫之稱，非也。戰國人婦未聞以此稱夫者。心有所愛，極天下之至美、至潔、至親、至愛、至尊、至貴者加之，豈必婦悦其夫?且晉宋間，多卿其士大夫者，而婦亦以此卿夫。卿豈爲婦設乎?美人嘉之也，亦親之也，靈脩尊之也，復潔之也。荃與蓀者，芬之也。情有百種，語有殊致，夫豈漫然?情之所鍾，雖微言必摘。

說操築於傅巖，朱晦翁述孔安國云:“傅氏之巖在虞虢之界，通道所經，澗水壞道，常使胥靡、刑人築護此道。說賢而隱，代胥靡築以供食。”余友周孟侯謂禰衡罪同胥靡，不能發明王之夢。明乎說有罪而操築矣。晦翁爲賢者諱，謂賢者必不罹於罪。孟侯爲賢者憤，謂賢者必不免於罪。二者皆有爲之言也，然而孟侯當矣。古賢者之不免，豈獨一說哉!

《九章》《遠遊》，即《離騷》之疏也。《惜誦》專病黨人，而不與黨人爲訟。有自重之道焉，有忠告之誠焉。情冤抑而莫白者，何若是之從容也。“言與行其可迹兮，情與貌其不變，故相臣莫若君兮，所以證之不遠懲。”“懲熱羹而吹鳌兮，何不變此志也。欲釋階而登天兮，猶有曩之態也。”“吾聞作忠以造怨兮，忽謂之過言。九折臂而成醫兮，吾至今乃知其信然。”語婉而酸，撩人木衷，應知痛癢矣。

《涉江》，一筆兩筆，老榦疏枝。《哀郢》細畫纖描，著色著態，神韻要自各足。

“吴信讒而弗味兮，子胥死而後憂。”赳赳武夫，公侯干城。子胥以身備吴，屈原以身備楚者也。其《哀郢》曰：“民離散而相失兮，方仲春而東遷。出國門以軫懷兮，甲之鼂吾以行。”意去郢之朝，即郢亡之日乎？故篇中累累歷敘去思，而所謂《哀郢》者，止兩言已耳。“曾不知夏之爲丘兮，孰兩東門之可蕪。”其痛情者，在於去國而不忍言者，乃其郢亡也。“信非吾罪而棄逐兮，何日夜而忘之。”可謂一吽腸斷！

《抽思》，懷美人也。懷美人而不得，所以三致意於良媒也。《離騷》蹇修，蓋托也。《抽思》良媒，則實矣。《離騷》始放，猶意君恩未斷，而黄昏之期可還，似驟可徑逢，而無容轉計者。鴆與雄鳩，聊以自戲，還以自傷。而曰：“苟中情其好脩兮，又何必用夫行媒。”至其作《九章》也，去九年而不復，則思絶道窮，而不得不致念於無聊之計矣。故曰：“願遥赴而横奔兮，覽民尤以自鎮。結微情以陳詞兮，矯以遺夫美人。”“願承間而自察兮，心震悼而不敢。悲夷猶而冀進兮，心怛傷之憺憺。”以是知其爲實也。“曾不知路之曲直兮，南指月與列星。願徑逝而不得兮，魂識路之營營。”不知心精幾迸落矣。杜甫詩“每依北斗望京華”，望何足道？

《懷沙》，意絶緒之歌乎？衷之迫矣，何暇緩歌，不然何言之肆而直也。

《思美人》，思何苦也？思夫不育，思婦不孕，思美人而不得，故思良媒。思良媒而無從，故托怨於歸鳥也。其思窮矣，然而曰：“遷逡次而勿驅兮，聊假日以須時。”“指嶓冢之西隈兮，與纁黄以爲期。”所謂一與之期，之死誓靡他者，何思之至也。

《離騷》文不由思造，如:“吾令鴆爲媒兮，鴆告余以不好。雄鳩之鳴逝兮，余猶惡其佻巧。”“令薜荔以爲理兮，憚舉趾而緣木。因芙蓉以爲媒兮，憚褰裳而濡足。”“糺思心以爲纕兮，編愁苦以爲膺。折若木以蔽光兮，隨飄風之所仍。”如天花空翠，非根所托。唐詩云:“無名江上草，隨意嶺頭雲。”二語足評之矣。

《惜往日》曰:“乘騏驥以馳騁兮，無轡銜而自載。乘氾泭以下流兮，無舟楫而自備。”當是時國之乘泭，將浮於洋，而有心者，從而號之，不亦宜乎?“寧溘死而流亡，恐禍殃之有再。”此原之本懷也。彭咸之思自始已然，然而猶有待者，禍未極也，不容更待而後死。謂原之悁狹，非矣。“不畢辭以赴淵兮，惜廱君之不識。”身之存也。無良媒以爲之理，死而遺夫言也。將因飛鳥而致之與，何念君之無已衷也。

《懷沙》，情之窮也。《悲回風》，思之襞也。披其文，如層華疊葉而不可厭。省其衷，則叮嚀繁絮而惆有餘悲矣。其曰“不忍此心之常愁”，愁而自灼，故不忍也。嘗觀古之善處死者，慷忼自命，一瞑不顧。而原之纏綿悽惻，一何甚焉，非其身之謂也。生有餘慮，死有餘憂。衷懷不可語人，而静默無以自誘，惟付之狂吟累歎，以畢其所志而已。“糺思心以爲纕兮，編愁苦以爲膺。”此則原之所自疏也。既死之後，猶恐有知，何長生之足樂耶?

《離騷》云:“及年歲之未晏兮，時亦猶其未央。恐鵜鴂之先鳴兮，使夫百草爲之不芳。”此鵜鴂未鳴時也。《九章》云:“進路北次兮，日昧昧其將暮。舒憂娛哀兮，限之以大故。”又曰:“歲曶曶其若頽兮，時亦冉冉而將至。蘋蘅槁而節離兮，芳已歇而不比。”則百草已不芳矣，原始被放於懷王。已而復用，頃襄又放之。今讀其文，《離騷》尚多冀幸之詞，而《九章》一於絶歎，知《離騷》作於初放，而《九章》作於頃襄時耳。

《遠遊》，其蕩思也。蕩思自娱，漫興遣愁。《詩》曰："我姑酌彼兕觥，維以不永傷。"又曰："逢此百罹，尚寐無吪。"惟醉與夢，良於解憂。則《遠遊》之作，實瀛島之一夢也。此夢不醒，原固可以澤畔老矣。天下愚者善樂，智者善愁，邪者自便，正者自苦。此千載之一調也。

《遠遊》，放矣。托則未有不放者。故曰隱居放言，君子惟其旨之存，而不必其詞之屬也。

《遠遊》神摇蓬島，興極崑崙，即子晉吹笙，王母奉觴，廣樂齊鳴，靈圉畢壽。無復踰此者。相如矻矻而擬之，第見其往來摇曳，未知樂趣之何存者，奚其仙。

屈原之作《天問》，似謂天下都不可知者，天不可知，地不可知，人不可知，物不可知，古不可知，今不可知。惟其不知，所以爲怪。惟其爲怪，所以有問。千載以上，惟有此問。千載以下，並無此答。

柳子厚答《天問》，自是好事，亦復不知事。彼痛迫而號呼，此從容而譚論，又何以爲是答也。

《天問》不可以理論，不可以情求。逆其意者，當得之寥廓之表、窈冥之中耳。

《天問》事多怪。朱晦翁多諱言之，此正難以理論者也。然玄鳥開商，巨拇生稷，其事何也？天地之大也，何所不有？《山海經》固多可疑，然安知其事之盡妄者？善語怪者不怪，苦泥常者失常。

《九歌》體物撰情。雅與事稱，簡節短奏，觸響有琳瑯之聲，乃氣韻芬芳，何菲菲其襲予也。

《東皇太乙》《雲中君》《大司命》《東君》，彼漠然無情者，邈而不可親也。爲嚴禮以事之，遥情以拱之，温語以欵之，極歎以崇之。求而不得，安之若命。是可無憎於彼，而無愆於己也。《湘君》《湘夫人》爲有情者也。以情投之，宜倡予而和汝者。已而不荅，而綢繆繾綣之不已，情生於所至也。天下之相聞而慕，相覩而愛，已過而思，思甚而涕。生生死死，而不滅者，皆是物也。《山鬼》多情，而況人乎？況君臣父子，親知密締而不可解者乎？故通於情者，無不可言。觀湘水之潺湲，而堂陛之精神可得也。《少司命》，言之苦矣。人之所托命者，其誰而能若是恝也？《河伯》，勞矣。意求非其偶，故往從而不得也。《山鬼》，思人，人莫之知。彼其所以致媚者，亦已窮矣。人惟無情，人而有情，其於《九歌》未有不悲其言之切而意之惋也。

《國殤》《禮魂》不屬《九歌》，想當時所作亦不止此。而後遂以此二者附之《九歌》末耳。

《東皇太一》《雲中君》似疎星滴雨，寥落希微，正其情境雅合，着一麗語不得，着一穠語不得。

"穆將愉兮上皇"，穆字是析①字句；"璆鏘鳴兮琳琅"，是倒字句；"蕙肴蒸兮蘭藉，奠桂酒兮椒漿"，是錯字句。

"靈偃蹇兮姣服"，靈，靈巫也。"靈連蜷兮既留"，亦靈巫也。朱晦翁謂"巫不患其不留"，何言既留？不知"既留"者，語詞也。謂之巫服，則可謂之神服。不可既謂神既留矣。而又謂"謇將憺兮壽宫"，復何所指耶？《九歌》語極簡潔不應如是之複。

《九歌》非祭詞也。因物詠之，隨意致情。唐人嘗有感懷之什矣，又有漫興之詠矣。"心不同兮媒勞，恩不甚兮輕絶。""交不忠兮怨

① 原刻作"折"，不辭，當爲"析"字之誤。

長，期不信兮告余以不閑。”此非降神之語，亦明矣。若《山鬼》則托爲鬼言矣，豈有反致祝於人者，而奈何爲此要語也。即楚俗多鬼，原何自而媚之？彼懷沙之不遑，而暇爲南夷更定此詞也。王逸曰：“楚國南郢之邑，沅湘之間，其俗信鬼而好祠。其祠必作歌樂鼓舞，以樂諸神。屈原竄伏其域，懷憂苦毒，愁思怫鬱，出見俗祭祀之禮、歌舞之樂，其詞鄙陋，因爲作《九歌》之曲。上陳事神之敬，下見己之冤結，托之以諷諫。”朱晦翁因仍其説。至謂《湘君》等篇，男主事陰神，故其情意曲折尤多。余何敢信其然也。

温柔敦厚，《詩》之教也。婉孌悱側，《離騷》之旨也。“君不行兮夷猶，蹇誰留兮中洲。”此情語也。“揚靈兮未極，女嬋媛兮爲余太息。”此情境也。“捐余玦兮江中，遺余佩兮澧浦。采芳洲兮杜若，將以遺兮下女。”此情事也。知其不然而未敢絶望者，厚道也。思之不得，但流涕以從之，而未嘗有一言怨及之者，愛之至也。

《湘君》娟秀韶令，《國殤》雄武蹈揚，《山鬼》不俚不雅。種種神色飛動，命物之妙，真可下諸天而役萬靈者。

“搴薜荔兮水中，采芙蓉兮木末。”“鳥何萃兮蘋中，罾何爲兮木上？”其語意之來，如雲逐風流，水隨渠注，乃知此君信手生春之妙。且蘭苕翠羽，抑何色秀之天成也。

興起於《詩》，《詩》之失興者多矣。興者，感物生情，悠然起興。若物不稱情，何當於興矣。“沅有芷兮澧有蘭，思公子兮未敢言。”纔説芷蘭，便覺公子，芬馡撲人眉睫。“石瀨兮淺淺，飛龍兮翩翩。交不忠兮怨長，期不信兮告余以不閑。”亦自俯仰具足。

悲莫悲兮生别離，樂莫樂兮新相知。熟味此語，覺千古以來人皆夢夢於中而不寤。惟山有木匠則采之，凡人有情聖人道之。能知人之情、能言人之情、能盡人之情者，聖人也。原其聖於騷者。

“青雲衣兮白霓裳，舉長矢兮射天狼。操余弧兮反淪降，援北斗兮酌桂漿。撰余轡兮高馳翔，杳冥冥兮東行。”是高步天衢語氣。

《河伯》崎嶇。勞心無功，勞力無庸。求親而不得者，不知其可已也。波滔滔，魚隣隣，舉目蕭蕭，將誰與號。

《山鬼》騷興拍人，無限招摇挑蕩之況。“既含睇兮又宜笑，子慕予兮善窈窕。”謂之而未敢必其然也，然而撩人則欲狂也。“留靈脩兮憺忘歸，歲既晏兮孰華予?”此老狐深衷謎語也。“怨公子兮悵忘歸，君思我兮不得閑。”是代爲知己也。望既絶矣，而更爲餘韻以留之，猶冀其萬一也。可謂肺肝立罄，骨節皆靈矣。

《國殤》氣語飽決，字字干戈，語語劍戟，左旋右轉，真有步伐止齊之象。風折雲旋，星流雹擊，不足擬其步驟之奇也。“帶長劍兮挾秦弓，首雖離兮心不懲。”鬼何其雄，觀賈雍腹語，亦足爲此詞之傳奇矣。

“春蘭兮秋菊，無絶兮終古。”語何簡會。

《卜居》憤世，情隱不彰。若孑孑然而無偶於人者，若耿耿然而欲鳴之已者，而不知其憑憑然而欲扣之天也。太卜之對，又何巽也。後人爲此幾許捉衿露肘矣。人服其琦瑰，而吾獨愛其從容。

《漁父》數言，如寒鴉幾點，孤雲匹練，疎冷絶佳，至語標會，總不在多也。

《九辨》得《離騷》之清，《九歌》之峭，而無《九章》之婉。其佳處，如梢雲脩簳，獨上亭亭，孤秀槮疎，物莫與侶。

宋玉所不及屈原者三：婉轉深至，情弗及也；嬋娟嫵媚，致弗及也；古則彝鼎，秀則芙蓉，色弗及也。所及者亦三：氣清、骨峻、語渾。清則寒潭千尺；峻則華嶽削成；渾則和璧在函，雙南出範。

渾淪如天，旁薄如海，凝重如山，流注如川，變化如鬼神，馳驟如風雨，奇麗如品物。文章至此可謂盡神。自古能文，屈子亦其中之一矣，餘則支流、餘派已矣。

最喜者入門知姓，最忌者對客問名。所謂上品撮皮皆真，下品擢筋反僞。《九辨》首章，舉物態而覺哀怨之傷人，敘人事而見蕭條之感候。梗概既具，情色自章，足令循聲者知冤、感懷者興悼，不必曲爲點綴、細作粧描也。《九章》云“船容與而不進兮，淹回水而凝滯”，建安六朝盡向此中摸索。

“去白日之昭昭，襲長夜之悠悠。”語淡而悄。

《山鬼》詞云：“雷填填兮雨冥冥，猿啾啾兮狖夜鳴。風颯颯兮木蕭蕭，思公子兮徒離憂。”《九辨》云：“澹容與而獨倚兮，蟋蟀鳴此西堂。心怵惕而震盪兮，何所憂之多方。卬明月而太息兮，步列星而極明。”雖遒勁少遜，然標格亦峻絶矣。曹植《洛神》、王粲《登樓》絶代稱佳，然視此又復洛下詠矣。

“今之相者兮舉肥”，語諧而儁。

“計專專之不可化兮，願遂推而爲臧。賴皇天之厚德兮，還及君之無恙。”何語簡而意長也。今人發一誓願，禱告皇天，那得罄衷如許。

《招魂》絢麗，千古絶色。正如天人珠被，霞爛星明，出銀河而下九天者，非人世所曾得有。

《招魂》刻畫描畫，極麗窮奇，然已雕已琢，復歸於朴，鬼斧神工，人莫窺其下手處耳。

楊用修曰：“《招魂》豐蔚醲秀，驅枚馬而走班揚。”此是門面語意，余獨歎其爲奥。所謂奥者，經堂入室，直抉其壼奥者也。其舉景而得趣，舉貌而得態，舉色而得意，舉饌而得味，舉聲而得會，是謂天下之至神。顧虎頭爲人寫照，先察其神情，種種入手，一略舉筆具形，不由不意致周旋，精神飛越也。

“竽瑟狂會，損鳴鼓些。”損乃搷字之誤也。而世有歎損字之妙者，豈音殺耶？抑革裂耶？而何以云損？宋玉文渾淪古雅，決不若是之瑑而無謂也，若李賀嘔心則或有之矣。

宋晁無咎謂《大招》古奥，當爲原作無疑。朱晦翁謂《大招》平淡醇古，意亦深靖閑退，不爲詞人墨客浮夸艷逸之態。余觀此有感焉，乃知時世異而議論因之亦殊也。若余論之，直謂《大招》語不成趣，有貌無情，一爽羹敗酒之類耳。《大招》舉宫室、飲食、聲色之類，與《招魂》同。其欲靡麗奇巧亦一，而語之不精、言之無味者，力不足也。好色一，而彼於其醜，此於其嫮。飲酒一，而彼於其醨，此於其醪。謂醜與醨之不好，而嫮與醪之是好也，則不情矣。所謂深靖閑退而不爲浮夸艷逸之詞者，得無醜與醨之説乎？大抵宋人論文無之非道，若余之所論，無之非情。無之非道，舍仁義禮樂不可矣；無之非情，喜怒哀思，剛柔平反，皆是也。喜不成喜，思不成思，則不文矣。宜剛非剛，宜柔非柔，則不文矣。情者，詩文之的也。太過則濫，不及則僞矣。《易》曰：“剛柔交錯，天文也。文明以止，人文也。”此中亦着一道字不下。《衛風》《碩人》形容殆盡，誰詆其爲非者？此余之妄見，不敢自附於前賢者也。

揚雄《反離騷》譏不智也，譏張材也，譏自孽也，譏不善作合也。此皆不當乎原之心，并不諳乎原之時。其曰：“舒中情之煩惑兮，恐重華之不纍與。陵陽侯之素波兮，豈吾纍之獨見許。”雄之肝膽，於此微見。評古之言而實自狀之案。故言之可以觀人，文之難以掩衷也。至班固謂露才揚己，競乎群小之間，則好自立論，欲必異於馬遷者，其是非無足道耳。

淮南《招隱士》，此自招隱士耳，於屈原無與也。而王逸、朱晦翁俱牽涉原事，則非矣。文甚簡奧，所不及於屈、宋者，其鋒鈍耳。百煉犀利，一出一入。縱横莫當，非至人出鬼入神，安得具此手段。

《反離騷》有屈氏風味，《招隱士》有屈氏精神。自此以往，難具論矣。賈太傅自賈，與屈無涉也。

賈誼《弔屈原賦》憑抉胸臆，正如猛將挺劍弩目一呼，一時意氣都盡。

倡楚者，屈原。繼其楚者，宋玉一人而已。景差且不逮，況其他乎？自《惜誓》以下，至於《九思》，取而附之者，非以其能楚也，以其欲學楚耳。古道既遠，靡風日流，自宋玉、景差以來數千百年，文人墨士頡馬揚而抗班張者尚不一二，更何言楚？余故歎其寥寥而取以附之。是則私心之所以愛楚也已。

朱晦翁所取以續楚辭者，今固具在，余皆不可得而知其意。謂其佳耶？佳固不盡於斯，而所入集者未必俱佳。謂其楚耶？楚復不可得而見。或晦翁所嗜者，膏粱；而余之所嗜者，菖歜也。斯固不可得而知矣。

陆时雍識

楚辭條例

按晁無咎曰:“屈原自傷忠而被謗，乃作《離騷經》以諷懷王，不見省納。及襄王立，又放之江南，復作《九歌》《天問》《九章》《遠遊》《卜居》《漁父》《大招》，自沉汨羅以死。其後宋玉作《九辨》《招魂》，漢賈誼作《惜誓》，淮南小山作《招隱士》，東方朔作《七諫》，嚴忌作《哀時命》，王褒作《九懷》，劉向作《九歎》，皆擬其文，而哀平之死於忠。至漢武帝時，淮南王安始作《離騷傳》。劉向典校經書，分爲十六卷。東京班固、賈逵各作《離騷章句》。餘十五卷，闕而不説。至校書郎王逸，自以爲南陽人，與原同里，悼傷之，復作十六卷《章句》。又續爲《九思》。取班固二序附之。爲十七篇。按《漢書志》屈原賦二十五篇，今起《离騷經》至《大招》凡六，《九章》《九歌》又十八，則原賦存者，二十四篇耳。并《國殤》《禮魂》在《九歌》之外十一，則溢而爲二十六篇。不知《國殤》《禮魂》何以繫於《九歌》之末又不可合十一爲九。然則謂《大招》爲原辭，可疑也。夫以《招魂》爲義，恐非自作。或曰景差，蓋近之。”余謂《離騷》《九章》《遠遊》《天問》《九歌》《卜居》《漁父》，正合二十五篇。《大招》寒儉苦澀，斷非原辭。班氏晁氏，其言信而有徵也。

昔人編是書也，以《離騷》爲經。此下二十四篇皆名以傳。而余槩題以《楚辭》者，備楚風也。《詩》之《江漢》，收載《周南》，而楚無聞焉。自屈原感憤陳情，而沅、湘之音，剏爲特體。其人楚，其情楚，而其音復楚，謂之《楚辭》，雅稱也。或謂卑《騷》而辭之，非矣。孔子曰："辭達而已矣。"庸可定其爲何辭。

《楚辭》次序，無所定憑。今所傳朱晦翁本，首《離騷》，次《九歌》，次《天問》，次《九章》，次《遠遊》，次《卜居》，次《漁父》。以《九辨》《招魂》《大招》，則宋玉景差所作，而綴之於後。余謂《九章》即《離騷》之疏，而《遠遊》者，自《離騷》中倚閶闔登扶桑一意逗下，至《天問》《九歌》《卜居》《漁父》，則原所雜著也。朱晦翁因《九章》中有《懷沙》一篇，乃原之卒局，而《悲回風》顛倒繁絮，以爲臨絶失次之音故耳。然奈何以《卜居》《漁父》終也？余今所次，首《離騷》，次《九章》，次《遠遊》，次《天問》，次《九歌》，次《卜居》，次《漁父》，次《九辨》，次《招魂》，次《大招》，覺其脉絡相承，使觀者一覽而自得也。

書之有序，以挈領也。要領不得，則終篇茫然矣。《離騷》諸篇小序，王叔師大都謬誤。朱晦翁亦未全得也。叔師序《離騷》云："離，别也。騷，愁也。經，徑也。言己放逐離别，中心愁思，以諷諫君也。"以愁釋騷，既已未盡。而以徑釋經者，何也？《離騷》名經，後人尊之也！則騷經而諸篇皆傳也。又曰："《離騷》之文，依詩取興，引類譬喻；故善鳥香草，以比忠貞。惡禽臭物，以比讒佞。靈修美人，以媲於君。宓妃佚女，以譬賢臣。虬龍鸞鳳，以比君子。飄風雲霓，以爲小人。夫香草比芳以自喻也。靈修美人以媚君也。惡草以刺讒也。"其説得矣。至鶗鴂先鳴，賦而非比。鴆與雄鳩，以歎良媒之不偶，而非有所刺也。虬龍鸞鳳，飄風雲霓，以言役使侍衛之盛。若宓妃佚女，則遑遑得君之意，而於賢臣何取乎？晦翁序《九章》謂直致無潤色。而《惜往日》《悲回風》顛倒重複，倔强疎鹵。余則未之敢信。《遠遊》之序，叔師謂原“章皇山澤，無所告訴，乃深惟元一，修執恬漠，思欲濟世”。晦翁亦謂“陋世俗之卑狹，悼年壽之不長，思欲制鍊形魄，排空御氣”。而不明其無聊之感、有托之情，則不免癡人説夢矣。至其序《天問》也，似俱謂原“彷徨山澤，見先王之廟，及公卿祠堂圖畫天地、山川、神靈、琦瑋僪佹，及古聖賢怪物行事，因書其壁，呵而問之”。此論亦未可知，而所以問之之意，隱而不現，則原誠嘖嘖無謂矣。《九辨》序論，具列於後。《卜居》憤世，《漁父》自傷。此其顯而易見者也。叔師序《卜居》謂原“心迷意惑，不知所爲，乃就太卜家稽問”。其謬甚矣。晦翁謂原“閔當世習安邪佞，違背正直，陽爲不知二者，而假筮龜以決之”。猶迂回而未合也。至《漁父》者，豈當時實有是人，爲之問答。而叔師所序，何其固也。宋玉《九辨》，因原得感，未必俱爲原作。叔師之序《招魂》也，謂“宋玉憐原忠而斥棄，故作《招魂》以復其精神，延其年壽，以諷諫懷王，冀其覺悟而還之”。則於情事最爲不合，晦翁謂:“恐其魂魄離合，因國俗，托帝命，假巫咸以招之。”則實用以招矣。不知招魂者以文不以俗，以心不以事，招之於千世，而非招之於當時也。《大招》斷非原作。其文不肖，其事亦不合。余悲作者之意弗明，故更爲序論焉。使其幽情隱痛，世多覺者，非敢矜鶩文采，以傲前人也。

郭象之注《莊子》，王逸之注《離騷》。工拙雖殊，要皆自下語耳，於所注無與也。朱晦翁句解字釋，大便後學。然騷人用意幽深，寄情微眇，覺朱注於訓詁有餘，而發明未足。余爲之抉隱通微，使讀者了知其意，世無懵衷，亦余心之大快耳。大抵鑿山者勞倍，除道者功全，古人不靳其勞。余何敢自惜也。

《詩》有六義，比、興、賦居其三。朱晦翁注《離騷》依《詩》起例，分比、興、賦而釋之。余謂《離騷》與《詩》不同。《騷》中有比、賦雜出者，有賦中兼比、比中兼賦者，若泥定一例，則意枯而語滯矣。故無取乎此也。

文籍評論，譬之開點面目。兼古人崇義，後世脩文。自唐以來，《六經》皆作文字觀矣。《離騷》上紹《風》《雅》，下開詞賦。故多章函拱璧，字挾雙南。寓目會心，敢爲緘口。抑一言之當，九泉知己；片語之誤，千載口實。斯亦何可輕也。

屈原當戰國時，墳典未灰，史乘畢湊。兼以博識宏材，蹈揚千古。後之學者，誰瞯其藩。余慚眇植，竊附管窺《天問》一卷，余友周孟侯間嘗撰論，余最愛其辨博，直令諸家都廢。張華《博物》，再見於兹云。

《離騷》續集，無甚深情，不必細爲分解。間有一二，俱存其舊。

古今典籍，多所未窺。亥豕魯魚，紛焉淆亂。搦管甫畢，糾謬未全。凡其近似之端，存而待正。斯固燕王愛駿，朽骨千金，豈曰宋客求珍，碔砆十襲。仍陳疑義，誘進新聞。

陸時雍識

楚辭姓氏

注

王　逸　字叔師　南郡人

洪興祖　字慶善　雪川人

朱　熹　字元晦　新安人

疏

陸時雍　字昭仲　檇李人

別注

周拱辰　字孟侯　檇李人

評

孫　鑛　字文融　會稽人

張煒如　字道先　虎林人

李　挺　字浩生　昭陽人

李思誌　字又新　昭陽人

張煥如　字泰先　虎林人

榷

唐元竑　字祈遠　吴興人

張存心　字謙之　會稽人

訂

陸元瑜　字粹父　槜李人

張燁如　字素先　虎林人

張寄瀛　字文虎　會稽人

楚辭姓氏　終

楚辭目録

楚辭目録終

楚辭卷一

古檇李陸時雍疏

離騷經

陸時雍敘曰:《離騷》變風爲歌,瓌異詭裔。上自《谷風》《小弁》之所不覩,厲言類規,温言類諷,窾言類訴,狂言類號,聆其音均可當浪浪之致焉。要一發於忠愛,雖激昂憤懣,世莫得而訾也。處末世,事闇君,賈戇罹禍,心雖無疵,君子有遺議焉。觀《離騷》之辭,推原所以婉孌於君者,可幸無罪,而姱衷弗答,怨日以深,太史公讀其辭而嗚咽,慨涕有以也。①

帝高陽之苗裔兮,朕皇考曰伯庸。攝提貞于孟陬兮,惟庚寅吾以降。皇覽揆余于初度兮,肇錫余以嘉名。

① 原刻此處有眉批:李挺曰:"短序簡奥,足可長嘯揚馬。"

名余曰正則兮，字余曰靈均。 陬，子侯反。 降，叶乎攻反。①

【舊詁】高陽，顓頊有天下之號。 顓頊之後有熊繹者事周成王，封爲楚子，傳國至熊通，徙都於郢，僭稱曰武王。 生子瑕，受屈爲卿，因以爲氏。 苗裔，遠子孫之稱。 苗者，草之莖。 裔者，衣裾之末也。 攝提，星名，隨斗柄以指十二辰者也。 貞，正也。 陬，隅也。 正月爲陬，孟春昏時，斗柄指寅在東北隅，故以爲名也。 皇，皇考也。 高平曰原。 屈子名平，字原。 正則、靈均，各釋其義以爲美稱耳。

【陸時雍曰】本自高陽，同源已久，世載令望。 至于伯庸，以顯于時。 是不得行路其君傳舍其國明矣。 且天授以性，皇錫以名，履忠蹈信，死而不渝，則騏驥有具，而彭咸亦有胎也。 初度，始生辰也。②

紛吾既有此内美兮，又重之以脩能。 扈江離與辟芷兮，紉秋蘭以爲佩。 汩余若將不及兮，恐年歲之不吾與。 朝搴阰之木蘭兮，夕攬洲之宿莽。 重，直用反。 能，叶奴代反。 扈，音户。 辟，音僻。 紉，女陳反。 汩，于筆反。 搴，音蹇。 阰，音毗。 攬，力敢反；一作擥。 莽，音姆。③

---

① 原刻此處有眉批：張焕如曰："《離騷》備極幽怨而委蛇百折，愴有餘悲，其文情如霧綃絲縈而下。"又曰："屈原譜世，蓋在言情，自馬遷以降，幾乎名籍矣。"孫鑛曰："名字卻只以意説，煞是奇絶。"李思誌曰："全篇去取注語俱簡妙！"

② 原刻此處有眉批：張焕如曰："只此數語，足令通章血脈俱靈。"

③ 原刻此處有眉批：又曰："吾余上俱一字，作句法最簡掉，若後人得此入之句，腹衍一長文矣。"

【舊詁】紛，盛貌。重，再也。脩，長也。能，熊屬，多力，故有絶人之材者曰能。楚人名被爲扈。離，蘼蕪也。辟，幽也。紉，結也。蘭至秋乃芳。蘭，與澤蘭相似，生水旁，紫莖赤節，緑葉光潤，花紅白色而香，五六月盛。汩，水流去疾之貌。搴，拔取也。阰，山名。木蘭，皮似桂而香，狀如楠樹，高數仞，去皮不死。擥，采也。水中可居者曰洲。草冬生不死者，楚人名曰宿莽。

【陸時雍曰】既有内美，重之脩能，是當不見廢于世矣，而操持芳潔，動以自芬，伊何人斯而有此備美乎？宿莽，一名卷舒，摘去其心，復生不死。

日月忽其不淹兮，春與秋其代序。惟草木之零落兮，恐美人之遲暮。不撫壯而棄穢兮，何不改乎此度？乘騏驥以馳騁兮，來吾道夫先路！ 椉，一作乘。馳，一作馳，下同。①

【舊詁】淹，留也。惟，思也。草曰零，木曰落。美人，託詞，蓋寄意于君也。三十曰壯。草荒曰穢。

【陸時雍曰】草木易落，營魄易衰，乘時改圖，猶恐不給，騏驥既駕，誰其馳之，思君不來，祇自費其躅躑耳。

昔三后之純粹兮，固衆芳之所在。雜申椒與菌桂兮，豈維紉夫蕙茝？彼堯舜之耿介兮，既遵道而得路。何桀紂之昌被兮，夫唯捷徑以窘步。 菌，音窘。茝，昌改反。被，一作披。②

① 原刻此處有眉批：孫鑛曰："淡語。"

② 原刻此處有眉批：張焕如曰："《騷》中語多特刱類此。"

【舊詁】申椒者，或其地名。蕙，薰草，生濕地，麻葉方莖，赤花黑實，氣似靡蕪，可以已厲，或云即苓陵香也。耿，光也。介，大也。昌被，衣不帶貌。捷，邪出也。

【陸時雍曰】三后純粹，能集衆芳，世非無賢，而不賢者吐棄之恐後，調五味而進之，豈能强其啗[①]乎？捷徑快意，窘步自窮，迨跼蹐而無所復之，悔則靡及矣。

惟黨人之偷樂兮，路幽昧以險隘。豈余身之憚殃兮，恐皇輿之敗績。忽奔走以先後兮，及前王之踵武。荃不揆余之中情兮，反信讒而齎怒。余固知謇謇之爲患兮，忍而不能舍也！指九天以爲正兮，夫唯靈脩之故也。

隘，叶于力反。奔，布頓反。先，悉薦反。後，下遘反。荃，七全反。齎，一作齌，炊餔疾也，作齎非。怒，叶上聲。[②]

【舊詁】踵，足跟。武，迹也。荃與蓀同。陶隱居云："冬閒溪側有名溪蓀者，根形氣色極似石上菖蒲，而葉無脊。"蓋亦香草，時人以爲彼此相謂之通稱。謇謇，難于言，如謇吃然也。靈脩，亦託詞，皆寄意于君也。

【陸時雍曰】既"捷徑以窘步"，復"幽昧以險隘"，則君若臣者，舉國若狂矣。"忽奔走以先後"，將力揭[③]而出之坦途也，君何爲而信讒齎怒乎？君愈以怒，臣愈以將。心不能明，指天爲正，此無異故，唯靈脩之以也。夫臣以爲靈

---

① 啗，原刻作"啗"，乃"啗"之俗字，今改。下同。

② 原刻此處有眉批：張煒如曰："指堯舜桀紂以爲喻，而不敢怨君誹君，惟歸罪黨人居多。原亦奈此黨人何哉？"

③ 揭，通"竭"。

脩之故，而君以爲齎怒之圖，此《離騷》所以作乎，齎盛畜而將致之也。忍，忍以其身爲僇[①]也。九天，《廣雅》云:“東方蒼天，東南陽天，南方炎天，西南朱天，西方成天，西北幽天，北方玄天，東北變天，中央鈞天。”

曰黄昏以爲期兮，羌中道而改路。初既與余成言兮，後悔遁而有他。余不難夫離别兮，傷靈脩之數化。羌，起羊反。一本“余不難”“余”下有“既”字。數，所角反。化，叶虎瓜反。

【舊詁】羌，楚人發語詞。近曰離，遠曰别。

【陸時雍曰】離别，亦人所時有，而唯“靈脩之數化”，敗於而躬，非所以保令則而貽遠猷也。詘其身，苟有利于君者，人固甘心爲之，而豈知其忠遠而禍逮乎?

余既滋蘭之九畹兮，又樹蕙之百晦。畦留夷與揭車兮，雜杜衡與芳芷。冀枝葉之峻茂兮，願竢時乎吾將刈。雖萎絶其亦何傷兮，哀衆芳之蕪穢。晦，古畝字，莫後反，叶滿彼反。萎，於危反。[②]

【舊詁】畹，十二畝，或曰三十畝也，六尺爲步，步百爲畝。畦，隴種也。留夷、揭車，皆香草。杜衡，似葵而香，葉似馬蹄，故俗云馬蹄香也。

【陸時雍曰】蘭憔蕙悲，蕭焚艾嘆，觀一葉之落，將知萬木之萎黄也。“人之云亡，邦國殄瘁”，君子能不是之

---

① 僇，通“戮”。

② 原刻此處有眉批：張焕如曰：“人謂《離騷》複，信複矣。然結撰至思指各有趣，但覺其意變而不知其詞複也。”

慮乎?

衆皆競進以貪婪兮，憑不厭乎求索。羌内恕己以量人兮，各興心而嫉妒。忽馳騖以追逐兮，非余心之所急。老冉冉其將至兮，恐脩名之不立。婪，音藍。索，叶蘇故反。量，力香反。

【舊詁】並逐曰競，愛財曰貪，愛食曰婪。憑，滿也，楚人謂滿曰憑。害賢曰嫉，害色曰妒。七十曰老。冉冉，漸也。脩名，脩潔之名。

【陸時雍曰】恕己量人，人心不一，正如以鈎測矢，以釜度甂，所以讒人興謗而無故，賢士得罪而靡因也。君子非樂世之用，而憂名之不成。堯舜皋夔至今不死，故九畹百畝楚澤所以多芳草也，遑計人之愛與妒乎?

朝飲木蘭之墜露兮，夕餐秋菊之落英。苟余情其信姱以練要兮，長顑頷亦何傷? 擥木根以結茝兮，貫薜荔之落蘂。矯菌桂以紉蘭兮，索胡繩之纚纚。英，叶於姜反。姱，苦瓜反。要，於笑反。顑，虎感反。頷，户感反。纚，音徙。薜，蒲計反。荔，郎計反。

【舊詁】顑頷，食不飽而面黄之貌。薜荔，香草緣木而生。蘂，花蕚鬚粉，蘂蘂然也。矯，舉也。胡繩，亦香草，有莖葉，可作繩。

【陸時雍曰】墜露易晞，落英幾何，如是而顑頷，所必至矣。胡繩纚纚，雖長何益，然非是弗貴，衷有所獨喻也。練要，練潔而要妙也。纚纚，長垂貌。

謇吾法夫前脩兮，非世俗之所服。雖不周於今之人兮，願依彭咸之遺則！ 長太息以掩涕兮，哀民生之多艱。余雖好脩姱以鞿羈兮，謇朝誶而夕替。 既替余以蕙纕兮，又申之以攬茝。 亦余心之所善兮，雖九死其猶未悔！

謇，一作蹇。 服，叶蒲北反。 鞿，居依反。 羈，居宜反。 誶，音粹。 替，與艱叶。 艱，居垠反。 替，它因反。 纕，息羊反。 悔，叶虎猥反。

【舊詁】謇，難詞也。 彭咸，殷大夫，諫君不從，自投水死。 掩涕，抆淚也。 馬韁在口曰鞿，革絡頭曰羈，自喻繩束不放縱也。 誶，諫也。 纕，佩帶也。 申，重也。

【陸時雍曰】以糞溉蘭，蘭將自斃，性使然耳，屈原之死，其誰使之。 糞壤充幃，薋菉滿室，不堪之氣，無能少忍於須臾耳。 九死未悔，惡知來莽大夫之嘲乎。 朝誶夕替，謂朝諫君而夕廢身也。

怨靈脩之浩蕩兮，終不察夫民心。 衆女嫉余之蛾眉兮，謠諑謂余以善淫。 固時俗之工巧兮，偭規矩而改錯。背繩墨以追曲兮，競周容以爲度。 忳鬱邑余侘傺兮，吾獨窮困乎此時也。 寧溘死以流亡兮，余不忍爲此態也！

諑，音卓。 偭，音面。 錯，叶七故反。 忳，徒渾反。 邑，一作悒，下同。 侘，勑駕反。 傺，丑吏反。 溘，苦答反。 態，叶土宜反。①

【舊詁】偭，背也。 錯，置也。 周，合也。 度，法也。 忳，憂貌。 侘傺，失志貌。 侘，堂堂立貌。 傺，住也，楚人名住爲傺。 溘，奄也。

---

① 原刻此處有眉批：張煒如曰："言娟娟而嫵媚，娓娓與黨人爲理。"

【陸時雍曰】浩蕩，謂無畔岸，無繩尺也。民云者，卑詞，亦哀詞也。追，趨迫也。蛾眉者，衆所忌。善淫者，君所知，以蛾眉而謂善淫則姱容者懼矣，因謠諑而遂齌怒，將不助讒爲妒己乎？“偭規矩而改錯”，固哲匠之所絀也。“競周容以爲度”，乃時俗之所適也。“忳鬱邑余侘傺”，則繩墨之自灾也。“寧溘死以流亡”，則蘭茝之樂摧也。小人善趨，君子善遂，寧至死而變其守乎？

鷙鳥之不羣兮，自前世而固然。何方圜之能周兮，夫孰異道而相安？屈心而抑志兮，忍尤而攘詬。伏清白以死直兮，固前聖之所厚。圜，一作圓。攘，而羊反。①

【陸時雍曰】鷙鳥不羣，方圜難周，此君子之自處耳。於人乎何尤，所以屈心抑志，忍尤攘詬。雖以此擯死，亦前聖之所厚也。然則死亦何畏，而小人何足怪乎？君子雖急於得君而不能投衆，所以趦趄而難進耳。攘詬，謂攘却詬恥，不置於懷也。《漁父》詞云“安能以身之察察受物之汶汶”，則原未嘗少淄於世也。而謂屈心抑志，忍尤攘詬者，謂蒙難而未即死也。死則潔矣，可洗垢而揚其波矣。②

悔相道之不察兮，延佇乎吾將反。回朕車以復路兮，及行迷之未遠。步余馬於蘭皋兮，馳椒丘且焉止息。進不入以離尤兮，退將復脩吾初服。製芰荷以爲衣兮，集芙蓉以爲裳。不吾知其亦已兮，苟余情其信芳。高余

---

① 原刻此處有眉批：張煒如曰：“自處抑復慨然。”

② 原刻此處有眉批：李思誌曰：“三閭狷潔得此論，可謂剔腸揭腑。”

冠之岌岌兮，長余佩之陸離。芳與澤其雜糅兮，唯昭質其猶未虧。忽反顧以游目兮，將往觀乎四荒。佩繽紛其繁飾兮，芳菲菲其彌章。民生各有所樂兮，余獨好脩以爲常。雖體解吾猶未變兮，豈余心之可懲！相，息亮反。佇，直吕反。離，去聲。雧，古集字。糅，女救反。樂，五教反。好，乎報反。懲，叶直良反。①

【舊詁】延，引頸也。佇，跂立也。步，徐行也。芰，蔆也。芙蓉，蓮花也。《本草》云："蓮，其葉名荷，其花未發爲菡萏②，已發爲芙蓉。"

【陸時雍曰】屈原忠不見亮③，信無所之，至欲回車復路云者，將敢駕耶，其從俗耶，悵悵乎何之，進不離尤，退脩初服，躊躕欲往，未得其所。以是知係心楚國，睠顧懷王，不能一刻忘也。"忽反顧以游目兮，將往觀乎四荒。"其夫子居夷浮海之思乎，欲近之而不得，欲遠之而無所，忠臣念國，衷有結而不可解也。繽紛繁飾信可珍兮，芳菲彌章孰可掩兮，衣錦夜行孰申旦而明之，當不禁其深自惋耳。陸離，光粲分散之貌。

女嬃之嬋媛兮，申申其詈予，曰鮌婞直以亡身兮，終然殀乎羽之野。汝何博謇而好脩兮，紛獨有此姱節。薋菉葹以盈室兮，判獨離而不服。衆不可户說兮，孰云察

---

① 原刻此處有眉批：張煥如曰："脩脩之致，琅琅之章，振衣高詠，亦可以死黨人之魄矣。"

② 萏，原刻作"萏"，乃"萏"之俗字，今改。下同。

③ 亮，通"諒"。

余之中情。世并舉而好朋兮，夫何煢獨而不予聽。依前聖以節中兮，喟憑心而歷兹。濟沅湘以南征兮，就重華而敶詞。嬃，私俞反。嬋，音蟬。媛，音爰。予，叶音與。鮌，與鯀同。婞，一作倖，胡頸反。野，叶上與反。“姱節”之“節”，叶音即。薋，自資反。菉，力玉反。葹，商支反。說，輸芮反。聽，叶它丁反。敶，古陳字。

【舊詁】女嬃，屈原姊。《帝系》曰：“顓頊五世而生鮌。”婞，狠也。博謇，謂廣博忠直也。姱，美也。薋，蒺藜也。菉，王芻也。葹，枲耳也。三者皆惡草。憑，恚盛貌。沅水，出象郡鐔城西，東注江，合洞庭中。湘水，出帝舜墓東，入洞庭下。舜葬九疑山，在沅湘之南。

【陸時雍曰】借女嬃以發端，就重華以明志，以世無可語，而爲此不得已之辭也。“指九天以爲正兮”，憚天高而聽懵。“就重華而敶詞”，聊以舒夫予情。女嬃之詈，漁父之答，正以見時事之可悲耳。嬋媛，眷顧流連之意。申申，繁絮貌。

啟《九辨》與《九歌》兮，夏康娱以自縱。不顧難以圖後兮，五子用失乎家衖。羿淫遊以佚畋兮，又好射夫封狐。固亂流其鮮終兮，浞又貪夫厥家。澆身被服强圉兮，縱欲而不忍。日康娱而自忘兮，厥首用夫顛隕。夏桀之常違兮，及遂焉而逢殃。后辛之菹醢兮，殷宗用之不長。湯禹儼而祗敬兮，周論道而莫差。舉賢才而授能兮，循繩墨而不頗。皇天無私阿兮，覽民德焉錯輔。夫維聖哲之茂行兮，苟得用此下土。瞻前而顧後兮，相觀民之計極。夫孰非義而可用兮，孰非善而可服。難，乃旦反。衖，巷同，叶乎貢反。射，音石。浞，食角反。家，叶古胡反。澆，作奡，五耗反。圉，魚吕反。儼，魚檢反。差，叶七何反。頗，叶普禾反。行，下孟反。相，息亮反。

【舊詁】《九辨》《九歌》，禹樂也。禹平治水土以有天下，啟承先志纘敘其業，故九州之物皆可辨數，九功之德皆可歌也。强圉，多力也。紂醢梅伯，武王誅之。

【陸時雍曰】啟子太康不脩先王之政，畋於洛表，十旬不反。羿拒於河，五弟御母以從，都於陽夏。所謂五子作歌是也。太康崩，弟仲康立。仲康崩，子相立。自太康及相，偏有兗豫之境，而羿據冀都之方。及寒浞弒相於帝丘，遂奄有河南之地而夏統中絶矣。方相之被弒也，后緡方娠，歸有仍氏，相臣靡奔有鬲氏，后生少康。少康自有仍奔虞，爲庖正，虞思妻以二姚，有田一成，有衆一旅，撫有夏衆。靡收二國之燼以滅浞，少康踐位光復舊業。羿之祖世爲射官，天子賜之弓矢，使司射。夏之方衰也，羿自鉏遷於窮石，號有窮氏。因夏民以代夏政，恃其射也，不恤民事，淫於原獸。寒浞，伯明氏之讒子弟也，羿收，信而使之。浞行媚於内，施賂於外，愚弄其民而娱羿於田。羿田將歸家，衆殺之。浞因羿室，生澆及豷，恃其讒慝，而不德於民也。少康既立，滅澆於過，滅豷於戈，有窮遂亡。自上而下曰顛。

阽余身而危死兮，覽余初其猶未悔。不量鑿而正枘兮，固前修以菹醢。曾歔欷余鬱邑兮，哀朕時之不當。

攬茹蕙以掩涕兮，霑余襟之浪浪。阽，余廉反。悔，呼磊反。量，音良。鑿，音漕。枘，而鋭反。歔，許居反。欷，許衣反，又許毅反。當，平聲。茹，如吕反。浪，平聲。

【舊詁】阽，臨危也，謂近邊而欲墜也。危死，幾死。鑿，穿孔也。枘，刻木端以入鑿者也。正，謂審其正以納之也。歔欷，哀泣聲。鬱邑，憂也。茹，柔軟也。浪浪，流貌。

【陸時雍曰】“不量鑿而正枘”，若自造其背也。“哀朕時之不當”，實時命之所爲也。攬涕自痛又誰怨焉。

跪敷衽以陳辭兮，耿吾既得此中正。駟玉虬以椉鷖兮，溘埃風余上征。朝發軔於蒼梧兮，夕余至乎縣圃。欲少畱此靈瑣兮，日忽忽其將暮。吾令羲和弭節兮，望崦嵫而勿迫。路曼曼其脩遠兮，吾將上下而求索。飲余馬於咸池兮，總余轡乎扶桑。折若木以拂日兮，聊逍遥以相羊。前望舒使先驅兮，後飛廉使奔屬。鸞鳳爲余先戒兮，雷師告余以未具。吾令鳳鳥飛騰兮，又繼之以日夜。飄風屯其相離兮，帥雲霓而來御。① 紛總總其離合兮，班陸離其上下。吾令帝閽開關兮，倚閶闔而望予。時曖曖其將罷兮，結幽蘭而延佇。世溷濁而不分兮，好蔽美而嫉妒。正，音征。鷖，烏雞反。縣，音玄。崦，音奄。嵫，音茲。古但作奄茲。曼，莫半反，又莫官反。索，叶所格反。飲，余

① 原刻此處有眉批：張焕如曰：“朝發蒼梧，夕至縣圃，何其迅也！非所云借神景以往來者與。”

禁反。相羊，穰佯同。屬，叶章喻反。爲，于僞反。屯，徒渾反。離，去聲。霓，五稽、五歷、五結三反，此從五稽反。御，叶音迓，下同。下，叶音户。予，叶音與。罷，叶音皮。妒，叶丁五反。

【舊詁】敷，布也。衽，裳際也。有角曰龍，無角曰虬。鷖，鳳類，身有五彩。溘，奄忽也。軔，楮車木也，將行則發之。蒼梧，舜葬地。縣圃，在崑崙山上。瑣，門鏤也，文如連鎖。羲和，堯時主四時之官，賓日、餞日者也。崦嵫，日所入之山。迫，附近也。求索，求賢君也。扶桑，木名，日在其下。若木，亦木名，在崑崙西極，十日在末，其華光照下地。望舒，月御。飛廉，風伯也。雷師，豐隆也。《山海經》曰："丹穴之山有鳥，其狀如雞，五彩而文，飲食則自歌自舞。"飄風，回風也。屯，聚也。霓，陰陽交合之氣。郭璞云："雄曰虹，雌曰霓。雲漏薄日，日照雨點則生也。"御，迎也。總總，聚貌。班，亂貌。閽，主門之隸。閶闔，天門也。言令閽開關，將入見帝，而閽者倚門，望而拒我，使不得入也。曖曖，昏貌。罷，極也。既不得入見帝，於是歎世溷濁嫉妒，則將去而他適也。

【陸時雍曰】屈原厲志高潔，動與俗殊。其所云號令鬼神，役使靈異，真有日月争光之意，又非徒佩蘭扈芷，以姱衆人之耳目已矣。"溘埃風余上征"，何飄然而高舉也。志士愛日如不勝情，故羲和之節可弭。無羨登霞崦嵫之車，未懸有懷來哲。"折若木以拂日"，或轉却可再中也。"聊逍遥以相羊"，暫紓憂以自適也。叫帝閽而開關，倚閶闔以望余。何嫉妒之多，時曖曖以將罷，"結幽蘭而延佇"，則含情而未沫也。時不更待，君不一逢，則不勝其遑遑已爾。崦嵫，日所入山也，下有蒙水，中有虞淵。《淮南子》曰："日出於陽谷，浴於咸池，拂於扶桑，是謂晨明，登於扶桑，爰始將行是謂朏明。"

朝吾將濟于白水兮，登閬風而緤馬。忽反顧以流涕兮，哀高丘之無女。溘吾遊此春宫兮，折瓊枝以繼佩。及榮華之未落兮，相下女之可詒。吾令豐隆椉雲兮，求虙妃之所在。解佩纕以結言兮，吾令蹇脩以爲理。紛總總其離合兮，忽緯繣其難遷。夕歸次於窮石兮，朝濯髮於洧盤。保厥美以驕傲兮，日康娱以淫遊。雖信美而無禮兮，來違棄而改求。覽相觀於四極兮，周流乎天余乃下。望瑶臺之偃蹇兮，見有娀之佚女。吾令鴆爲媒兮，鴆告余以不好。雄鳩之鳴逝兮，余猶惡其佻巧。心猶豫而狐疑兮，欲自適而不可。鳳凰既受詒兮，恐高辛之先我。欲遠集而無所止兮，聊浮游以逍遥。及少康之未家兮，留有虞之二姚。理弱而媒拙兮，恐導言之不固。世溷濁而嫉賢兮，好蔽美而稱惡。閨中既以邃遠兮，哲王又不寤。懷朕情而不發兮，余焉能忍而與此終古！閬，音郎。馬，叶滿補反。佩，叶音備。詒，叶音異。虙，房六反。纕，息羊反。理，叶賴上聲。緯，音徽。繣，呼麥反，又音畫。盤，叶蒲延反。娀，音嵩。令，音零。鴆，直禁反。佻，音挑。巧，叶苦老反。惡，叶烏路反。古，叶音故。①

---

① 原刻此處有眉批：張焕如曰："纏綿潦倒可勝煩冤。"孫鑛曰："恐先我及未家，構意絶妙。"

【舊詁】《淮南子》言:“白水出崑崙之山。”高丘,閬風山上也。女,神女,以比賢君。於此無遇,故欲遊春宮,求虙妃、見佚女、留二姚也。虙妃,伏羲氏女,溺洛水而死,遂爲水神。纕,佩囊也。緯繣,乖戾也,蹇脩既持纕以通言,而其意一合一離,以乖戾而見絶,其意終難移也。次,舍也。窮石,山名,在張掖,即后羿之國。簡倨曰驕,侮慢曰傲。有娀,國名,《吕氏春秋》曰:“有娀氏有美女,爲高臺以飲食之,謂帝嚳之妃,契母簡狄也。”鴆羽有毒殺人。雄鳩,鶻鳩也,似山鵲而小,尾短,青黑色,多聲。佻,輕也。猶,犬子,人將犬行,犬好豫在人前,待人不來,豫爲迎候,故謂不決曰猶豫。高辛,帝嚳有天下之號。言鳳凰既受高辛氏之詒而求之,恐簡狄先爲嚳所得也。有虞以女妻少康,理既弱於少康,而媒又無巧詞,則不待其不合,而已知其無所成矣。小門謂閨。終古者,古之所終,謂來日之無窮也。寤,覺也。

【陸時雍曰】既成言而有他,誓離居而不可,思虙妃可求,而二姚亦可留也。原之欲得君也,急矣。其不偶也,甚矣。將何途之從而可耶?人之言曰,龍欲上天須浮雲,人之仕進須中人,則良媒之感亦睽隔之極思矣。閨中既邃遠,哲王又不寤,則所謂一腔熱血,灑何處耶?至有懷如焚,不能終古,何衷無復之之若此也。室家既遂,中道棄捐,進無以自明,退無以自處,所以遑遑求合,必之死以爲期耳。“苕之華,其葉青青,知我如此,不如無生”,此自傷其焦灼之苦也。人非其毒太苦,寧至以死爲愉快耶?然跡其所言,一似遇不苟遇,求不妄求,躊躕審顧,抑何凜凜焉者。剛直之志，死而不渝，所稱與日月争光者，此矣。偃蹇，擠倨貌。《淮南子》言："弱水出於窮石，入於流沙。"《禹大傳》曰："洧盤之水，出崦嵫山。"

索藑茅以筳篿兮，命靈氛爲余占之。曰："兩美其必合兮，孰信脩而慕之？思九州之博大兮，豈惟是其有女？"曰："勉遠逝而無狐疑兮，孰求美而釋女？何所獨無芳草兮，爾何懷乎故宇？"藑，音瓊。篿，音專。"有女"之"女"，如字。"釋女"之"女"，音汝。

【舊詁】藑茅，靈草也。筳，小折竹也。楚人名結草折竹以卜曰篿。

世幽昧以眩曜兮，孰云察余之善惡？民好惡其不同兮，惟此黨人其獨異。户服艾以盈要兮，謂幽蘭其不可佩。覽察草木其猶未得兮，豈珵美之能當？蘇糞壤目充幃兮，謂申椒其不芳。善惡"惡"字，叶烏故反。要，古腰字。珵，音呈。目，古以字。幃，音暉。

【舊詁】艾，白蒿，非芳草也。珵，美玉也。《相玉書》云："珵大六寸，其光自曜。"蘇，取也。幃，謂之幐，即香囊也。

【陸時雍曰】原之致病于黨人者，至矣。如日之雲可以掩光，黨人之爲雲也，大矣。合左右前後以蔽一人，不亦易乎？世謂三人成虎，有以也。黨人不生，君心不蝕，而賢不肖之途自清，原之所以深咎黨人者以此。

欲從靈氛之吉占兮，心猶豫而狐疑。巫咸將夕降兮，懷椒糈而要之。百神翳其備降兮，九疑繽其並迎。

皇剡剡其揚靈兮，告余以吉故。曰：“勉陞降以上下兮，求榘矱之所同。湯禹儼而求合兮，摯咎繇而能調。苟中情其好脩兮，又何必用夫行媒？説操築於傅巖兮，武丁用而不疑。吕望之鼓刀兮，遭周文而得舉。甯戚之謳歌兮，齊桓聞以該輔。糈，蘇姊反。翳，於計反。迎，魚慶反，叶音御。剡，以冉反。上，時掌反。下，遐駕反。矱，紆縛反。調，叶音同。媒，叶音糜。

【舊詁】巫咸，殷中宗時神巫。椒，香物，所以降神。糈，精米，所以享神。翳，蔽也。繽，盛貌。九疑，在零陵蒼梧之間，山有九峯，其形相似，望者疑焉，故云。剡剡，光也。矱，所以度長短者也。武丁思賢，夢得聖人，圖形求之，遂得傅説，登以爲相。孔安國曰：“傅氏之巖在虞、虢之界，通道所經。”吕望，姜姓，從其封姓，故云吕也。太公避紂，居東海之濵，將歸文王，行至朝歌，道窮，因鼓刀以屠，遂西釣於渭濵。文王夢得聖人，出獵遇之，遂載以歸，用以爲師，曰：“吾望子久矣。”故曰望。該，備也。甯戚，衞人，脩德不用，退而商賈，宿齊東門外。甯戚方飯牛，扣角而商歌曰：“南山粲，白石爛。生不逢堯與舜禪。短布單衣適至骭，從昏飯牛薄夜半，長夜漫漫何時旦。”威公聞之曰：“異哉！歌者非常人也。”命後車載之用爲客卿。

【陸時雍曰】“苟中情其好脩兮，又何必用夫行媒”，此盛明之難遘者也，屈原當末世而猶以禹、湯、武丁爲言，其有不忍薄待時君之意乎？

及年歲之未晏兮，時亦猶其未央。恐鵜鴂之先鳴兮，使夫百草爲之不芳。”何瓊佩之偃蹇兮，衆薆然而蔽之？惟此黨人之不諒兮，恐嫉妒而折之。鵜，一作鷤，音題。鴂，音決，一音桂。薆，音愛。蔽，叶音鱉。①

【舊詁】鵜鴂，即《詩》所謂“七月鳴鶪”者，其聲惡，則先鳴而草死。屈原言身未老，時未過，若此時一過，則事愈變而愈不可爲也。

【陸時雍曰】“老冉冉其將至”，恐脩名之不立，此名一立則君與臣共享之。鵜鴂先鳴，百草不芳，則皇輿敗而芙蓉之裳凋矣。搴木蘭而擥宿莽，朝夕勤渠，將安用之，能無沾襟之浪浪乎？

時繽紛以變易兮，又何可以淹留？蘭芷變而不芳兮，荃蕙化而爲茅。何昔日之芳草兮，今直爲此蕭艾也。豈其有他故兮，莫好脩之害也！余以蘭爲可恃兮，羌無實而容長。委厥美以從俗兮，苟得列乎衆芳。椒專佞以慢慆兮，榝又充夫佩幃。既干進而務入兮，又何芳之能祗？固時俗之流從兮，又孰能無變化？覽椒蘭其若茲兮，又況揭車與江離。茅，叶莫侯反。慆，吐刀反。榝，音殺，一本“榝又”下有“欲”字。祗，音祈。“化”與“離”叶。化，叶苦瓜反，即離叶音羅；或化，叶虎爲反，即離如字。②

---

① 原刻此處有眉批：張煒如曰：“鵜鴂先鳴，百草不芳，叫絶百世，騷憤情緒。”

② 原刻此處有眉批：張煥如曰：“感憤之極翻成調笑，令委美者蹶然而起。”

【舊詁】繽紛，亂也，不可淹留宜速去也。慆，淫也。容長，謂徒有外好耳。樧，茱萸也。幃，盛香之囊也。

【陸時雍曰】“雖萎絶其亦何傷兮，哀衆芳之蕪穢”，此猶其時之所爲也，豈意蘭芷自變而荃蕙自化乎？世局相趨，日流而下，此何以故？或者因首善之先摧，致羣芳之改步，則誨人不善，惟此好脩者之故矣，其貽害可勝既耶。抑思本質自成，今何爲此態也？委厥美以從俗，苟得列乎衆芳？厥美不委，豈得云芳，夫非糞壤之充幃者與？

惟兹佩之可貴兮，委厥美而歷兹。芳菲菲而難虧兮，芬至今猶未沬。和調度以自娱兮，聊浮游而求女。及余飾之方壯兮，周流觀乎上下。沬，叶莫之反。調，徒料反。女，紐吕反。上，去聲。下，上聲，叶音户。

【舊詁】沬，昏昧也，有可貴而不爲世用，委而棄之，以至於此。調度，猶言格調法度也。求女，即前求虙妃之屬。

靈氛既告余以吉占兮，歷吉日乎吾將行。折瓊枝以爲羞兮，精瓊爢以爲粻。爲余駕飛龍兮，雜瑶象以爲車。何離心之可同兮，吾將遠逝以自疏。邅吾道夫崑崙兮，路修遠以周流。揚雲霓之晻藹兮，鳴玉鸞之啾啾。朝發軔於天津兮，夕余至乎西極。鳳凰翼其承旂兮，高翱翔之翼翼。忽吾行此流沙兮，遵赤水而容與。麾蛟龍以梁津兮①，詔西皇使涉予。路修遠以多艱兮，騰衆車使徑

---

① 原刻此處有眉批：張焕如：“高響亮節，霍然雲表。”孫鑛曰：“語特精陗。”

待。路不周以左轉兮，指西海以爲期。屯余車其千乘兮，齊玉軑而並馳。駕八龍之蜿蜿兮，載雲旗之委蛇。抑志而弭節兮，神高馳之邈邈。奏《九歌》而舞《韶》兮，聊假日以媮樂。行，音杭。靡，音靡。“爲余”之“爲”，于僞反。疏，所菹反。邅，池戰反。晻，烏感反。啾，音揫。待，叶徒奇反；一作持。軑，音大。蜿，于阮反。委蛇，一作逶迤。邈，叶音妙。假，工雅反；一作暇。媮，音俞。樂，叶洛到反。

【舊詁】羞，餔也。折取瓊枝以爲餔腊，精鑿玉屑以爲粻糗。邅，轉也，楚人名轉曰邅。晻藹，猶蓊鬱蔭貌。鸞，鈴之著於衡者。天津，析木之津，謂箕、斗之間漢津也。箕、北斗，南天河所經，而日月五星於此往來，故謂之津。又有天津九星，在虚、危北，横河中，即津梁所渡也。一上一下曰翱，直刺不動曰翔。流沙，今西海居延澤是也。有人嘗過無定河活沙，履之，百步皆動，如行幕上，或陷①，人馬車駝，無孑遺者。容與，遊戲貌。以手教曰麾。西皇，少皞也。《山海經》：“西北海之外，有山而不合，名不周。”軑，輨也，轂内之金也；一云轄也。

【陸時雍曰】屈原之稱物也，珵瓊瑶象以爲錯，鳳凰蛟龍以爲役，豐隆雲霓以爲驅，天津崐崘以爲塗，非是則弗舉焉。宜乎獨行踽踽，與世無偶者矣。處濁世而行芳，夫固有招禍之道也。自敷衽陳辭以至終篇，似不勝迷亂失次，傍徨無之之象焉，而衷之摶摶，一而不它。求女以致其婉孌之情，遠遊以紓其跼蹐之意，凡所以貢情蕩憤，以抒其牢騷不

① 陷，原刻作“陌”，“陷”的訛字，今改。下同。

平之氣云爾。詩人語平，騷人語激，然《離騷》作而色益加莊，語益加和，讀之者第覺其綣繾綢繆，而不見有忿懟抗厲，則所以繼《風》《雅》而起者，良不虛耳。崑崙，見《天問》。赤水，在崑崙東南陬，入南海。

陟陞皇之赫戲兮，忽臨睨夫舊鄉。僕夫悲余馬懷兮，蜷局顧而不行。睨，五計反。蜷，音拳。行，叶户郎反。

【舊詁】皇，皇天也。蹉局，詰曲不行貌。

亂曰：已矣哉！國無人兮莫我知兮，又何懷乎故都？既莫足與爲美政兮，吾將從彭咸之所居！

【舊詁】亂者，樂節之名。凡作篇章既成，撮其大要，以爲亂辭也。

【陸時雍曰】屈原、彭咸一着，便是《騷》之所以命名，故其詞多歔欷懫涕，不能自止。又曰：“余讀《離騷》，弗可尚已，事醜而辨，言肆而檢，情委折而不亂。愛君憂國，必欲一反之正而後已。而後之論序者多疑之，謂矢歌爲驕，殉節爲悁，令原再起，何以自解焉？嗚呼！自孔子列三仁之後，世無完人，士無粹行，三代以下難爲人矣。”

楚辭卷一終

楚辭卷二

古檇李陸時雍疏

九　章

陸時雍敘曰：九章，章之也。纕蘭自姿無諼美人。《離騷》已既章之矣，而《惜誦》諸篇，抑何詥詥然者。當是時，去九年而不復，其所呻詠，當不止此矣。譬彼行邁，將蹶於海而狂言號之，孫聾弗聞，何哉？朱晦翁曰："董子有言，爲人君者，不可以不知《春秋》。"前有讒而不見，後有賊而不知。嗚呼！豈獨《春秋》也哉？吁！豈獨《春秋》也哉？①

---

① 原刻此處有眉批：李思誌曰："晦翁此言是經術論是特世語。"

惜　誦

惜誦以致愍兮，發憤以抒情。所非忠而言之兮，指蒼天以爲正。令五帝以折中兮，戒六神與嚮服。俾山川以備御兮，命咎繇使聽直。抒，上與反。正，叶音征。令，音零。①

【陸時雍曰】此誓詞也。人不可告而正之天，則情窮而無所之矣。斯拳拳不能自已之衷也。五帝，五方之帝。六神，日、月、星、水旱、四時、寒暑之神也。嚮，對也。服，服其罪也。御，侍也。聽直，聽而曲直之也。

竭忠誠以事君兮，反離羣而贅肬。忘儇媚以背衆兮，待明君其知之。言與行其可迹兮，情與貌其不變。故相臣莫若君兮，所以證之不遠。肬，叶於其反。儇，許緣反。背，音佩。

【陸時雍曰】人固有日相與而日不知者，我以爲忠，彼以爲佞。此孝子所以無慈父，而忠臣所以無察主也。或彼此之不同量，或始信而終疑，或讒人而間生，或愛深而望至，所由非一端矣。儇，輕捷貌。

吾誼先君而後身兮，羌衆人之所仇也。專惟君而無

① 原刻此處有眉批：張煥如曰："《九章》極纏綿之致。"

他兮，又衆兆之所讐也。壹心而不豫兮，羌不可保也。疾親君而無他兮，有招禍之道也。①

【陸時雍曰】人臣得罪於君，猶可言也。得罪於左右，不可道也。左右，能移君心而用君之意者也。百親君未必見忠，而一得罪於左右，則禍立至。此《離騷》所以嫉黨人也。

思君其莫我忠兮，忽忘身之賤貧。事君而不貳兮，迷不知寵之門。忠何辜以遇罰兮，亦非余之所志也。行不羣以顛越兮，又衆兆之所咍也。紛逢尤以離謗兮，謇不可釋也。情沉抑而不達兮，又蔽而莫之白也。志，叶音之。咍，呼來反，叶呼其反。白，叶音弼。

【陸時雍曰】作忠造罪，違衆取咍，此千載一大不平事。故《九章》細繹此意，以明騷也。楚人謂相啁笑曰咍。

心鬱邑余侘傺兮，又莫察余之中情。固煩言不可結而詒兮，願陳志而無路。退静默而莫余知兮，進號呼又莫余聞。申侘傺之煩惑兮，中悶瞀之忳忳。中情，一作善惡。詒，音怡。瞀，音茂。忳，叶從昆反。

【舊詁】解佩纕以結言兮，又言不可結而詒。疑古者以言寄意於人，必以物結而致之，如結繩之類。

昔余夢登天兮，魂中道而無杭。吾使厲神占之兮，

① 原刻此處有眉批：張焕如曰："不懟君，不誹衆，鬱鬱忠悃，嗚咽自鳴，誠千古善言人也。"

曰:“有志極而無旁。”終危獨以離異兮，曰:“君可思而不可恃。”故衆口其鑠金兮，初若是而逢殆。殆，叶徒係反。

【陸時雍曰】人心多變，況於君臣。可思者，臣子之心也。不可恃者，君父之意也。杭，通作航，方兩舟而並濟也。厲神，古有泰厲、公厲、族厲之屬，謂死而無後者。

懲熱羹而吹䪠兮，何不變此志也? 欲釋階而登天兮，猶有曩之態也。衆駭遽以離心兮，又何以爲此伴也? 同極而異路兮，又何以爲此援也? 態，叶音替。援，于願反。

【陸時雍曰】懲羹吹䪠，則見月而喘，畏有餘地矣。釋階登天，則絶迹而行，計有餘喪矣。登天何難，釋階何愚，則孤忠特達。何若是之疎也? 屈原深於怨，故多自悔自艾之詞，而無呶呶於人之意，所以感動人心者至矣。極，路所至之處也。

晉申生之孝子兮，父信讒而不好。行婞直而不豫兮，鮌功用而不就。吾聞作忠以造怨兮，忽謂之過言。九折臂而成醫兮，吾至今乃知其信然。好，叶呼鬪反。婞，音倖。

【陸時雍曰】“九折臂而成醫”，將忠不可爲耶。奈何卒從彭咸之所居也。申生，晉獻公之太子也。其母夫人死，驪姬有寵於公，而將害太子，謂太子曰:“余夢夫人，必祭之。”太子祭，致胙於公，驪置毒焉。試之犬，犬斃;與小臣，小臣亦斃。姬泣曰:“賊由太子。”太子再拜，遂自經也。世號爲恭世子。鮌事見《天問》。

矰弋機而在上兮，罻羅張而在下。設張辟以娛君兮，願側身而無所。欲儃佪以幹傺兮，恐重患而離尤。欲高飛而遠集兮，君罔謂女何之？欲横奔而失路兮，蓋堅志而不忍。背膺牉以交痛兮，心鬱結而紆軫。矰，則僧反。罻，音尉。下，叶音户。辟，毗亦反。儃，知然反。重，儲用反。

【舊詁】矰繳，射鳥短矢也。弋繳，射也。機，張機以待發也。罻羅，掩鳥網也。辟，開也，與闢同；或云弩背也。儃佪，不進貌。幹傺，謂求仕①也。牉，中分也，膺背中分，痛不可言也。

【陸時雍曰】機網之密，舉動絓之。《詩》云："萋兮斐兮，成是貝錦；彼譖人者，亦已太甚！"此伯奇所以流離，萇弘所以血碧也。張辟娛君，害忠良以快君心。君臣相娛，賢者受僇，其言抑何慘耶。進退之難，無一而可。當是時，使原優遊沅湘，可以澤畔老矣。而多設艱難以自愁苦者，則心有所繫，每摧迫而不自安也。

擣木蘭以矯蕙兮，糳申椒以爲糧。播江離與滋菊兮，願春日以爲糗芳。恐情質之不信兮，故重著以自明。撟兹媚以私處兮，願曾思而遠身。質，音致。撟，居表反。曾，音增。明，叶音芒。身，叶音商。

【舊詁】擣，舂也。矯，糅也。糳，精細米也。糗，乾飯屑也。質，猶交質之質。撟，舉也。媚，謂所愛之道

① 仕，原刻作"住"，當爲"仕"之誤刻，今改。

也。曾思慮害，遠身避患。

【陸時雍曰】春日糗芳，備以需時。曾思遠身，哲士之所能，忠臣之所不暇爲者也。

【陸時雍曰】此篇深病黨人，發明禍本。

涉　江

余幼好此奇服兮，年既老而不衰。帶長鋏之陸離兮，冠切雲之崔嵬。被明月兮佩寶璐，世溷濁而莫余知兮。吾方高馳而不顧，駕青虬兮驂白螭。吾與重華遊兮瑶之圃，登崐崘兮食玉英。吾與天地兮比壽，與日月兮齊光。哀南夷之莫吾知兮，旦余將濟乎江湘。螭，叶丑歌反。英，叶于姜反。①

【陸時雍曰】鋏，劒把。切雲，言其高耳，朱晦翁以爲冠名，恐未必。崐崘至高，玉英至潔，天地比壽，日月齊光，所謂卓然高遠，不與俗同者也。南夷謂楚。

乘鄂渚而反顧兮，欸秋冬之緒風。步余馬兮山皋，邸余車兮方林。乘舲船余上沅兮，齊吴榜而擊汰。船容與而不進兮，淹回水而凝滯。朝發枉陼兮，夕宿辰陽。苟余心之端直兮，雖辟遠其何傷！入溆浦余儃佪兮，迷不知吾所如。深林杳以冥冥兮，乃猨狖之所居。山峻高以蔽日兮，下幽晦以多雨。霰雪紛其無垠兮，雲霏霏其承宇。欸，音哀。風，叶孚金反。舲，音零。上，時掌反。榜，

① 原刻此處有眉批：孫鑛曰："是《離騷》餘韻，而微較清澈。"張焕如曰："語意簡掉，誦之瑯瑯。"

此孟反，又音謗。汰，音泰。滯，叶五介反。陼，一作渚。辟，僻同。漵，徐吕反。儃佪，一作邅迴。狖，余救反。垠，音銀。

【舊詁】鄂渚，地名，今鄂州也。欸，歎聲。邸，至也；一作低。方林，地名。舲，船之有窻牖者；或曰小船也。榜，櫂也。汰，水波也。船不進而凝滯，亦戀故都也。枉陼、辰陽，皆地名。《水經》云："沅水東至辰陽縣東南，合辰水。"沅水又東，歷小灣，謂之枉陼。漵浦，亦地名。霰，雨凍如珠，將爲雪者也。宇，室簷也。

哀吾生之無樂兮，幽獨處乎山中。吾不能變心以從俗兮，固將愁苦而終窮。接輿髡首兮，桑扈贏行。忠不必用兮，賢不必以。伍子逢殃兮，比干葅醢。與前世而皆然兮，吾又何怨乎今之人！余將董道而不豫兮，固將重昏而終身。醢，叶呼彼反。

【舊詁】接輿，被髮佯狂，後乃自髡。桑扈贏行，疑即子桑伯子，《家語》所謂不衣冠而處者也。子胥相吴，諫吴王夫差，令其伐越，不聽被殺，盛以鴟夷而浮之江。

亂曰：鸞鳥鳳凰，日以遠兮。燕雀烏鵲，巢堂壇兮。露申辛夷，死林薄兮。腥臊並御，芳不得薄兮。陰陽易位，時不當兮。懷信侘傺，忽乎吾將行兮。壇，式衍反。"得薄"之"薄"，音博。

【舊詁】露申未詳。

【舊詁】此篇多以余吾並稱，詳其文意，余平而吾倨也。

【陸時雍曰】《涉江》山水生愁，雲物增慨。此便是後來詩賦之祖。

哀郢

皇天之不純命兮，何百姓之震愆？民離散而相失兮，方仲春而東遷。去故鄉而就遠兮，遵江夏以流亡。出國門而軫懷兮，甲之鼂吾以行。發郢都而去閭兮，怊荒忽其焉極？楫齊揚以容與兮，哀見君而不再得。望長楸而太息兮，涕淫淫其若霰。過夏首而西浮兮，顧龍門而不見。齊，一作垒。

【陸時雍曰】稱百姓、稱民者，皆哀籲於天而自呼之詞。仲春東遷，感其候也。甲之鼂以行，猶憶其時也。郢都，在漢南郡江陵縣。閭，里門也。容與，猶從容。楫從容順流而下，豈知人心多絓結而不解乎？楸，梓也。“望長楸而太息”，蓋存故也。故人不見，故物猶足繫思。“顧龍門而不見”，則景沉物改，無一之可即矣。夏首，夏水口也。浮，榜不進而自流之意。龍門，楚都南關二門，一名龍門，一名脩門。蓋善思者無所撫寄，則不勝湮没之悲。有物怳臨，又無限弔憑之感。憂來無方，人莫之知，其騷人之謂與。

心嬋媛而傷懷兮，眇不知其所蹠。順風波而流從兮，焉洋洋而爲客。凌陽侯之氾濫兮，忽翱翔之焉薄？心絓結而不解兮，思蹇産而不釋。將運舟而下浮兮，上洞庭而下江。去終古之所居兮，今逍遥而來東。羌靈魂之欲歸兮，何須臾而忘返！背夏浦而西思兮，哀故都之日遠。登大墳以遠望兮，聊以舒吾憂心。哀州土之平樂兮，悲江介之遺風。當陵陽之焉至兮，淼南渡之焉如？曾不知夏之爲丘兮，孰兩東門之可蕪？蹠，音隻。薄，叶音拍。絓，音畫。江，叶音工。上，時掌反。風，叶孚金反。

【舊詁】蹠，踐也。背夏浦而西思，時未過夏浦，故背之而西向思郢也。水中高者曰墳。望，望郢都也。淼，滉瀁無涯貌。於是始南渡大江矣。夏，大屋也。丘，荒墟也。兩東門，郢城東關二門。襄王[①]二十一年秦拔郢，而楚徙陳。不知在此後幾年也。

【陸時雍曰】伏羲六佐，金提主化俗，鳥明主建福，視默主災惡，紀通爲中職，仲起主海陸，陽侯主江海，故云"陽侯之波"。朱晦翁謂"陽國之侯"，意《坊記》所稱殺繆侯而竊其夫人者歟？而非也。陵陽，楚地，卞和氏封爲陵陽侯即此。

心不怡之長久兮，憂與憂其相接。惟郢路之遼遠兮，江與夏之不可涉。忽若去不信兮，至今九年而不復。慘鬱鬱而不通兮，蹇侘傺而含慼。慼，叶子六反。

【舊詁】考原初被放，在懷王十六年至十八年，復召用之三十年。秦約懷王與會，原諫止之，不從，遂死於秦。

---

① 襄王，原刻作"懷王"，朱熹《楚辭集注》亦作"懷王"，據《史記》當做"襄王"。

頃襄王立，復放之，不知的在何年也。

【陸時雍曰】故都日遠，去路日長，故曰：“惟郢路之遼遠兮，江與夏之不可涉。”蓋心欲去而不能，身欲行而無力也。

外承歡之汋約兮，諶荏弱而難持。忠湛湛而願進兮，妒被離而鄣之。彼堯舜之抗行兮，瞭杳杳其薄天。衆讒人之嫉妒兮，被以不慈之僞名。憎愠惀之修美兮，好夫人之忼慨。衆踥蹀而日進兮，美超遠而愈邁。汋，音綽。諶，市林反。荏，音稔。湛，徒感反。“被離”之“被”，作披。鄣，音章。瞭，音了。天，叶鐵因反。愠，紆粉反。惀，力允反。忼，苦郎反。慨，叶苦蓋反。踥，思叶反。

【舊詁】汋約，即綽約。諶，誠也。荏，亦弱也。湛湛，深沉貌。被離，衆盛貌。愠，蘊積也。惀，有所思而欲明之意。踥蹀，行貌。

【陸時雍曰】小人饒有媚骨，故多汋約可喜。其承歡也，常在意旨色笑之間，寢處便安之際，多飾情態傾動君心，誠令人心意軟弱而難自主也。愠惀，心有所念而不敢自明之意。忼慨，激昂抗厲也。君子忠君愛國，其嘉謀密計不敢輕以告人。小人飾詐翹名，托爲忼慨，常有囂然欲動悍然難下之意。君心不明，深厚持重者，見謂無味而吐棄。儇便矯捷者，以爲得意而相親。所以佞日進而忠日遠也。

亂曰：曼余目以流觀兮，冀壹反之何時？鳥飛返故

鄉兮，狐死必首丘。信非吾罪而棄逐兮，何日夜而忘之？[①]

【舊詁】曼，遠意。首丘，以首枕丘而死，不忘所自生也。

① 原刻此處有眉批：張煥如曰："二語可作絕命詞矣。"

抽　思

心鬱鬱之憂思兮，獨永歎乎增傷。思蹇産之不釋兮，曼遭夜之方長。悲秋風之動容兮，何四極之浮浮！數惟蓀之多怒兮，傷余心之慢慢。蓀，音孫。慢，音憂。

【陸時雍曰】秋風一生，草木變色。時天道反常，萬物皆摇落而不着矣。然則惟蓀多怒，芳草寧有自固之情乎，此心之所以愁也。慢慢，愁貌。

願遥赴而横奔兮，覽民尤以自鎮。結微情以陳詞兮，矯以遺夫美人。昔君與我成言兮，曰："黄昏以爲期。"羌中道而回畔兮，反既有此他志。憍吾以其美好兮，覽余以其修姱。與余言而不信兮，蓋爲余而造怒。鎮，音珍。遺，去聲。志，叶音之。憍，與驕同。姱，叶音户。

【陸時雍曰】民尤，謂民之得過者。民之得過，常以忠而致疑，以愛而取怒，願遥赴而横奔，逕自進於君也。覽民尤之故，則畏而終自止矣。結微情以遺之，庶幾君心之一悟乎？矯，舉也。憍，矜也。君既有此他志，則與余有相勝之思、相陵之意焉。故"憍吾以其美好，覽余以其修姱"，蓋嫉余之衆芳而爲是舉也。滿堂兮美人，言笑宴兮愔愔，心目余兮嶙峋，乃知君本無怒，爲余造也。敵余惟恐其不勝，去余惟恐其不力，奈黄昏之期而一至此乎？

願承閒而自察兮，心震悼而不敢。悲夷猶而冀進兮，心怛傷之憺憺。兹歷情以陳辭兮，蓀詳聾而不聞。固切人之不媚兮，衆果以我爲患。憺，叶徒敢反。詳，與佯同。患，叶胡門反。①

【陸時雍曰】察，白也。憺憺，猶漠漠，心之百計，一無所之，故常漠漠。切人不媚，與世何害？而衆以爲患者，則以一人正襟而四坐不得狂語故也。

初吾所陳之耿著兮，豈不至今其庸亡？何獨樂斯之謇謇兮？願蓀美之可完。望三五以爲像兮，指彭咸以爲儀。夫何極而不至兮，故遠聞而難虧。善不由外來兮，名不可以虚作。孰無施而有報兮，孰不實而有穫？完，叶胡光反。施，始豉反。實，當作殖。②

【陸時雍曰】耿，明也。庸亡，何庸亡也？修行則名章，任賢則國昌。然忍痛可以彈疽，屈心可以爲治。農非好勞，冀有穫也？君臣嬉嬉，不亡有幾？

少歌曰：與美人之抽思兮，並日夜而無正。憍吾以其美好兮，傲朕辭而不聽。

【陸時雍曰】少歌，樂章音節之名。並，合也。日夜不分，何時而旦，將孰從而正之？

倡曰：有鳥自南兮，來集漢北。好姱佳麗兮，牉獨處此異域。既惸獨而不羣兮，又無良媒在其側。道卓遠而

---

① 原刻此處有眉批：孫鑛曰："忼語。"

② 原刻此處有眉批：又曰："竅語。"

日忘兮，願自申而不得。望北山而流涕兮，臨流水而太息。倡，讀唱。惸，渠營反。側，叶莊力反。卓，一作逴。

【舊詁】倡，歌之音節，所謂發歌句者也。屈原生於夔峽，而仕於鄢郢，是自南而集於北也。

望孟夏之短夜兮，何晦明之若歲！惟郢路之遼遠兮，魂一夕而九逝。曾不知路之曲直兮，南指月與列星。願徑逝而不得兮，䰟識路之營營。何靈䰟之信直兮，人之心不與吾心同！理弱而媒不通兮，尚不知余之從容。

【陸時雍曰】營魂識路，形莫與俱，指月列星，其不遑假寐也久矣。九年不復，何須臾之忘反乎？從容，安意自如之意。

亂曰：長瀨湍流，泝江潭兮。狂顧南行，聊以娱心兮。軫石崴嵬，蹇吾願兮。超回志度，行隱進兮。低佪夷猶，宿北姑兮。煩冤瞀容，實沛徂兮。愁歎苦神，靈遥思兮。路遠處幽，又無行媒兮。道思作頌，聊以自救兮。憂心不遂，斯言誰告兮！潭，叶音尋。崴，音隈。嵬，吾回反。願進音叶，或願叶魚斳反；或進叶薦。告，叶垢。

【陸時雍曰】瀨，水淺處。湍，急流也。逆流而上曰泝。狂顧，左右疾視也。軫，方也。軫石崴嵬，志願似之。超回，超越邪曲也。“行隱進”者，獨寢獨行，不皎皎以示人也。瞀容，瞀亂之容。道思，且行且思也。救，解也。

【陸時雍曰】此篇凡三致意於良媒矣。

懷沙

滔滔孟夏兮，草木莽莽。傷懷永哀兮，汩徂南土。眴兮杳杳，孔静幽默。鬱結紆軫兮，離慜而長鞠。撫情效志兮，冤屈而自抑。莽，音姆。眴，與瞬同。離，音麗。鞠，叶音給。①

【舊詁】汩，行貌。南土，泝沅湘也。眴，目數摇動之貌。杳杳，深冥意。紆，詰曲也。軫，痛也。離，遭也。鞠，窮也。撫，循也。效，猶覈也。

【陸時雍曰】抑，按止之也。冤屈不自抑，則有暴怒之情、誹訕之言矣。

刓方以爲圜兮，常度未替。易初本廸兮，君子所鄙。章畫志墨兮，前圖未改。内厚質正兮，大人所晠。巧倕不斵兮，孰察其揆正。玄文處幽兮，矇瞍謂之不章。離婁微睇兮，瞽以爲無明。刓，五官反。改，叶音既。内，作訥。厚，一作直。晠，史作盛。倕，音垂。

【陸時雍曰】刓，圓削也。替，廢也。刓方爲圜，而常度未替，所謂性有純而不可爲也。廸，道也。章，明。

① 原刻此處有眉批：張焕如曰："二語寫到神魄不營處，可謂極其眇穆矣。"

畫，界限也，猶是非畫然之畫。志墨，志意繩墨也。所臧，所盛美也。倕，舜時工正。無眸曰瞍，有眸不明曰矇。世不能用君子，不知自咎而反誚君子之無能，則可笑莫甚於此。

變白以爲黑兮，倒上以爲下。鳳凰在笯兮，雞鶩翔舞。同糅玉石兮，一概而相量。夫惟黨人之鄙固兮，羌不知余之所臧。笯，音奴。鶩，音木。糅，女救反。

【陸時雍曰】玉石而糅，則無貴賤之可言矣。君子小人而混，則無賢愚之可顯矣。笯，籠也。概，平斗斛木也。

任重載盛兮，陷滯而不濟。懷瑾握瑜兮，窮不知所示。邑犬羣吠兮，吠所怪也。非俊疑傑兮，固庸態也。瑾，音僅。

【陸時雍曰】小人啀啀，視君子以爲固然，迨見效則甚駭矣。惟懷而不試，遂爲衆兆之所咍也。在衣爲懷，在手爲握。瑾、瑜，美玉也。非，燬也。智過千人謂俊，十人謂傑。庸，廝賤人也。

文質疏内兮，衆不知余之異采。材朴委積兮，莫知余之所有。重仁襲義兮，謹厚以爲豐。重華不可遻兮，孰知余之從容！疏，史作疎。内，音訥。采，叶此禮反。有，叶于彼反。重，平聲。遻，當作遌，與迕同。

【舊詁】文質，文不艷也。疏，濶略也。材，木之中用者。朴，未斲之質也。遻，遇也。從容，舉動自得之意。

古固有不並兮，豈知其故也？湯禹久遠兮，邈不可慕也。懲違改忿兮，抑心而自強。離慜而不遷兮，願志之有像。朱本“故”上有“何”字，“邈”下有“而”字，“故慕”二韻下皆無“也”字。强，叶其兩反。

【舊詁】有像，言可爲法則。

進路北次兮，日昧昧其將暮。舒憂娛哀兮，限之以大故。

【舊詁】言將北歸郢都，而日暮不前。欲舒憂娛哀，而死期將至也。

亂曰：浩浩沅湘，分流汩兮。脩路幽蔽，道遠忽兮。懷質抱情，獨無匹兮。伯樂既没，驥焉程兮？民生禀命，各有所錯兮。定心廣志，余何畏懼兮！增傷爰哀，永歎喟兮。世溷濁莫我知，人心不可謂兮。知死不可讓，願勿愛兮。明告君子，吾將以爲類兮。此段悉從朱本。汩，音骨，水流聲；又音鶻，涌波也。匹，當作正。曾，音增。愛，叶於既反。

【陸時雍曰】《懷沙》情窮語迫，太史公獨載此篇，以卒原志也。

思美人

思美人兮，擥涕而竚眙。媒絶路阻兮，言不可結而詒。蹇蹇之煩冤兮，陷滯而不發。申旦以舒中情兮，志沉菀而莫達。願寄言於浮雲兮，遇豐隆而不將。因歸鳥而致辭兮，羌迅高而難當。昔高辛之靈晟兮，遭玄鳥而致詒。欲變節以從俗兮，媿易初而屈志。竚，直吕反。眙，丑吏反。詒，叶音異。菀，音鬱。晟，音盛。

【陸時雍曰】申旦，達旦也。是非不明，夢夢長夜，是以有申旦之思。媒絶路阻，菀抑莫通，是以有浮雲之想。竚，久立也。眙，直視也。菀，積也。玄鳥致詒，因上言歸鳥難當而感及之也。

獨歷年而離愍兮，羌馮心猶未化。寧隱閔而壽考兮，何變易之可爲。知前轍之不遂兮，未改此度。車既覆而馬顛兮，蹇獨懷此異路。勒騏驥而更駕兮，造父爲我操之。遷逡次而勿驅兮，聊假日以須旹。指嶓冢之西隈兮，與纁黄以爲期。馮，音憑。化，叶音嫣。更，音庚。造，七到反。嶓，音波。纁，音熏。

【陸時雍曰】直道易蹶，所以車覆馬顛。勒騏驥以更駕，亦無他途之可出也。假日須時，庶其一遇。纁黄爲期，死而後已耳。馮，憤懣也。隱閔壽考，憂愁以終身也。造父，善御，周穆王時人。操，執轡也。逡次，逡𨓦也。纁，淺絳色。纁黄，日將入色也。嶓冢，在隴西氐道縣。《漢中記》曰："嶓冢以東水皆東流，嶓冢以西水皆西流。"漢水出武都氐道縣漾山爲漾水，《禹貢》"導漾東流爲漢"是也。嶓冢北即終南華熊諸峰，南即蜀東諸峰，或謂蜀東諸峰皆嶓冢，謂其岡嶺綿亘耳。

開春發歲兮，白日出之悠悠。吾將蕩志而愉樂兮，遵江夏以娱憂。擥大薄之芳茝兮，搴長洲之宿莽。惜吾不及古之人兮，吾誰與玩此芳草？莽，叶莫古反。草，叶七古反。

【陸時雍曰】將欲蕩志娱憂，適覽物興思，而更傷其懷抱。

解萹薄與雜菜兮，備以爲交佩。佩繽紛以繚轉兮，遂萎絶而離異。吾且儃佪以娱憂兮，觀南人之變態。竊快在其中心兮，揚厥憑而不竢。芳與澤其雜糅兮，羌芳華自中出。萹，音匾。繚，音了。萎，於危反。態，叶替。出，叶尺遂反。

【舊詁】萹，萹蓄也，似小梨，赤莖節，好生道傍。薄，叢也。交佩，左右佩也。萹蓄雜菜，皆非芳草，故解去之，而以所備之蘭茝爲左右佩也。

【陸時雍曰】憑，滿也。芳芬滿内外揚，不能復竢，欲掩之而不得也。此亦抑菀中語，而後世遂以爲露材揚己。嘗觀古昔聖賢，當窮困之時，不嫌自命，所以警世之聾聵者，而必欲使之貶損韜晦，自同愚賤，抑又非其情矣。

紛郁郁其遠烝兮，滿内而外揚。情與質信可保兮，羌居蔽而聞章。令薜荔以爲理兮，憚舉趾而緣木。因芙蓉以爲媒兮，憚褰裳而濡足。登高吾不説兮，入下吾不能。固朕形之不服兮，然容與而狐疑。褰，起虔反。

【陸時雍曰】烝，進也。緣木自煩，濡足自汙，褰裳舉趾，其情有難於自出者，寧偃蹇而不忍爲也。彼求人者，獨無自愛之情乎?

廣遂前畫兮，未改此度也。命則處幽，吾將罷兮，願及白日之未暮也。獨煢煢而南行兮，思彭咸之故也。

惜往日

惜往日之曾信兮，受命詔以昭時。奉先功以照下兮，明法度之嫌疑。國富强而法立兮，屬貞臣而日娭。秘密事之載心兮，雖過失猶弗治。心純庬而不泄兮，遭讒人而嫉之。君含怒以待臣兮，不清澂其然否。蔽晦君之聰明兮，虛惑誤又以欺。弗參驗以考實兮，遠遷臣而弗思。信讒諛之溷濁兮，盛氣志而過之。治，平聲。否，音非。

【陸時雍曰】按《史記》："懷王使屈平造爲憲令，屬草藁未定。上官大夫見而欲奪之，屈平不與。因讒之曰：'王使屈平爲令，衆莫不知，每一令出，平伐其功，曰：非我莫能爲也。'王怒而疏屈平。"當是時，懷王既入上官大夫之讒，而平不能婉以自白。意平之爲人，朴忠而寡智者也。秘密事之載心，雖過失猶弗治，則信心略迹，闇主所弗諒矣。又曰："鮌婞直以亡身。"雖功用而不就，則憤悼而過喻者與？昭時，昭明四時之政治也。過之，督過之也。

何貞臣之無辠兮，被讟謗而見尤？慙光景之誠信兮，身幽隱而備之。臨沅湘之玄淵兮，遂自忍而沉流。卒没身而絶名兮，惜廱君之不昭。君無度而弗察兮，使芳草爲藪幽。焉舒情而抽信兮，恬死亡而不聊。獨鄣廱而蔽隱兮，使貞臣而無由。 廱，古壅字。 聊，叶音留。 鄣，音章。

【陸時雍曰】屈原過非己作，而慙見光景，憤忠信之不昭也。 身處幽隱，而不敢不爲之備，懼鬼神之見誚也。 身死名滅，而惜廱君之不昭，忠愛之無已也。 萬象昭昭，我獨點汶，對之所以慙耳。《記》曰：“無節於内者，其察物弗省矣。”①王逸所謂：“上無檢押以知下也。”蘭萎於澤謂之藪幽。 聊，苟且也，謂苟且以求生也。②

聞百里之爲虜兮，伊尹烹於庖廚。 吕望屠於朝歌兮，甯戚歌而飯牛。 不逢湯武與桓繆兮，世孰云而知之! 吴信讒而弗味兮，子胥死而後憂。 介子忠而立枯兮，文君寤而追求。 封介山而爲之禁兮，報大德之優遊。 思久故之親身兮，因縞素而哭之。 廚，叶音稠。 之，叶喔尤反。③

【舊詁】晉獻公虜虞君與其大夫百里奚，以百里奚爲秦繆公夫人媵。 百里奚亡走宛，楚鄙人執之。 繆公聞其賢，以五羊皮贖之。 釋其囚，與語國事，大悦，授以政。 號曰：五羖大夫。 伊尹、甯戚事見《離騷》《天問》。 子胥事見《涉江》。 晉文公爲公子時，遭驪姬之譖，出奔。 介子推從行道。 乏食，子推割股肉以食文公。 文公得國，賞從行者，不及子推。 子推入綿上山中，文公寤而求之，子推不出。 文公因燒其山，子推抱樹自焚而死。 遂封原上之田，

① 見《禮記 · 禮器》。

② 原刻此處有眉批：李挺曰：“此語晶懸日月。”

③ 原刻此處有眉批：張煒如曰：“誦而帶諷。”

號曰"介田"。禁民樵採，使奉子推祭祀，以報其德，又縞素而哭之。親身謂割股也。

或忠信而死節兮，或訑謾而不疑。弗省察而按實兮，聽讒人之虚辭。芳與澤其雜糅兮，孰申旦而别之？何芳草之蚤殀兮，微霜降而下戒。諒聰不明而蔽壅兮，使讒諛而日得。自前世之嫉賢兮，謂蕙若其不可佩。妒佳冶之芬芳兮，嫫母姣而自好。雖有西施之美容兮，讒妒入以自代。願陳情以白行兮，得罪過之不意。情冤見之日明兮，如列宿之錯置。訑，音移。謾，謨官反。戒，叶居得反。佩，叶音備。嫫，音謨。好，叶虚既反。代，叶徒計反。

【舊詁】若，杜若。嫫母，黄帝妻，貌甚醜。列宿錯置，言較著明白也。

乘騏驥以馳騁兮，無轡銜而自載。乘氾泭以下流兮，無舟楫而自備。背法度而心治兮，辟與此其無異。寧溘死而流亡兮，恐禍殃之有再。不畢辭以赴淵兮，惜壅君之不識。騏驥，王逸作駑馬。載，叶子賜反。氾，音汎。泭，音敷。再，叶子賜反。識，音志。①

【舊詁】轡，馬韁。銜，馬勒也。氾泭，編竹木以渡水者。既無騏驥，但乘駑馬，又無轡銜與御者，而但自乘載；既無舟航，但乘氾泭，又無舟人與維檝，而但自備禦，其危亦甚矣。禍殃有再，恐不死則邦其淪喪而辱爲臣僕是也。

【陸時雍曰】此篇專於諷君，不勝憂危之感。

① 原刻此處有眉批：張焕如曰："語意頓叠如襞。"

橘 誦

后皇嘉樹，橘徠服兮。受命不遷，生南國兮。深固難徙，更壹志兮。緑葉素榮，紛其可喜兮。曾枝剡棘，圓果摶兮。青黄雜糅，文章爛兮。精色内白，類任道兮。紛緼宜修，姱而不醜兮。徠，古來字。服，叶蒲北反。國，音域。喜，叶居例反。曾，音層。剡，以冉反。圓果，一作圜實。摶，音團。爛，叶盧干反。道，叶徒苟反。紛，音墳。緼，音氲。

【舊詁】《漢書》云"江陵千樹橘"，正楚地，受命不遷，《記》所謂"橘踰淮而化爲枳也"。曾，重纍也。剡，利也。精色，外色精明也。紛緼，盛貌。

嗟爾幼志，有以異兮。獨立不遷，豈不可喜兮。深固難徙，廓其無求兮。蘇世獨立，横而不流兮。閉心自慎，終不過失兮。秉德無私，參天地兮。願歲並謝，與長友兮。淑離不淫，梗其有理兮。年歲雖少，可師長兮。行比伯夷，置以爲像兮。蘇，當作疎。閉，必結反。友，叶羊里反。比，音鼻。像，上聲。

【舊詁】此下申前意，以明己志。並謝，猶永謝也。離，孤特。梗，強也。伯夷、叔齊，孤竹君之子也。兄弟遜國俱去首陽山下。武王伐紂，伯夷、叔齊諫曰："父死不葬，爰及干戈，可謂孝乎？以臣弑君，可謂忠乎？"左右欲殺之，太公曰："不可"。引而去之，遂不食周粟而死。

悲回風

悲回風之摇蕙兮，心冤結而内傷。物有微而隕性兮，聲有隱而先倡。夫何彭咸之造思兮，暨志介而不忘！萬變其情豈可蓋兮，孰虚僞之可長！①

【陸時雍曰】微物隕性，風聲先倡，物之感傷，相因而起。世之秋，人心之憂憒，皆若此矣。風之聲聲，物之形形，孰無根而結響？孰無實而造情？無虚僞之可長，故忠貞者之可核也。

鳥獸鳴以號羣兮，草苴比而不芳。魚葺鱗以自别兮，蛟龍隱其文章。故荼薺不同畝兮，蘭茝幽而獨芳。苴，子吕反。比，音鼻。

【陸時雍曰】生曰草，枯曰苴。荼，苦菜。薺，甘菜也。秋風一起，萬物歛藏。荼薺不同畝而同衰，惟蘭茝幽而獨芳，所云"無虚僞之可長也"。

惟佳人之永都兮，更統世以自貺。眇遠志之所及兮，憐浮雲之相羊。介眇志之所感兮，竊賦詩之所明。更，平聲。貺，叶荒。

【陸時雍曰】佳人，原自謂也。統世，統承先世。自

① 原刻此處有眉批：張焕如曰："語意清微。"

睨，自襲其寵睨也。浮雲無依，中心徘徊，托與之俱。相羊，浮遊貌。

惟佳人之獨懷兮，折芳椒以自處。曾歔欷之嗟嗟兮，獨隱伏而思慮。涕泣交而淒淒兮，思不眠以至曙。終長夜之曼曼兮，掩此哀而不去。寤從容以周流兮，聊逍遥以自恃。傷太息之愍憐兮，氣於邑而不可止。曾，音增。於，音烏；邑，烏合反，又並如字。

糺思心以爲纕兮，編愁苦以爲膺。折若木以蔽光兮，隨飄風之所仍。存髣髴而不見兮，心踴躍其若湯。撫珮衽以案志兮，超惘惘而遂行。糺，吉酉反。

【陸時雍曰】糺，戾也。慙光景之誠信，故折若木以蔽光。欲浮遊而不歸，故隨飄風之所仍也。存，存省。存髣髴而不見，蓋有所思也。瑶琚珮兮，璆然而不鳴。蘭茝兮而暗馨，抑心兮而私自憐，所謂撫珮衽而案志也。超惘惘而遂行，復激昂而自强也。衽，裳際也。①

歲曶曶其若頽兮，旹亦冉冉而將至。薠蘅槁而節離兮，芳已歇而不比。憐思心之不可懲兮，證此言之不可聊。寧溘死而流亡兮，不忍此心之常愁。孤子唫而抆淚兮，放子出而不還。孰能思而不隱兮？昭彭咸之所聞。曶，音忽。比，音鼻。聊，叶音留。唫，古吟字。抆，音吻。還，叶胡昆反。

【舊詁】旹，謂衰老之期也。節離，蓋草枯則節處斷落

① 原刻此處有眉批：李挺曰：“妙解。”

也。比，合也。聊，賴也。隱，痛也。

登石巒以遠望兮，路眇眇之默默。入景響之無應兮，聞省想而不可得。愁鬱鬱之無快兮，居戚戚而不可解。心鞿羈而不開兮，氣繚轉而自締。穆眇眇之無垠兮，莽芒芒之無儀。聲有隱而相感兮，物有純而不可爲。邈漫漫之不可量兮，縹綿綿之不可紆。愁悄悄之常悲兮，翩冥冥之不可娱。淩大波而流風兮，託彭咸之所居。景，於境反，葛洪始加“彡”，爲影字。解，叶居豈反。締，音弟。縹，匹妙反。紆，音迂。①

【陸時雍曰】入景響之無應，其鬼徑耶？聞省想而不得，抑何無人緒也？聲隱相感，最足撩愁。而物之純者，則堅確而不可爲也。秋氣愈高，孤衷愈凜，豈因蕭瑟之感，摧折其抗厲之情乎？此以終托彭咸之所居也。山小而鋭曰巒。繚，糺戾也。締，結也。儀，象也。縹，微細也。紆，縈也。翩，飛貌。冥冥，遠去也。此皆言愁緒之不可聊也。流，猶隨也。

上高巖之峭岸兮，處雌蜺之標顛。據青冥而攄虹兮，遂儵忽而捫天。吸湛露之浮涼兮，漱凝霜之雰雰。依風穴以自息兮，忽傾寤以嬋媛。馮崐崘以瞰霧兮，隱岐②山以清江。憚涌湍之礚礚兮，聽波聲之洶洶。紛容

---

① 原刻此處有眉批：張煒如曰：“非思纏愁膺者不潦倒至此。”

② 岐，原刻作“岐”，誤，當做“岐”，形近而訛。下同。“岐”是“岐”的訛字。“岐”是“岷”的異體字。

容之無經兮，罔芒芒之無紀。軋洋洋之無從兮，馳委移之焉止？漂翻翻其上下兮，翼遥遥其左右。氾潏潏其前後兮，伴張弛之信期。蜺，五訖反。標，匹小反。儵，音叔。捫，音門。湛，丁感反。雰，音分，叶孚袁反。馮，皮冰反。隱，於靳反。江，音虹。磕，苦蓋反。洶，音匈。右，叶羽已反。潏，音決。伴，與叛同。期，叶上聲。

【陸時雍曰】無聊之極，神魄不居，故遂爲此。飄忽蕩颺，而上極至高，下臨至潔也，此即《遠遊》所自作矣。"吸湛露之浮涼，漱凝霜之雰雰"，此真不啻飲冰而無奈、嬋媛其故宇也。"登崑崙以瞰霧，隱岐山以清江"，何其快也。"憚涌湍之磕磕，聽潮聲之洶洶"，無憂擊五衷之太苦乎？其心緒既已煩亂，而張弛之度復不失期，又何卓也？湛，厚貌。風穴，即宋玉所謂"土囊之口"是也。張華《博物志》："風山之首方高三百里，風穴如電突深三十里，春風從此而出。"又荆州佷山，有穴口，大數尺，名風井。夏則風出，冬則風入，出入之間，吹拂左右常净。所謂風穴，大都類此。岐與岷同，在蜀郡，江水所出也。容容，紛亂貌。遥遥，當作摇摇。此皆言此身之無所止也。

觀炎氣之相仍兮，窺煙液之所積。悲霜雪之俱下兮，聽潮水之相擊。借光景以往來兮，施黄棘之枉策。求介子之所存兮，見伯夷之放迹。心調度而弗去兮，刻著志之無適。曰：吾怨往昔之所冀兮，悼來者之愁愁。浮江淮而入海兮，從子胥而自適。望大河之洲渚兮，悲申徒之抗迹。驟諫君而不聽兮，任重石之何益！心絓結而不解兮，思蹇產而不釋。 慫，叶它的反。①

【舊詁】煙液者，炎氣成煙，煙又凝而爲液也。 光景，神光電景。 以棘爲策，既有芒刺而又枉曲，則馬傷深而行愈速。 調度，二子之法度也。 慫慫，憂貌。 往昔所冀，欲有爲於當時。 來者慫慫，將赴河而死也。 申徒狄諫紂不聽，負石自沉於河。

楚辭卷二終

① 原刻此處有眉批：張焕如曰："詘然而止。"

楚辭卷三

古檇李陸時雍疏

遠　遊

【陸時雍敘曰】憂嗜死，樂樂生，使西王母必以編愁爲膺，則其趣不及殤子。屈原之欲久視非其質矣。語云：“俟河之清，人壽幾何？”使世有千歲人，安知堯舜不旦暮也哉？其身可摧，志不可殞。至有欲抉眼觀寇寄靈未瞑者，於世何決絕也，是豈有惟孫之慮也夫？①

悲時俗之迫阨兮，願輕舉而遠遊。質菲薄而無因兮，焉託乘而上浮。遭沉濁而汙穢兮，獨鬱結其誰語！夜耿耿而不寐兮，魂營營而至曙。惟天地之無窮兮，哀人生之長勤。往者余弗及兮，來者吾不聞。

① 原刻此處有眉批：李挺曰：“簡折奧卓，是釵脚痕。”

【陸時雍曰】此三五盛治之思也。往者弗及，來者弗聞，則蘭茝之願孤，所以欲久世無死，以庶幾於一遇也。神則翔於寥廓，意則期於來茲，則當前之不適蓋可知矣。

步徙倚而遥思兮，怊惝怳而永懷。意荒忽而流蕩兮，心愁悽而增悲。神儵忽而不反兮，形枯槁而獨留。内惟省以端操兮，求正氣之所由。漠虛静以恬愉兮，澹無爲而自得。聞赤松之清塵兮，願承風乎遺則。貴真人之休德兮，美往世之登仙。與化去而不見兮，聲名著而日延。奇傅説之託辰星兮，羨韓衆之得一，形穆穆以寖遠兮，離人群而遁逸。怊，音超。惝，昌兩反。怳，于往反。懷，叶胡威反。

【陸時雍曰】《列仙傳》:“赤松子，神農時雨師，服水玉，教神農，能入火自燒。至崑崙山上，西王母石室，隨風雨上下。炎帝少女追之，亦得仙俱去。”《莊子》云:“傅説得之，以相武丁，奄有天下。乘東維，騎箕、尾，而比於列星。”今尾上有傅説星是也。辰星，東方蒼龍之體。心、尾、箕之星所謂天辰也。劉根初學道，到華山，見一人乘白鹿，根稽首乞一言。神人曰:“聞有韓衆否? 我是也。”

因氣變而遂曾舉兮，忽神奔而鬼怪。時髣髴以遥見兮，精皎皎以往來。超氛埃而淑郵兮，終不反其故都。免衆患而不懼兮，世莫知其所如。恐天時之代序兮，耀靈曅而西征。微霜降而下淪兮，悼芳草之先蘦。聊仿佯而逍遥兮，永歷年而無成。誰可與玩斯遺芳兮，長鄉風而舒情。 高陽邈以遠兮，余將焉所程。 靁，今作零。 仿，音旁。 鄉，一作向。①

【陸時雍曰】鄉風、舒情，知相接者誰耶？ 亦聊以自寄耳。 淑郵，言善而尤絶也。

重曰：春秋忽其不淹兮，奚久留此故居？ 軒轅不可攀援兮，吾將從王喬而娛戲！ 餐六氣而飲沆瀣兮，漱正陽而含朝霞。 保神明之清澄兮，精氣入而麤穢除。 重，直用反。 沆，胡朗反。 瀣，音械。 霞，叶音胡。

【舊詁】軒轅，黄帝名。 王喬，周靈王太子晉也，好吹笙，作鳳鳴。 遇浮丘公，接之仙去。 六氣者，《陵陽子明經》言："春食朝霞，日始欲出，黄氣也。 秋食淪陰，日没以後，赤黄氣也。 冬食沆瀣，北方夜半氣也。 夏食正陽，南方日中氣也。 并天地玄黄之氣，爲六氣。"

順凱風以從遊兮，至南巢而壹息。 見王子而宿之兮，審壹氣之和德。 曰：道可受兮，而不可傳；其小無内兮，其大無垠；毋滑而魂兮，彼將自然；壹氣孔神兮，於中夜存；虚以待之兮，無爲之先；庶類以成兮，此德之門。 垠，叶魚堅反。 滑，一作淈，並音骨。 存，叶才緣反。 門，叶謨連反。

聞至貴而遂徂兮，忽乎吾將行。 仍羽人於丹丘兮，留不死之舊鄉。 朝濯髪於湯谷兮，夕晞余目於九陽。 吸飛泉之微液兮，懷琬琰之華英。 玉色頩以脕顔兮，精醇

① 原刻此處有眉批：張焕如曰："此非度世語，知其深于託者。"

粹而始壯。質銷鑠以汋約兮，神要眇以淫放。行，户郎反。湯，音陽。“余目”下“於”字，一作兮。琬，音宛。琰，音剡。英，叶於姜反。頩，普茗、普經二反。脕，音晚，又音萬。汋，音綽。

【陸時雍曰】丹丘晝夜常明，即丹山中有丹穴，鳳鳥所自出也。湯谷上有扶木，九日居下枝，一日居上枝。飛泉，日入之氣也。《山海經》：“稷澤多白玉，是有玉膏。黄帝是食是饗。”所謂懷琬琰之華英類此。《莊子》：“藐姑射之山，有神人焉，綽約若女子。”綽約，柔弱貌。頩，斂容貌。脕，澤也。

嘉南州之炎德兮，麗桂樹之冬榮。山蕭條而無獸兮，野家漠其無人。載營魄而登霞兮，掩浮雲而上征。命天閽其開關兮，排閶闔而望予。召豐隆使先導兮，問太微之所居。集重陽入帝宫兮，造旬始而觀清都。朝發軔於太儀兮，夕始臨乎於微閭。家，與寂同。霞，古遐字，借用。

【陸時雍曰】太微，宫垣十星，在翼軫北。重陽，天氣清陽之所也。《詩含神霧》云：“地去天一億五萬里，則一億五萬里以上皆天氣矣。故天有九重，則重陽之謂也。”天地交會之際曰宸。宸者，帝之所居也。太微者，帝庭。清都者，帝都也。旬始星，見北斗傍，氣如雄雞。於微閭，《周禮》：“東北曰幽州，其山鎮曰醫無閭。”

屯余車之萬乘兮，紛容與而並馳。駕八龍之蜿蜿兮，載雲旗之逶蛇。建雄虹之采旄兮，五色雜而炫耀。

服偃蹇以低昂兮，驂連蜷以驕驁。騎膠葛以雜亂兮，班曼衍而方行。撰余轡而正策兮，吾將過乎句芒。歷太皓以右轉兮，前飛廉以啟路。陽杲杲其未光兮，凌天地以徑度。風伯爲余先驅兮，氛埃辟而清涼。鳳凰翼其承旂兮，遇蓐收乎西皇。擥彗星目爲旍兮，舉斗柄以爲麾。叛陸離其上下兮，遊驚霧之流波。旹曖曃其曭莽兮，召玄武而奔屬。後文昌使掌行兮，選署衆神以並轂。路曼曼其修遠兮，徐弭節而高厲。左雨師使徑待兮，右雷公而爲衞。炫，音玄。蜷，音拳。曼，莫半反。衍，弋戰反。句，音勾。辟，必亦反。旍，即旌字。叛，音泮。波，叶補基反。曖，烏感反。曃，徒感反。曭，音黨。莽，莫郎反。屬，音燭。曼，莫干反。①

【陸時雍曰】容與，從容貌。逶蛇，宛轉貌。偃蹇，恣睢貌。連蜷，屈曲貌。服，衡下夾轅兩馬。驂，衡外挽靷兩馬。膠葛，雜亂貌。曼衍，泮涣貌。句芒，木神。《月令》:“東方甲乙，其帝太皞，其神句芒。”太皓，即太皞，庖羲氏也。西方庚辛，其帝少皞，其神蓐收。西皇，即少昊也。斗柄，杓也。麾，旗屬。曖曃，昏暗貌。曭，日不明也。玄武，北方七宿龜、蛇也。位在北方，故曰玄。身有鳞甲，故曰武也。文昌，在紫微宫，北斗魁前，六星如匡形。厲，憑陵之意。

---

① 原刻此處有眉批：張焕如曰：“優游曼衍，指顧自如，真若按步隊而校班行者，何其裕也。”

欲度世以忘歸兮，意恣睢以担撟。内欣欣而自美兮，聊媮娱以淫樂，涉青雲以氾濫游兮，忽臨睨夫舊鄉。僕夫懷余心悲兮，邊馬顧而不行。思故鄉以想像兮，長太息而掩涕。氾容與而遐舉兮，聊抑志而自弭。指炎帝而直馳兮，吾將往乎南疑。覽方外之荒忽兮，沛潤瀁而自浮。祝融戒而蹕御兮，騰告鸞鳥迎虙妃。張《咸池》奏《承雲》兮，二女御《九韶》歌。使湘靈鼓瑟兮，令海若舞憑夷。玄螭蟲象並出進兮，形蟉虯而逶蛇。雌蜺便娟目增撓兮，鸞鳥軒翥而翔飛。音樂博衍無終極兮，焉乃逝以徘徊。担，音桀。撟，音矯。樂，叶五教反。氾，汎同。浮，叶扶毗反。歌，叶居支切。螭，丑知反。蟉，於九反。虯，巨九反。蜺，五結反。便，毗連反。娟，於緣反。撓，而照反。①

【陸時雍曰】邊馬，謂兩驂也。南方丙丁，其帝炎帝，其神祝融。潤瀁，謂元氣鴻濛也。蹕，止行人也。御，侍也。黄帝命大容作《咸池》之樂，是爲《雲門》，大卷著之，椌楬以道其和。中春之月、乙卯之辰，日在奎，奏之，命曰《咸池》。堯修用之，世遂謂堯樂。椌，即柷。楬，即敔也。顓頊命飛龍氏會八風之音，爲《圭水》之曲，浮金効珍。於是鑄之爲鐘，作《五基》《六英》之樂，名曰《承雲》。二女，娥皇、女英也。馮夷，華陰潼鄉人。得仙道，爲河伯，恒乘雲車，駕二龍，倏忽萬里。蟉虯，屈曲

① 原刻此處有眉批：張焕如曰："此當與西王母宴穆天子于瑶池，盡出寶器者，並爲一觀鈞天之樂，不屬人間矣。"

貌。便娟，長嫋貌。撓，曲也。翥，舉也。

舒并節以馳騖兮，逴絶垠乎寒門。軼迅風於清源兮，從顓頊乎層冰。歷玄冥以邪徑兮，乘間維以反顧。召黔贏而見之兮，爲余先乎平路。經營四方兮，周流六漠。上至列缺兮，降望大壑。下峥嶸而無地兮，上寥廓而無天。視儵忽而無見兮，聽惝怳而無聞。超無爲以至清兮，與泰初而爲鄰。逴，勑角反。門，叶彌巾反。軼，音逸。黔，其炎反。贏，倫爲反。漠，漢《樂歌》作幕。峥，鋤耕反。嶸，音宏。聞，叶無巾反。

【陸時雍曰】九陰之地爲寒門，五寒所自出也。北方，其帝顓頊，其神玄冥。間維者，天有六間，地有四維也。《淮南子》："東北爲報德之維，西南爲背陽之維，東南爲常羊之維，西北爲號通之維。"黔贏，造化神名。列缺，電隙也，謂之天門大壑。《山海經》："東海之外大壑，少昊孺顓頊於此，棄其琴瑟。"又《淮南子》："南游罔㝗之野，北息沉墨之鄉，西窮窅冥之黨，東開鴻濛之先。此其下無地而上無天，聽焉無聞，視焉無矚。此其外，猶有汰沃之氾。"正爲此注。

楚辭卷三終

楚辭卷四

古檇李陸時雍疏

附　周拱辰别注

天　問

【陸時雍敘曰】《詩》稱昊天，抑何號號？ 而天之降亂滋甚。 今人終日呼天，天卒未有應者，謂天不聰，其殆非也。 屈原正其義，詭其詞，錯舉往昔爲問。 斯亦無救於天，而衹自恚耳。 何試上自予忠名彌彰，此問又曷可少哉？ 嗚呼！ 自原作《天問》以來，而此意不明，大都爲覽古者之所憑弔，今其詞固多存而不可論云。①

曰：遂古之初，誰傳道之？ 上下未形，何由考之？

---

① 原刻此處有眉批：李挺曰："悲感頓蹈，無限深情，再起史遷，何以復尚。"

冥昭瞢闇，誰能極之？ 馮翼惟像，何以識之？ 瞢，莫鄧反。 馮，皮冰反。

【周拱辰曰】“遂古之初”，無古也。 有古則有可傳。無古矣，又何傳？ 斯時輕清未分，幽明未剖，又何由考之？而極之？ 而識之？《靈憲》曰：“太素之前，幽清玄静，寂寞冥默，不可形像。 厥中惟虛，厥外惟無，斯謂冥涬。”此非問於無可問也，既有天地之後，未有天地之前，無之而非天也云爾。

明明闇闇，惟時何爲？ 陰陽三合，何本何化？ 化，叶虎爲反。

【陸時雍曰】穀梁子云：“獨陰不生，獨陽不生，獨天不生，三合然後生。”一陰一陽，而又有一非陰非陽，爲陰爲陽者，三者常合而不舍也。 一即是本，兩即是化，更何本何化？ 故曰：“一生二，二生三，三生萬物。”天地萬物皆然矣。

【周拱辰曰】“明明闇闇”，明者成其明，闇者成其闇也。 此不專指晝夜，言天地、日月、星辰皆是。 斯時，非猶上所云無形無像之時也，已恍然拓出一箇世界。 凡山河、大地、帝王、賢聖、草木、禽魚，都有生身托命處，故曰：“惟時何爲？”言天地已闢矣。 豈僅止天地之闢已乎？“陰陽三合，何本何化？”蓋乾坤列彼此之位，六子成交配之功。震巽同宫，坎離互體，山澤通氣，三陰三陽，合同而化也。元辰紀言陰陽之氣，各有多少。 如太陰爲正陰，太陽爲正陽。 次少者爲少陰，次少者爲少陽。 又次爲陽明，又次爲厥陰。 故曰三陰三陽也。 三陰三陽爲標，寒暑燥濕風火爲主。天真元氣分爲六化，以統坤元生成之用。此即本化之説也。

圜則九重，孰營度之？惟兹何功？孰初作之？斡維焉繫？天極焉加？八柱何當？東南何虧？度，待洛反。斡，一作莞，竝音管。焉，於虔切，篇内竝同。加，叶音基，又如字。虧，如字，又叶苦家反。

【周拱辰曰】"圜則九重"，即所云天之門以九重也。孰經營而意度之？又此九重者，憑何功力而造作之？周天三百六十五度五百八十九分度之一百四十五，半覆地上，半在地下，左旋右廻，運行不息如磨蟻然。有不動者，以爲動之綱，其斡軸維縻，繫在何處？天極者，即所云南極、北極也。北極出地三十六度，恒見不隱。南極入地三十六度，恒隱不見。此何所交加而默奠之也？地下有八柱，名山大川，孔穴相通。當者，砥當撐持之謂。俗云："地缺東南。"非真缺也，特東南低陷耳。地勢有高下，理自如此。

九天之際，安放安屬？隅隈多有，誰知其數？放，上聲。屬，音注。數，所句反。

【周拱辰曰】"安放安屬？"言何所屆[①]限，何所托根。猶象山所云："天安在何處也。"《淮南》："天有九野，九千九百九十九隅。"余謂天圓地方，地有四游，觸着便成方隅，而實無定隅，又誰窮其數乎？

天何所沓？十二焉分？日月安屬？列星安陳？沓，

① 原刻作"屆"，當爲"屆"，形近而訛。《玉篇·尸部》："屆，穴也。"《説文·尸部》："屆，極也。"屆、限義近連用。

徒含反。分，叶敷因反。屬，之欲反。

【舊詁】日月所會謂辰。一歲日月十二會，所會爲辰。十一月辰在星紀、十二月辰在玄枵之類是也。若以地而言，則前後左右亦有四方十二辰之位焉。但在地之位一定不易，而在天之象運轉不停。惟天之鶉火加於地之午位，乃與地相合，而得天運之正耳。蓋周天三百六十五度四分度之一，周布二十八宿，以著天體，而定四方之位。以天繞地，則一晝一夜適周一匝，而又超一度。日月五星亦隨天繞地，而惟日之行一日一周，無餘無欠，其餘則皆有遲速之差焉。張衡《靈憲》曰："星也者，體生於地，精成於天。列位錯峙，各有攸屬。"斯言當矣。

【周拱辰曰】沓者，重沓之謂，亦交沓之謂。天之中有地，地之中有天。猶《易》所稱"緼絪磨盪"也。十二辰支干相配，起於甲寅而天道週矣。二十八宿以是分而天之躔度不忒，東西南北以是分而地之方向不惑，歲以是分而年不亂，月以是分而時不易，晝夜以是分而人知度，十二律以是分而禮樂興。然是十二之所分也，有分十二者，還須問之太乙。屬，有繫屬之義，所謂黄道、赤道循環運旋，日月麗乎天也；有分屬之義，天一生水，地二生火，一結胎於離，一結胎於坎，一屬奇而專司晝，一屬偶而專司夜也；又有轉屬之義，日往則月來，月往則日來，日行每疾，月行每遲，日施曜而精熺，月借魄而光燦，所謂日月自相統屬也。衆星布列，其以神著，有五列焉，是爲三十五名。一居中央，謂之北斗，布於方爲二十八宿。中外之宫，常明者百二十有四，可明者三百二十，爲星二千五百。微星之數，萬一千五百二十。凡帝王、卿相、人事、庶物、昆蟲，咸繫命焉。陳者，陳設也。分度、分野森然布列也；又陳示也。所謂："天垂象，現吉凶。"稽飛流隕忒順逆，伏見以察機祥是也。

出自湯谷，次于蒙汜。自明及晦，所行幾里？ 湯，音陽，一作暘。汜，音似，上聲。

【周拱辰曰】湯谷、蒙汜，皆地上川穴之名目，從地出從地入也。朱晦翁以周天赤道答之，大無謂。蓋日行空中而所過之影則有方所，猶飛鳥不着地而所過之影則涉某山某水，程途近遠，歷歷可數。《淮南》："自日出於暘谷，浴於咸池，登於扶桑，至於曲阿，至於曾泉，至於桑野，至於衡陽，至於昆吾，至於鳥次，至於悲谷，至於女紀，至於淵虞，至於連石，至於悲泉，至於虞淵，至於蒙谷。自晨明至定昏，凡行九州七舍，有五億萬七千三百九里。"

夜光何德，死則又育？厥利維何，而顧菟在腹？ 菟，與兔同。

【陸時雍曰】沈括有云："月本無光，日耀之乃光。光之初生，日在其傍，故光側而所見纔如鈎耳。日漸遠則斜照，而光稍滿，對照則正圓也。"余謂陽烏、陰菟乃日月之魄，假物言之者也。魄陰而闇，如目中之有黑睛。假菟言之者，菟望月而生精相感也。沈括又謂："日月在天，如兩鏡相照，而地居其中，四旁皆空水。故月中微黑之處，乃鏡中天地所照之影。"斯言恐未然也。

女歧無合，夫焉取九子？伯强何處？惠氣安在？ 夫，音扶。强，巨良反。在，叶音紫。

【周拱辰曰】女歧，神女，非指縫裳者，言不夫而孕九子，一乳而生。《釋典》號“九子母”。昔女媧氏無夫而生男，顓頊生女，截竹爲笄，似類此。遂古至此，洪荒既闢矣，天地既奠矣，日月星既麗矣，至此漸漸生出人來，纔成世界。余謂九子廼人類之種，女歧廼生育之母也。伯强、惠氣，風屬，上指日月星，此專言風也。《黄帝·風經》：“調暢祥和，天之喜氣也。折揚奔厲，天之怒氣也。”《淮南》：“隅强，不周風之所生也。諸稽、攝提，條風之所生也。”注云：“隅强，天神也。”所云伯强即此。

何闔而晦？何開而明？角宿未旦，曜靈安臧？闔，胡臘反。明，叶音芒。宿，音秀。臧，與藏同。

【舊詁】角宿，東方星。隨天運轉，不常在東。

【周拱辰曰】安臧者，藏於何所也。《山海經》：“常陽之山，日月所入。”又《穹天論》：“日繞辰極，没西而還東，不出入地中。”據《山海經》則“日藏地中”，據《穹天論》則“日藏空中”也。吾安得凌倒景，騎日月，出入天地，而一捫視之乎？

不任汩鴻，師何以尚之？僉曰何憂，何不課而行之？汩音骨。尚，叶音常。行，叶户郎反。

【陸時雍曰】四岳薦鮌，帝曰：“咈哉，方命圮族。”則不任汩鴻，帝所知也。而曰：“何不課而行之？”若疑之，若訝之。此其所爲《天問》之辭，難以理論事質者也。然則堯之所以使鮌者，何也？當時在廷諸臣治水之事亦未有能踰鮌者。僉曰：“可使。”則堯姑使之。此古人所謂：“不得已而用之者也。”迨九載績用弗成，亦未嘗加有害於天下，於堯何損焉？汩，治也。鴻，大水也。師，衆也。尚，舉也。課，試也。《天問》中有一等漫興，語如此類是也。

鴟龜曳銜，鮌何聽焉？ 順欲成功，帝何刑焉？ 鴟，處脂反。聽，叶平聲。①

【周拱辰曰】“鴟龜曳銜”，《經》稱“鮌陻洪水”，《傳》稱“鮌障洪水”，《國語》又稱其“墮高堙卑”。蓋鴟龜曳銜，鮌障水法也。鮌覩鴟龜曳尾相銜，因而築爲長堤高城，參差綿亘，亦如鴟龜之曳尾相銜者然。程子曰：“今河北有鮌堤而無禹堤。”《通志》曰：“堯封鮌爲崇伯，使之治水。廼興徒役作九仞之城。”又《淮南》：“鮌作三仞之城，諸侯悖之。”史稽曰：“張儀依龜跡，築蜀城，非猶夫崇伯之智也？”即其證“順欲成功”言。順此治水未必不成功，帝何以必加之刑耶？

永遏在羽山，夫何三年不施？ 伯禹腹鮌，夫何以變化？ 施，叶所加反，又如字，一作弛。腹，一作復，筆力反。化，叶虎瓜反，又音摩。

【周拱辰曰】《書》稱“殛死”猶言貶死，實未嘗殺之。則永遏在羽山，似乎永不施矣，而曰三年何也？《公羊》注：“古人疑獄，三年而始定。三年不施，永不施矣。惟有永遏之已耳。”《易》曰：“君子以遏惡揚善。”“遏”之云者，遏抑之使不得逞其伎倆也。鮌實生禹，迹其聖德夙成。不但近邁父德，抑且遠紹列辟。何以變化之若是神異也？

纂就前緒，遂成考功。 何續初繼業，而厥謀不同？ 纂，作管反。緒，音敘。

---

① 原刻此處有眉批：李思誌曰：“識卓雅，與書合。”

【陸時雍曰】箕子有言，鮌陻洪水，汨陳其五行，蓋築堤以障其下流之勢，而禹則順而導之耳。此本無可問者，而彼若謂父子異行，初終殊效，人事不齊，有如此者，故若疑而問之也。

洪泉極深，何以寘之？地方九則，何以墳之？泉，疑當作淵，唐本避諱而改之也。寘，與填同。則，一作州。墳，叶敷連反。

【周拱辰曰】按，洪水滔天宜曰極大，而此曰極深，似不泛指洪水言也。晦翁以泉爲淵，極是。《淮南子》："凡洪水淵藪，有九淵。禹乃息土填洪水，爲名山。"似指此。九則者，九州也。帝嚳制九州，洪水時，經塗界限漫滅莫理。洪水既治，故道宛然。《左傳》："茫茫禹迹，畫爲九州。"非禹始剏畫之也，言襄陵之勢既夷，而九州之界限復井然隆起，歷歷可稽也。

應龍何畫？河海何歷？畫，音或。歷，叶音勒。

【周拱辰曰】有翼而飛者爲應龍。應龍佐禹治水，畫地泉流爲説已久。又《嶽瀆經》："堯時九年洪水，巫支祈爲孽，蓋水妖也。應龍驅之淮陽龜山足下，其後水平。禹迺放應龍於東海之區。"又《吕氏春秋》："大禹東至榑木，日出九津，鳥谷青山之鄉；南至丹粟、沸水之際；西過三危之阸，巫山之下；北至太正之谷，夏海之窮，積冰積石之間，未嘗暇息。"至於歷中國之某河某海，又不足言矣。

鮌何所營？禹何所成？康回馮怒，墜何故以東南傾？馮，皮膺反。墜，古地字。

【周拱辰曰】鮌之眘也何術？禹之成也何功？鮌之治水也龜之，禹之治水也龍之，嗚呼！此成敗之由耶？康回，共工名，與顓頊争帝，怒觸不周山，折天柱，絶地維，天傾西北，地陷東南。

九州安錯？川谷何洿？東流不溢，孰知其故？ 安，一作何。錯，七故反。洿，音户。

【周拱辰曰】帝嚳制九州。按孔安國注："一冀州，帝都。"不說境界，以餘州所至則可知。一梁州，東距華山之陽，西據黑水。一兖州，東南據濟，西北距河。一青州，東北至海，西北距岱。一徐州，東至海，南至淮，北至岱。一揚州，北至淮，東南至於海。一荆州，北距荆山，南盡衡山之陽。一豫州，西南至荆山，北距大河。一雍州，西據黑水，東距河。龍門之河，在冀州之西。錯者，如犬牙相制然也。川谷何洿？洿，深也。宇宙内有九淵，極深。又《列子》："渤海之東，有大壑焉，實爲無底之谷。""東流不溢"諸家皆爲"歸墟受之"之説所誤。予嘗見善飲者，至一石不醉。私自念言："腹僅貯一斗餘，而所受踰十倍，非其量之能受。廼其量之能消，即佛語所云'消受'也。"東流不溢，妙處不在能受，正在能消，所以爲造化之神。我朝楊升庵以柳子之對、朱子之注爲非，而曰："歸墟尾閭，是水之大窮盡、大升降處。"窮盡、升降二語猶未夢見在。①

東西南北，其脩孰多？南北順墮，其衍幾何？ 墮，一作隋，一作墮，音妥，又徒禾反。

---

① 原刻此處有眉批：李思誌曰："有此快論，隻立千古。"

【陸時雍曰】《淮南子》云:“闔四海之内，東西二萬八千里，南北二萬六千里。禹使太章步自東極，至於西極，二億三萬三千五百里七十五步。使豎亥步自北極，至於南極，二億三萬三千五百里七十五步。”則大較如是矣。而又曰:“南北順隳，其衍幾何?”則似南北狹，而東西長也。張衡《靈憲經》曰:“八極之維，徑二億三萬二千三百里，南北則短減千里，東西則廣增千里，自地至天，半於八極，則地之深亦如之。”二説略殊，而張言似與此合矣。隳，謂狹而長也。

崑崙縣圃，其尻安在? 增城九重，其高幾里? 縣，音玄。

【陸時雍曰】崑崙墟在西北，去嵩高五萬里，地之中也。《崑崙説》曰:“崑崙之山三級，下曰樊桐，一名板松。二曰玄圃，一名閬風。上曰增城，一名天庭，是謂大帝之居。”《淮南子》云:“增城九重，其高萬一千里百一十四步二尺六寸。”張子房《赤霆經》云:“崑崙天柱，萬脉由起。面居西雍，耳目口鼻。幽冀川蜀，分左右背。懸心闢腦，腹垂洛汭。爲汧爲渭，大河大江，經絡榮衛，大腸膀胱。震澤壘濟，青齊以降，是爲髖脾。洩爲尾閭，西北綿亘，幽寒莫詣，爲背爲項，爲脊爲毳，下爲豞。”尻，音居，脊骨盡處，以身按之，乃知崑崙之尻，在西北無盡際矣。豞，即居也。朱晦翁讀尻爲居，義亦如是，爲釋則誤矣。

四方之門，其誰從焉? 西北辟啟，何氣通焉? 辟，與闢同，一作開。

【周拱辰曰】《淮南》:“崑崙有四百四十門，門間四里，里間九純，純丈五尺。北門開以納不周之風。”

日安不到，燭龍何照？ 羲和之未揚，若華何光？ 照，叶之浩反。揚，一作陽。

【陸時雍曰】天地間儘有陰陽不匝處，東有無雷之國，西有無雨之國，北有無日之國。又《造天地經》：“祭河婁國土人無有日月光。”

【周拱辰曰】《山海經》：“西北海之外有章尾山，有神，人面蛇身而赤，是燭九陰，是謂燭龍。”又《大荒經》：“鍾山之神，名曰燭陰，視爲晝，冥爲夜，吹爲冬，呼爲夏，身長千里。在無膂之東。”又《淮南》曰：“龍身一足，若木在建木西，其華照下地。一借照燭龍，晝常昏暗。一若木普光，夜亦常明。同一宇宙，何明暗不均若是懸乎？”

何所冬煖？ 何所夏寒？

【周拱辰曰】《遠遊》：“南州炎德，桂樹冬榮。”又《大招》：“南有炎火千里。”又《招蒐》：“北方層冰峨峨，飛雪千里，又代水不可涉。天白灝灝，寒凝凝只。”皆《騷》中自注。又《拾遺記》：“岱輿山，有員淵千里，常沸騰，孟冬水涸，山人掘之，碎火如蒸，以燭投之則燃。又炎海有沃焦山，冬夏常沸，山爲之焦。”《淮南》：“崑崙之丘，或上倍之，是謂涼風之山。”又《水經注》：“崑崙爲無熱丘。”

焉有石林？ 何獸能言？

【周拱辰曰】道阜生瑶筍，千年一芽，鬱然成林。又《拾遺記》：“須彌山第六層有五色玉樹，蔭翳五百里。”玉樹，石色如玉也。又《述異記》：“陽泉在天餘山北，清流數十步，所涵草木皆化爲石。”獸之能言者，不獨猩猩也。狒狒善笑，作人言。角端人言。又含塗之國鳥獸能言。又《紀祥録》：“黄帝至東海，白澤人言。”又夷狄有狗國，有蛇國，有人魚國，有鼠王國，皆獸也，皆言也。《周禮》：“命夷貊掌鳥言，命貉貊掌獸言。”然則獸之能言者夥矣。

焉有龍虬，負熊以遊？

【周拱辰曰】熊雄猛食人，形軀甚小。虬龍與熊絶不相類，而相負以遊，蓋神熊也。《山海經》：“熊山有穴焉，熊之穴恒出神人。”即此也。

雄虺九首，儵忽焉在？何所不死？長人何守？虺，許偉反。儵，與倏同。

【周拱辰曰】雄虺，無考。《山海經》：“開明，九首。”《抱朴子》：“石脩，九首。”皆神物也。雄虺意即此類。《神異經》：“不死民在交脛東，其爲人黑色，壽，不死。”又無脊之國在長股東，其人穴居食土，死即埋之。其心不朽，死百廿歲乃復更生。《抱朴子》“乘雲壐産之國，肝心不朽之民”是也。又員嶠山有陀移國，人長三尺，壽萬歲。長人不獨防風氏，《左傳》僑如、緣斯、焚如、榮如、簡如同守鄋瞞之國皆是。又康回首觸不周，柱折維闕，比身横九畝者，又過之矣。又《洞冥記》：“支提國人長三丈二尺。”又《河圖玉版》：“龍伯國，人長三十丈。”

靡蓱九衢，枲華安居？靈蛇吞象，厥大何如？蓱，一作苹。枲，相里反。靈，一作一。大，一作骨。

【舊詁】“靡蓱九衢”，言其枝九出也。浮山有草，其葉如枲。南海有巴蛇，身長百尋，食象，三年而出其骨。

黑水玄趾，三危安在？ 延年不死，壽何所止？

【周拱辰曰】《山海經》:“黑水之西，有朝雲之國、司彘之國。”又冥海北有黑河。 又《淮南》:“三危在樂民西。”又自崑崙流沙沉羽，西至三危之山。 玄趾，無考，意即所云玄股之國者是也。 黑河之藻可以千歲，三危之露可以輕舉。 又三危金臺石室食氣不死，然遂能與天地相畢乎？徒取延年終歸有盡。 何所止，言畢竟有止云爾。

鯪魚何所？ 鬿堆焉處？ 羿焉彃[①]日？ 烏焉解羽？

鯪，音陵。 鬿，音祈。 堆，多回反。 彃，《説文》云“射也，音畢”。 烏，柳云“當作鳥”。

【舊詁】鯪魚有四足，似鼉而短小，出南方。《山海經》曰:“西海中近列姑射山，有陵魚，人面人手魚身。 北號山有鳥，狀如雞而白首鼠足，名曰鬿雀，食人。”

【周拱辰曰】“羿焉彃日”二句，舊訓抹却焉字，而曰羿射九日，九烏墮其羽，非也。 二焉字即鬿雀焉處，焉字，問詞也。 言十日並出，羿即神射，豈能發而參天乎？ 以何術而能射落九日也？ 且蹲而發矢之地，何地也？ 烏以風化，烏爲朔風所吹，轉吹轉高，搏入罡風，即化而無，惟羽毛解落在地耳？ 解羽之處還在何所？《水經注》:“流沙，積羽之鄉是也。”

禹之力獻功，降省下土方。 焉得彼嵞山女，而通之于台桑？ 閔妃匹合，厥身是繼。 胡爲嗜不同味，而快鼂

① 原作“蹕”，據他本及疏所引《説文》改。

飽? 功，叶音光。土方句絶，蓋用《商頌》語。嵞，一作涂，音塗。鼂，一作朝，陟遥反。飽，與繼叶，疑有備音。

【陸時雍曰】問之意，似謂禹承命獻功，而得通嵞山女於台桑，是疑聖人之忽君臣也。既閔妃匹合，惟厥身之是繼耳。“胡爲嗜不同味，而快鼂飽?”又疑聖人之輕父子也。所云堯舜之抗行，被以不慈之僞名，大率類此，所以爲憒辭也。嗜味之美，人所同也。“嗜不同味，而快鼂飽”，則所安者惡食，而所快者鼂飽也。則禹之所嗜，不在人情之内矣。鮑照詩曰:“居人掩閨臥，行子中夜飯。食梅嘗苦酸，衣絺嘗苦寒。”旅人況味，當自如此。鼂飽，猶《左傳》所謂“蓐食”。《書》曰:“娶於嵞山，辛壬癸甲。”則禹之居室，僅四日耳。閔，憂也。

啟代益作后，卒然離蠥。何啟惟憂，而能拘是達?

蠥，一作孽，一作孼，並魚列反。

【周拱辰曰】離蠥，一云啟與有扈，大戰於甘。一云益干啟位，啟殺之。《越絶》何以云“啟善犧於益”也? 按，《説文》:“蠥，一云妖孽，不祥也。”炎帝之繼太昊，高陽之繼金天，高辛之繼高陽，虞之繼唐，夏之繼虞，皆以異姓禪者也。啟獨排父之所薦以自帝，衆共指爲不祥也；一云蠥，歌謡也。子輿氏所云“天下之謳歌者，不謳歌益而謳歌啟”是也。皆出人意外，故曰“卒然”。惟啟能克憂勤，敬承繼禹，故私一家之傳，不爲違天、違先人之薦，不爲悖父也，故曰“啟惟憂而拘是達也”。

皆歸䠶鞫，而無害厥躬。何后益作革，而禹播降?

䠶，一作射。鞫，音菊，一作鞠。降，叶胡攻反。

【陸時雍曰】宜闕。

啟棘賓商,《九辨》《九歌》。何勤子屠母,而死分竟地? 歌,叶巨依反。地,叶音低。

【陸時雍曰】《山海經》:"夏后開上三嬪於天,得《九辨》《九歌》於下。"朱晦翁謂:"'啟棘賓商'當是'啟夢賓天'。"説有明文,無疑也。勤子屠母,《淮南子》云:"禹治水時,自化爲熊,以通轘轅之道。塗山女見而慙,遂化爲石。時方孕啟,禹曰:'還我子!'於是石破北方而生子。"其石在嵩①山。問意謂啟上賓天得《九辨》《九歌》,此天方開夏,豈患無嗣?禹何汲汲然者?當化石之時,乃勤屠母而死分竟地也。人化爲石,石裂竟地,則不可以復形,生死界分,神人道隔,在此際矣。原之此問,似千載以下結爲無情之痛如此,要亦漫興語耳。嬪,當作賓。注謂:"獻三美女於天帝。"妄矣。

帝降夷羿,革孽夏民。胡䠶夫河伯,而妻彼雒嬪? 䠶,食亦反。妻,七計反。

【舊詁】《傳》曰:"河伯化爲白龍,遊於水旁。羿見䠶之,眇其左目。"又羿夢與洛神宓女交。

【周拱辰曰】羿革孽夏民而歸之。帝降言:雖夷羿之造孽,實天意也。䠶河伯,妻雒嬪,味"何䠶""而妻"語意,蓋一串事也。言羿既䠶河伯矣,雒嬪亦水神,即河伯眷屬也,不以爲仇而反與之婚,何耶?河伯而魚服,虙妃而行露,不可解者一也。戕其主伯,聘其妃侣,不可解者二也。

---

① 原作"嵩",据上文"轘轅"地理方位改。

馮技而好殺，畏威而薦姻，不可解者三也。訢上帝而以爲無罪，狎靈妃而以爲固然，不可解者四也。凶而嗜淫，抑又甚焉，而播毒夏民，偃然盜帝，不可解者五也。①

馮珧利決，封狶是䠶。何獻蒸肉之膏，而后帝不若？馮，音憑。珧，音遥。狶，虚豈反。䠶，叶時若反。蒸，一作烝。

【周拱辰曰】“馮珧利決”，言引蹶弓穿象闓也。䠶神獸，薦鼎馨，媚帝，而帝不若，天實怒我逆取，而順守之得乎？似言羿事。

浞娶純狐，眩妻爰謀。何羿之䠶革，而交吞揆之？浞，士角反。謀，叶謨悲反。

【陸時雍曰】舊詁謂以羿之勇力如此，而浞有眩妻爰謀，因與家衆交并，而吞滅之也。䠶革，猶言貫革。此之爲問，若疑之，實快之也。

阻窮西征，巖何越焉？化爲黄熊，巫何活焉？

【舊詁】此言鮌事。然羽山東裔，而此言西征，已不可曉。或謂越巖墜死，亦無明文。《左傳》言“鮌化爲黄熊”，《國語》作“黄能”。熊，獸名。能，三足鱉。獸非入水之物，故是鱉也。或云：東海人祭禹廟，不用熊白及鱉，豈鮌化爲二物乎？

咸播秬黍，莆雚是營。何由并投，而鮌疾脩盈？秬，音巨。莆，一作黄。雚，音丸，一作萑。

【陸時雍曰】秬黍，黑黍。莆雚，水草也。言禹平治水土，咸播五穀，莆雚之地亦得耕營，厥功大矣。宜其蓋鮌

---

① 原刻此處有眉批：李思誌曰：“此注巧慧特甚。”

之愆，何故既已并投而惡聲復長滿於世也？并投者，當年之事。疾、盈者，後世之稱。原之此問，蓋歎之也。君父之事，力有所不得用。臣子之心，常有時而窮。若此者，古今豈一事哉？脩，長也。

白蜺嬰茀，胡爲此堂？安得夫良藥，不能固臧？天式從横，陽離爰死。大鳥何鳴，夫焉喪厥體？茀，音拂。“得”下一有“失”字。從，即容反。喪，息浪反。

【周拱辰曰】王逸注《列仙傳》云：“崔文子學仙於王子僑，子僑化爲白蜺而嬰茀，持藥與之，文子驚怪，引戈擊蜺，因墮其藥，俯而視之，子僑之尸也。須臾化爲大鳥，飛鳴而去。”是則然矣。中間天式從横，而曰天法有善。陽離爰死，而曰人失陽氣則死。大謬。言子僑既得天道從横變化之術，故顯神通。因文子之擊，陽爲死耳。陽死者，佯死也。化鳥飛鳴，夫豈厥體之喪而真死乎？

蓱號起雨，何以興之？撰體脅鹿，何以膺之？蓱，一作荓，一作萍，音瓶。號，胡刀反。撰，雛免反。脅，虚業反。

【陸時雍曰】舊詁云：蓱，蓱翳，雨師名。號，呼也。天撰十二神鹿，一身八足兩頭，何以膺受此形體？此當闕疑。

鼇戴山抃，何以安之？釋舟陵行，何以遷之？鼇，音敖。戴，一作載。抃，音弁。安，叶一先反。

【陸時雍曰】《列子》云：“渤海東不知幾億萬里，有大壑焉。實惟無底之壑，名曰歸墟。中有五山：岱嶼、員嶠、方壺、瀛洲、蓬萊。高下周旋三萬里，平頂處九千里。

一日一夜飛相往來，不可數焉。帝命禺强使巨鼇十五舉首戴之，迭爲三番，六萬歲一交焉，五山始峙。”

【周拱辰曰】《列仙傳》稱：“巨靈之鼇，背負蓬萊之山而抃舞。”鼇即大，不大於蓬萊之山也，何以安之也？“釋舟陵行”，王逸謂“鼇釋水而陵行”，不通甚矣。按《洽聞記》：“荆州有空舲，夾絶崖壁，立數百仞，飛鳥不栖。傳云：洪水時，行舟者泊爨於此。”疑即此。山至大而鼇亦可負，陵至峻而舟亦可遷。真足傳千古之疑也。①

惟澆在户，何求于嫂？何少康逐犬，而顛隕厥首？女歧縫裳，而館同爰止。何顛易厥首，而親以逢殆？澆，五弔反。嫂，叶音叟。“易”上一有“隕”字。殆，叶當以反。

【周拱辰曰】沈約《竹書注》：“少康使汝艾諜澆。初，浞娶純狐氏，有子蚤死，其婦曰女歧，寡居。澆强圉，往至其户，佯有所求。女歧爲之縫裳，同舍止宿。汝艾夜使人襲，斷其首，乃女歧也。澆既多力，又善害人，艾乃攻獵，放犬逐獸，因嗾澆顛隕，乃斬澆以歸。”兩段文氣倒而意實融貫。“親以逢殆”，指逐犬顛隕言也。言汝艾欲襲殺澆，而顛易女歧之首，似可僥倖逃死矣，而卒不免逐犬之阨，逆賊之無逃於天誅也如此。

湯謀易旅，何以厚之？覆舟斟尋，何道取之？斟，職深反。取，此苟反。

【陸時雍曰】仲康崩，相繼立，依同姓諸侯斟灌、斟鄩氏，爲澆所滅。湯，當是康字，謂少康也。

---

① 原刻此處有眉批：李思誌曰：“此事宜存於本文，恐未相似。”

【周拱辰曰】一成一旅能收夏衆，康可謂善謀者矣。向非虞思君娶以二姚，錫之綸邑，百端匡植，當澆使椒求康之時，殆矣。即免於難，亦庖正止耳。安能收燼滅浞，祀夏配天乎？“何以厚之？”以旌虞也。相既覆舟斟鄩之國矣，而康復取之，豈其無道而至此？其間觀變俟時，强力忍詢，委曲隱忍，潛圖密慮，經營四十年，而天命默爲挽回，其道得也。令少康君臣於此數十年中，力淺謀疎，躁不能待，幾事不密，身且不保，況國乎？張廣漢曰：“其潛也，若蛟龍之深潛；故其發也，若雷霆之震迅。惟其時也。”有旨哉！

桀伐蒙山，何所得焉？妹嬉何肆，湯何殛焉？得，叶徒力反。妹，音末。嬉，音喜。

【周拱辰曰】蒙山之伐，桀利在得也。得一美人，失一國家，折閲多矣。或曰：“南巢之放，乃與妹嬉及嬖媵五百人同竄。桀且曰：‘猶吾得也而已矣。’”

舜閔在家，父何以鱞？堯不姚告，二女何親？鱞，古頑反，叶音矜。

厥萌在初，何所意焉！璜臺十成，誰所極焉？意，古億字。璜，音黄。

【周拱辰曰】《韓非》：“紂爲象箸而箕子怖，以爲象箸不盛羹於土簋，則必犀玉之杯；玉杯象箸必不盛菽藿，則必旄象豹胎；旄象豹胎必不衣短褐，而舍茅茨之下，則必錦衣九重，高臺廣室。”聖人見微以知萌，見端以知末也。“璜臺十成，而曰誰所極？”言紂之侈奢，至瓊宫玉宇亦極矣，亦知即初念之萌極之乎。止濫觴者，窒其穴；去高木者，櫟其蘖；言謹微也。

登立爲帝，孰道尚之？女媧有體，孰制匠之？媧，古華反。

【周拱辰曰】舊以“登立爲帝”屬伏羲，非也。人皇以上，燧人以下，帝者多矣，何以專指羲乎？余謂皆指女媧説。蓋《問》中儘有上句不説出人名，下二句纔指出者。如：“吴獲迄古，南嶽是止。孰期去斯，得兩男子。”“吴獲迄古”二句即下兩男子事也。如：“天命反側，何罰何佑？齊桓九合，卒然身殺。”“天命反側”二句即下齊桓事也。如：“何聖人之一德，卒其異方？梅伯受醢，箕子佯狂？”“聖人一德”二句即下梅伯、箕子事也。蓋上二句先述事迹，下二句纔倒出人名，《問》中多有此句法。女媧，伏羲氏妹，自古皆以男子帝天下，女媧獨以女子爲天下君。豈女媧自擅而自立之乎？抑伏羲以天下私，不傳之子，不傳之弟，不傳之臣，獨傳之妹乎？又豈女媧聖德，遠邇往帝，羣臣、百姓自往從之乎？“孰道尚之”，言稟何道德，天下翕然尊尚之也。按，女媧生而神靈，佐太昊正婚姻，是爲神媒。共工作亂，振滔洪水以禍天下。女媧誅殺之，都於中皇之山，鍊五色石以補蒼天，斷鼇足以立四極，殺黑龍以濟冀州，積蘆灰以止淫水。又作笙簧以通殊風，用十五絃之瑟於澤丘以郊天侑神，聽之極悲，乃更爲二十五絃，以抑其情，而樂乃和。乘雷車，駕應龍，登九天，朝帝於靈門。《淮南》所云：“考其功烈，上際九天，下契黄壚者也。”《傳》言：“女媧，風姓，本伏羲言之，不知妵媧雲姓。古聖人帝天下，有不襲姓者也。”《河圖挺佐輔》云：“女媧，牛首、蛇身、宣髮。”《玄中記》云：“伏羲龍身，女媧蛇身。”《列子》

以爲皆蛇身、牛首、虎鼻，蓋人之形有同乎物者，今相家者流取象禽獸之形體者是也。“孰制匠之?”言孰主宰而冶制之也。女子帝天下者，前有媧，後有曌，開闢以來所未有。扶綱常而警伏雌，可少此屈原之一問哉?

舜服厥弟，終然爲害。何肆犬豕，而厥身不危敗?

【周拱辰曰】“厥身不危敗”，舊以爲舜不誅象，非也。言焚廩浚井，亦大逞犬豕之謀矣。鳥工、龍工厥身卒免於難，抑何神而至此也? 此專指舜言，後段眩弟並危，纔指象說。

吴獲迄古，南嶽是止。孰期去斯，得兩男子? 迄，許訖反。

【舊詁】“南嶽是止”，竄荆蠻而採藥也。兩男子，太伯、仲雍也。

緣鵠飾玉，后帝是饗。何承謀夏桀，終以滅喪? 一無夏字。喪，去聲，一作䘮。

【周拱辰曰】王逸、晦翁咸謂湯承用伊尹之謀滅桀。自來無以君承臣之説，語氣亦直致無文，且“終以”二字如何着落? 言伊尹烹鵠羹、薦玉鼎以干湯，於是尹承湯密謀以事桀，而終以滅桀也。《竹書》:“十七年，商使伊尹來朝。二十年，伊尹歸於商。”《吕氏春秋》:“湯欲令伊尹往視曠夏，恐其不信，乃自射伊尹。伊尹奔夏三年，聽於妹嬉之言以告湯。湯良車七十乘，必死六千人，以戊子戰於郕，遂禽伊摯就桀。”湯實命之承謀者，承湯之命，爲桀謀也。始輔之，卒滅之，聖人舉動若是兩截乎。

帝乃降觀，下逢伊摯。何條放致罰，而黎服大說？乃，一作力。摯，如字，即說叶稅。摯音哲，即說音悦。

【周拱辰曰】降觀者，即所云成湯東廵也。不意中得一良相，故云"逢"。聲罪而黎服大説，雖水火之民，易見德然。堯舜禪而民説，湯放伐而民亦説，古今升降之際，可爲慨然。

簡狄在臺，嚳何宜？玄鳥致貽，女何喜？臺，叶徒其反。嚳，苦篤反。貽，一作詒。喜，叶音嬉，一作嬉，叶音基。

【周拱辰曰】娀女吞鳦卵生契，事詳見《商頌》。《史記》又"高辛氏與簡狄祈於郊禖，鳦遺卵"。"簡狄在臺"，豈築臺以郊，故云在臺乎？

該秉季德，厥父是臧。胡終弊于有扈，牧夫牛羊？

【陸時雍曰】宜闕。

干協時舞，何以懷之？平脅曼膚，何以肥之？懷，叶胡威反。曼，音萬。

【陸時雍曰】有苗逆命，頑已甚矣！而舜以干羽合舞兩階，七旬乃格。遵何道與？是可念也，實可師也。當紂之時，人心離矣。憂懼不遑，而平脅曼膚，何所養而肥澤至此？是可咍也，復可鑒也。

有扈牧豎，云何而逢？擊牀先出，其命何從？豎，臣庾反。命何，一作何所。

【陸時雍曰】宜闕。

恒秉季德，焉得夫朴牛？何往營班禄，不但還來？朴，匹角反，一云平豆反，無朴音。牛，叶魚奇反。來，叶力之反。

【周拱辰曰】朴牛事，衆解憒憒。《越絶書》曰：“湯獻牛荆之伯。”之伯者，荆州之君也。湯行仁義，敬鬼神，當是時，天下未從也，湯於是乃飾犧牛以事荆伯，乃媿然曰：“失事聖人禮，乃委其誠心。”此謂湯獻牛荆之伯也。恒秉季德者，睦鄰之德，終如其始也。《淮南子》曰：“始乎叔季，歸乎伯孟。”季德者，初德也。湯得朴牛而不以自享，曰以享鄰，湯之禄也。荆得之而薦其祖先，且以謝過，荆之禄也。兩皆受其賜，豈區區尋常往來之禮乎？故曰：“往營班禄，不但還來。”①

昬微遵迹，有狄不寧。何繁鳥萃棘，負子肆情？遵，一作循。

【陸時雍曰】舊詁謂：“人循闇微之道爲戎狄之行者，不可以安其身。”晉大夫解居父聘吴，過陳之墓門，見婦人負子，欲與之淫。婦人引《詩》刺之曰：“墓門有棘，有鴞萃止。”余謂此事不類，故宜闕之。

眩弟並淫，危害厥兄。何變化以作詐，而後嗣逢長？害，一作虞。兄，叶虚良反。而，一在嗣字下。

【陸時雍曰】王逸以爲象封有鼻是也。有鼻之祚修短無聞。問意似謂以象之作詐當不能保其身，而何有於子孫也？然黄帝分封萬國，周之同姓封者七十，豈盡懿德哉？有先王之令德以庇其子庶，有天之福澤以昌其本枝。固宜咸保令融，有引勿替也。象至不道，得舜而昌。殷士膚敏，其麗不億，因紂而亡。嗚呼念之哉。

---

① 原刻此處有眉批：李思誌曰：“此事更宜他詳。”

成湯東巡，有莘爰極。何乞彼小臣，而吉妃是得？莘，所巾反。得，叶徒力反。

【周拱辰曰】"何乞彼小臣，而吉妃是得？"言乞小臣而何以必借媒於吉妃也？嘲之也。《世紀》："湯感夢，有人抱鼎俎，對己而笑，寤而求伊摯於有莘之野，有莘之君留而不進。湯乃求婚於有莘之君，遂嫁女於湯，以摯爲媵臣。"巧於聘妃、巧於聘臣者乎？

水濱之木，得彼小子。夫何惡之，媵有莘之婦？一無彼字。惡，烏路反。婦，叶芳尾反。

【陸時雍曰】伊尹母娠，夢神女告之曰："白竈生鼃，亟去無顧。"居無何，白竈中生鼃，母去東走，顧視其邑，盡爲大水，母因溺水化爲空桑之木。水乾之後有小兒啼水涯，人取養之。既長，有殊材。有莘惡其從空桑出，因以媵女。"夫何惡之，媵有莘之婦？"蓋歎之也。所云"棄騏驥而不乘，更遑遑其焉索"者，非歟？

【周拱辰曰】伊生空桑，爲説已久。"夫何惡之，媵有莘之婦？"湯乞小臣，借謀於吉妃。伊干有湯，借兆於莘婦。然則謂有莘之女爲商家四百九十六年薦賢之功臣，亦可也。

湯出重泉，夫何辠尤？不勝心伐帝，夫誰使挑之？辠，古罪字。尤，叶於其反。挑，徒了反。

【周拱辰曰】《太公金匱》："桀怒湯，以諛臣趙梁計召而囚之均臺，寘之重泉。湯乃行賂，桀遂釋之，賞之贊茅。""不勝心伐帝"，舊訓誤甚，言伐帝非湯本心，有挑之者矣，分明指伊尹説。説湯以至味，曰天子然後可具，以味挑也。奔夏三年，反報於亳，曰："桀迷於妹嬉，好彼琬琰。”以謀挑也。

會鼂争盟，何踐吾期？ 蒼鳥羣飛，孰使萃之？

【舊詁】武王伐紂，紂使膠鬲視武王師。膠鬲問曰：“欲以何日行師？”武王曰：“以甲子日。”膠鬲還報紂，會天大雨，道難行。武王晝夜行。或諫曰：“雨甚，軍士苦之，請且休息。”武王曰：“吾許膠鬲以甲子日至殷，令報紂矣。吾甲子日不到，紂必殺之。吾故不敢休息，以救賢者之死也。”遂以甲子日誅紂。①

【周拱辰曰】此下四段，段段有不滿武王意，亦屈原自附夷齊之義也。言武王冒雨急進，豈真欲救膠鬲之死哉？非争其失期也，争其得時耳。鷹隼之衆，羣集飛揚，問誰統帥之，此非指武王，指尚父也。堂堂之師，必借謀於《陰符》《六韜》之將畧，何歟？

列擊紂躬，叔旦不嘉。 何親揆發，定周之命以咨嗟？一無何字，一無之以二字。

【周拱辰曰】太白之懸，亦太慘矣，曰不嘉，曰咨嗟。明乎旦雖佐發定命，非其心也。況親斬紂頭，比巢門之禽更甚乎？

授殷天下，其位安施？ 反成乃亡，其罪伊何？ 施，叶所加反，若如字，即下何，叶音奚。反，一作及。

【周拱辰曰】何以曰“授殷天下”？ 三分有二以服事殷。殷之天下，實周授之也，猶“三以天下讓”意。“其位

① 原刻此處有眉批：張焕如曰：“當武王視師之時，未有紂名，此記事之不審耳。”

安施？”言讓之以位，則宜知所以善保其位矣，而善保之術又安施耶？成，全也。言父委曲全之，子一旦廢之，紂雖得罪於天，未始得罪於臣。“其罪伊何？”恐數紂之罪，而紂不服也。

争遣伐器，何以行之？竝驅擊翼，何以將之？行，叶户郎反。

【周拱辰曰】“争遣伐器”，言遣調戰伐之器也。“並驅擊翼”，並進而擊其左右翼也。“何以行之？”“何以將之？”皆隱語，言以仁伐不仁，何用許多陰謀權詭，使後世疑也？

昭后成遊，南土爰底。厥利維何，逢彼白雉？底，音指。

【舊詁】昭王南廵，船壞而溺。即《左傳》所云“南征不復”也。白雉，無考。

穆王巧梅，夫何周流？環理天下，夫何索求？梅，芒改反。“周”上一有“爲”字。

【周拱辰曰】梅，《説文》訓“貪”。晦翁因訓“貪求”。則下句“夫何索求”句便贅矣。余謂當訓“貪樂”之“貪”爲是。言穆王挾造父，駕八駿，勞馮夷，銘玄圃，釣珠澤，射麗虎，謁王母而答歌，過井公而縱博，荒淫肆樂，足跡幾遍天下焉。既已爲天下君，而僕僕車塵馬足抑似有求而勿獲者，何故乎？

妖夫曳衒，何號于市？周幽誰誅？焉得夫褒姒？衒，熒絹反。

【陸時雍曰】周之亡，褒姒爲之也。褒姒亡周，自檿弧箕服始也。先童謡曰:“檿弧箕服,實亡周國。”及是夫婦牽行,賣檿弧箕服於市者,而執之。夜亡,聞女啼聲,收以奔褒。後褒人入以贖罪,是即幽后,所爲褒姒者也。夏之衰也,二龍止庭言曰:“余褒之二君也。”告以糈幣,龍亡而遺其漦,櫝漦。至周厲王之世,啟櫝,漦流爲玄黿。入後宫,處女遇之孕。生女棄去。彼檿弧箕服者,所爲挾以奔褒也。原之言曰:“妖夫曳衒,何號于市?”意是夫之非人也,且號之有所使也。“周幽誰誅?”非周幽之罪也。褒姒之從來遠矣,其得入於王宫怪矣。“焉得夫褒姒?”亦非褒人之所知也。《離騷》《九章》止言人事,《天問》言天,亦無所歸咎云爾。

天命反側,何罰何佑? 齊桓九合,卒然身殺。 佑,叶於忌反。合,一作會。殺,音弑。

【周拱辰曰】言何以倏佑之而牛耳中原? 倏罰之而腐尸揚門之扇也? 任管仲則霸,信豎刁、易牙諸人則亂。原曰:“何罰何佑?”吾則曰:“亦自罰自佑。”

彼王紂之躬,孰使亂惑? 何惡輔弼,讒諂是服? 惡,烏路反。諂,一作調。服,即“服食”之服,晦翁訓作“事”,非是。

【周拱辰曰】内惑於妲己,所謂女戎也。外惑於飛廉、惡來諸人,猶之男戎也。彼“王紂之躬”哉,所云資辨捷給,聞見甚敏,材力過人,以天下爲咸出己下者也,具曰“予聖”。“誰知烏之雌雄”,此語若爲商辛寫照。

比干何逆,而抑沉之? 雷開何順,而賜封之? 封,叶孚音反。

【周拱辰曰】雷開，阿紂進諛言，紂賜金玉而封之，賞以夏田。或諫曰："非時也。君踐一日之苗，民失終歲之食，其可乎？"殺之。

何聖人之一德，卒其異方？梅伯受醢，箕子詳狂。梅，音浼。詳，音徉。

【周拱辰曰】箕子爲之奴，蓋囚之爲奴。如漢法，髡鉗爲城旦舂，論爲鬼薪是也。一勁直數諫，不避葅醢；一不瞽不聾，托之徉狂。迹異而忠君悟主之心則一也。

稷維元子，帝何竺之？投之于冰上，鳥何燠之？竺，一作篤。燠，音郁。

【舊詁】后稷，名棄，帝嚳之子。其母有邰氏，曰姜嫄，出野見巨人跡，説而踐之，遂身動如孕。居期生子，棄之冰上，鳥覆翼之。竺，當爲"天祝予"之"祝"，或"夭夭是椓"之"椓"，以聲近而譌耳。

何馮弓挾矢，殊能將之？既驚帝切激，何逢長之？伯昌號衰，秉鞭作牧。何令徹彼岐社，命有殷國？

【周拱辰曰】弓、矢，王逸以爲后稷，固非。《補》以爲武王，亦未必。大約不外周事者，近是。《竹史》："王嘉季歷之功，錫之圭瓚、巨鬯、彤弓、旅矢，九命爲伯。"周之馮有弓矢也，舊矣。既浸以逼帝，帝何以不疑而長任之？號衰者，撫此衰世而施號令以蘇之也。魴魚赬尾，窮民之仰望父母也久矣。"秉鞭作牧"，不止作六州之牧。《史編》："明年，伐犬戎。明年，伐密須。明年，敗耆國。又明年，伐邘。又明年，伐崇侯虎，而作豐邑。又王命西伯得專征伐，時三十三年也。”周受天命自此年始，所以卒能大岐之社於天下，撫有殷國，又何疑乎？

遷藏就岐，何能依？殷有惑婦，何所譏？

【周拱辰曰】遷藏，非徙寶藏之説。讀“乃積乃倉”一詩，則藏乃“蓋藏”之“藏”也。依，亦非百姓隨依之不舍也。《益》四爻曰：“利用爲依。”遷國，蓋流泉夕陽，豳居允荒，天設險勝，能依之以基王也。“殷有惑婦，何所譏？”非譏惑婦，譏用惑婦者耶。

受賜茲醢，西伯上告。何親就上帝罰，殷之命以不救？告，叶古后反。“帝”下一有“之”字。

【陸時雍曰】紂烹伯邑考以賜文王，文王食之，紂曰：“孰謂西伯聖者乎？食其子而不知。”斯時紂之惡亦酷矣。文王飲聲不言，臣罪當誅，況其子乎？醢梅伯以賜諸侯，得罪於天下矣。西伯乃上告帝，帝怒而致罰，殷之命遂以不救。語曰：“棄賢實惟棄天，貫盈之罪所必不赦乎。”

師望在肆，昌何識？鼓刀揚聲，后何喜？識，與志同。喜，叶許寄反。

【周拱辰曰】散宜生、南宮适、閎夭學於太公。太公見三子之爲人，遂酌酒切脯，約爲朋友，聲臭之合也。曰何識，曰何喜，風雲之契，別有機緣。劉勰《新論》曰：“堯之知舜，不違桑陰；文之知尚，不以永日。眉睫之微而形於色；聲音之妙而動於心。”必待其“下屠屠牛，上屠屠國”之語而識之，而喜之，淺之窺聖人矣。

武發殺殷，何所悒？載尸集戰，何所急？悒，音邑。

【周拱辰曰】湯之伐桀，放之而已。《竹書》："十八年，桀卒於亭山，湯命禁絃歌舞。"是湯猶以天子之禮待死桀也。武則竟殺紂矣，弔伐同而放殺異，公憤乎？私憤乎？"載尸集戰"，王逸以爲"載木主"，是矣。味"何所急"語氣似與"父死不葬，爰及干戈"意同。大抵屈原千古狷忠也。其於商周革命之際，扼腕久矣。信讒齎怒，忍尤攘詬。一種美人遲暮之思，宛然臣罪當誅，首陽采薇心事。故於湯伐桀則曰"終以滅喪"，曰"何條放致伐"。於武伐紂則曰"何所悒"，又曰"何所急"。噫！原所以悼下土之紛紜，而願侶彭咸以自沉也。①

伯林雉經，維其何故？何感天抑墜，夫誰畏懼？

【陸時雍曰】宜闕。

皇天集命，惟何戒之？受禮天下，又使至代之？

【陸時雍曰】授大寶，詔大戒，天不以位私人也。其戒伊何？孟子輿之申說天，與董仲舒之所對武帝者，是也。天與之人奉之，所謂"受禮天下"也。世受命而忘戒者多矣，故爲問以醒之。既受命於天下矣，又使至代之，甚矣其可畏也。

【周拱辰曰】此亦命不於常意，然非德后虐仇之說也。古來如舜之代堯，禹之代舜，周之代商，命之正也。如羿與浞之代夏，命之變也。神器一耳，有德者居之，以旌厥伐有

---

① 原刻此處有眉批：陸時雍曰："成湯有慚，仲虺釋之。武王誅紂而不以爲意，然夫子曰：湯武革命，順乎天而應乎人。而武王且以一人衡行爲恥，意聖人心事各有所極耳。"

力者，亦有時攘之，以逞其不肖之心，福善禍淫，正不必爾，此正造物之茫茫未可以理叩也。

初湯臣摯，後茲承輔。何卒官湯，尊食宗緒？

【舊詁】“初湯臣摯”，以爲凡臣耳，後知其賢而以爲凝承輔弼也。“尊食宗緒”，上祀先人，下及子孫也。

【周拱辰曰】官，即官天下之官。卒官湯者，推湯于諸侯之上而爲天下君也。尊食，猶玉食萬方意。

勳闔夢生，少離散亡。何壯武厲，能流厥嚴？ 嚴，叶五郎反。《詩·殷武》篇有此例。

【陸時雍曰】闔，吴王闔廬。夢，闔廬之祖壽夢。勳，功也。吴之强自闔廬始，屈原所以勳之也。

【周拱辰曰】“勳闔夢生”，言勳闔乃壽夢所生也，少小散亡在外，乃能刺王僚。代爲吴王，後用伍員爲將，碎鐘鞭尸，聲震鄰國，是能振其猛厲而流其威嚴也。事詳在《吴世家》。屈原侈言之以警楚乎？

彭鏗斟雉，帝何饗？壽命永多，夫何長？ 饗，叶虚良反。

【周拱辰曰】王逸訓：“鏗進雉羹於堯，堯饗之，而錫以壽考，至八百歲。”子厚又誤承之曰：“夫死自暮，又誰饗以俾壽！夫必饗之而俾以壽，則帝當作上帝纔通。若謂堯錫鏗壽，則堯胡不能自壽至八百乎？”余謂二句平讀便自躍然，言堯非嗜味者也。鏗斟雉而堯饗之，爵之彭城，果僅味之薦乎？抑重其道德焉而庸之乎？壽，有所受之者也。鏗之延長，何術之修？豈熊經鳥申之術乎？抑别有修心錬性之秘乎？按：彭鏗隱雲母山，湌雲母不老，後又爲商大夫地行仙也。

中央共牧，后何怒？ 蠭蛾微命，力何固？ 牧，一作收，一作枚。蠭，音風。蛾，古蟻字。

【陸時雍曰】宜闕。

驚女采薇，鹿何祐？ 北至回水，萃何喜？ 祐，叶於忌反。

【周拱辰曰】“驚女”句指夷齊事也。《文選》：“夷齊畢命於淑媛。”五臣注：“夷齊采薇首陽，一女子見而譏之曰：‘子義不食周粟，此亦周之毛也。’”又“夷齊餓于首陽，白鹿乳之”，言采薇而驚來女子之譏，遂棄薇而餓，白鹿又何以祐之，而薦之乳乎？“北至回水”或另一事，未有考，闕之。

兄有噬犬，弟何欲？ 易之以百兩，卒無禄。 噬，音筮。 兩，音亮。

【周拱辰曰】王逸以爲秦公子鍼之事，然與《左傳》不同，闕之。

薄暮雷電，歸何憂？ 厥嚴不奉，帝何求？

伏匿穴處，爰何云？ 荆勳作師，夫何長？ 自此至終篇皆隔句叶韻。

悟過改更，我又何言？ 吴光争國,久余是勝。 悟，一作寤。 更，音庚。 言，叶音銀。 勝，叶音商。

何環穿自閭社丘陵，爰出子文？“環穿自閭社丘陵”七字一作“環閭穿社以及丘陵是淫是蕩”十二字。

吾告堵敖以不長。 何試上自予，忠名彌彰？ 試，一作議。 予，音與。 彰，一作章。

【周拱辰曰】“薄暮雷電”以下，舊詁瑣碎晦滯，朱晦翁又指爲“不可曉”，余熟讀數過，瑩亮流暢，語脉一貫，解人自曉耳。若曰“雷填填兮雨冥冥”，此何時也？吾其歸歟。臣奉主爲嚴君，厥嚴欲奉而不得，奉或者忠未盡焉，帝其怒我乎？謇謇爲患，退修初服，伏匿穴處，余固甘之。夫荆而日循師矣，豈靈長之道乎？倘先王有靈，大悔君心而光昭前業，我又何言？然而隣敵日窺忠臣，欲盡强侮，多吴光之輩，而異材少子文之人。“人之云亡，邦國殄瘁”，吾蓋告堵敖以不長也。“吴光”“子文”“堵敖”皆借語，不敢顯指也。若夫以所不必聽者，嘗試君而自予以忠名，余則何敢？夫捷徑窘步，而令臣以忠名彰，則君危矣。蘭邪椒佞，而我獨以忠名彰，則我又危矣。不忠不可，而忠又不可，何途之從而可乎？一段真懇痛哭之懷最爲溢露，讀者自得之。①

【陸時雍曰】或問乎余曰：“屈原之作《天問》也，曷問乎爾？”曰：“天不平也。”“已不平矣，又曷爲問之？”曰：“天失其平，人争溺焉，賢以爲佞，佞以爲賢，故有問也者而省之。省之，天之所不得有辭於人也。”已問矣，已省矣。爲是寤而遂正之者，爲是信而不得已焉者也，曰天聽而堅尚其人之與，言：“屈原忠矣。”天將以爲不肖，其誰能争之？爲是寤而遂正之者，人將意而争與之也。如其天，其不可問也久矣。②

楚辭卷四終

---

① 原刻此處有眉批：李思誌曰：“意融手快，諸解可付祖龍。”

② 原刻此處有眉批：李挺曰：“其文在《公羊》《檀弓》。”

楚辭卷五

古檇李陸時雍疏

九　歌

陸時雍敘曰：視於無形，聽於無聲，洞洞屬屬然，致其所自致焉已矣。求之而不得，悲怨之所以生也。天地絪緼，萬物化醇。君子得此以奉其君親，思羣閔獨，徵萃合漠，耦化並欲濟功，物具有此，故生可死，而死可生也。人而神之則已疎，鬼而人之則已親。山鬼思人，其情也夫。

東皇太一

【舊詁】太一，天之尊神，祠在楚東，以配東帝，故曰東皇。《漢書》云："天神貴者太一，太一佐曰五帝。中宮天極星，其一明者，太一常居也。"《淮南子》曰："大微者，太乙之庭；紫宫者，太乙之居。”

吉日兮晨良，穆將愉兮上皇。撫長劒兮玉珥，璆鏘鳴兮琳琅。瑶席兮玉瑱，盍將把兮瓊芳。蕙肴蒸兮蘭藉，奠桂酒兮椒漿。珥，音餌。璆，渠幽反。瑱，一作鎮。蒸，一作烝。①

【舊詁】日，謂甲、乙。辰，謂寅、卯。穆，敬。愉，樂也。璆、鏘，皆玉聲。琳琅，美玉也。此言主祭者，卜日齋戒，帶劒佩玉，以禮神也。瑱，所以壓神位之席也。瓊芳，草枝可貴似玉，巫所持以舞者也。肴，骨體。蒸，進也。以蕙裹肴而進之，又以蘭爲藉也。桂酒、椒漿，以椒、桂漬酒中也。

揚枹兮拊鼓，疏緩節兮安歌，陳竽瑟兮浩倡。靈偃蹇兮姣服，芳菲菲兮滿堂。五音紛兮繁會，君欣欣兮樂康。枹，一作桴，房尤反。②

【舊詁】枹，鼓槌。拊，擊也。疏，希也。舉枹擊鼓，使巫緩節而舞，徐歌相和，以樂神也。竽，笙類，三十六簧。瑟，二十五絃。浩，大也。倡，作也。靈，謂神降於巫者之身也。君，謂神也。

【陸時雍曰】芳潔其物，婆娑其文，以此事神，神宜無不享者。“芳菲菲兮滿堂。”“君欣欣兮樂康。”若或見之，若或語之，其爲慰藉，何可道者？凡會合則喜意者，其人情乎？

---

① 原刻此處有眉批：張煒如曰：“《九歌》愷亮。”張焕如曰：“《九歌》貌情寫色，拂水成珠。種種有鬼舞神歌之况。”

② 原刻此處有眉批：孫鑛曰：“《九歌》諸篇句法稍碎而特奇陗，在楚騒中最爲精潔。”

雲中君

浴蘭湯兮沐芳，華采衣兮若英。靈連蜷兮既留，爛昭昭兮未央。謇將憺兮壽宫，與日月兮齊光。龍駕兮帝服，聊翱遊兮周章。英，叶音央。蜷，音拳。憺，徒濫反。宫，叶古荒反。

【舊詁】英，如草木之英。靈，神所降也。楚人名巫爲靈子。謇，詞也。憺，安也。周章，周流也。

靈皇皇兮既降，猋遠舉兮雲中。覽冀州兮有餘，横四海兮焉窮。思夫君兮太息，極勞心兮忡忡。降，叶乎攻反。猋，畢遥反。忡，敕中反。

【舊詁】猋，疾貌。雲中，神所居也。兩河之間曰冀州。夫君，謂神也。忡忡，心動貌。

【陸時雍曰】覽，神覽之也。此神之既去而思也。“與日月兮齊光”，“横四海兮焉窮”，極贊歎之，極景仰之，亦既無不罄之情矣。

湘　君

君不行兮夷猶，蹇誰留兮中洲？ 美要眇兮宜脩，沛吾乘兮桂舟。 令沅湘兮無波，使江水兮安流。 望夫君兮未來，吹參差兮誰思？ 要，於笑反。 來，叶力之反。 思，叶新齋反。①

【舊詁】湘君，堯長女娥皇，爲舜正妃者也。 舜陟方死於蒼梧，二妃死於江、湘之間，俗謂之湘君，湘旁黄陵有廟。 夷猶，猶豫也。 言既設祭而神未來也。 誰留，言爲誰而留。 沛，行貌。 吾，主祭者之自吾也。 參差，笙也。《風俗通》云：“舜作笙，其形參差不齊，象鳳翼也。”

【陸時雍曰】“君不行兮夷猶，蹇誰留兮中州”，似望見之而怪歎之詞也。“令沅湘兮無波，使江水兮安流”，恐驚其神也。“望夫君兮未來，吹參差兮誰思”，則自怨其傍偟之極，而神終不可見矣。 吹參差者，一以迎神，一以自娛也。 要眇，纖束貌。

駕飛龍兮北征，邅吾道兮洞庭。 薜荔拍兮蕙綢，蓀橈兮蘭旌。 望涔陽兮極浦，横大江兮揚靈。 揚靈兮未極，女嬋媛兮爲余太息！ 横流涕兮潺湲，隱思君兮陫側。

① 原刻此處有眉批：張焕如曰：“一起情湧如濤。”

拍，音搏。 綢，音儔。 潺，依連反。 陫，符沸反。

【舊詁】飛龍，舟也。 拍，搏壁也。 綢，縛束[①]也。 橈，小楫也。 浦，水涯也。 靈，精誠也。 陫，隱也。 側，不安也。

【陸時雍曰】女嬋媛兮太息，一似恍惚，一似夢寐。 甚矣，騷人之善托也！ 女，湘君之侍女也。

桂櫂兮蘭枻，斲冰兮積雪。 采薜荔兮水中，搴芙蓉兮木末。 心不同兮媒勞，恩不甚兮輕絶。 石瀨兮淺淺，飛龍兮翩翩。 交不忠兮怨長，期不信兮告余以不閒。[②] 櫂，直教反。 枻，音曳，叶音洩。 淺，音牋。 閒，叶音賢。

【舊詁】斫斲冰凍，紛如積雪。

【陸時雍曰】桂棹、蘭枻，物非不芳；斲冰、積雪，誠非不至。 而何奈心不同而恩不甚也。 世固有南威之貌而不見答於其主，比干之忠而不見禮於其君者，則心之不可强同而恩之不可强納，非一日矣。“交不忠兮怨長”，偏交也。“期不信兮告余以不閑”，强結也。 有情無耦，古今積患，有如此矣。

鼂騁騖乎江皋，夕弭節兮北渚。 鳥次兮屋上，水周兮堂下。 捐余玦兮江中，遺余佩兮澧浦。 采芳洲兮杜若，將以遺兮下女。 旹不可兮再得，聊逍遥兮容與。 鼂，古朝字。“遺兮”，遺，去聲。 旹，古時字。

---

① 束，原刻作“朿”，疑因形近而訛，今改。 下同。

② 原刻此處有眉批：張煥如曰：“其聲如戞玉追冰，其色如新荑始荂，文情妙麗，獨絶千載矣。”

【舊詁】渚，水涯也。次，止也。澧水，出武陵充縣，注於洞庭。杜若，葉似薑而有文理，味辛。言湘君既不可得，而心不能已，故欲解玦珮以爲贈，而不敢顯然致之，但委之水濱，若捐棄失墜然者。庶一通其慇懃之念，而幸玦珮之見取也。

【陸時雍曰】“旹不可兮再得，聊逍遥兮容與”，此何時乎？湘君無聞下女，無見當前者，但有水石淺淺而已。然流涕潺湲，斵冰積雪，幾爲竭悃，以至於斯，故不能遽去而爲之，聊寄於斯須也。“曲終人不見，江上數峯青”，則此數峯正是可惜耳。凡人之相與，一求之而觀其禮，再求之而觀其意，三求之而觀其決，遇與不遇亦可知矣。原之於君何若？是其不可已乎？心一往而不他，心九死而靡悔，直非此無以解憂，此《離騷》所以作也。

湘夫人

帝子降兮北渚，目眇眇兮愁予。嫋嫋兮秋風，洞庭波兮木葉下。登白薠兮騁望，與佳期兮夕張。鳥何萃兮蘋中？罾何爲兮木上？薠，音煩。張，音帳。①

【舊詁】帝子，謂湘夫人，堯次女女英，舜次妃也。愁予，主祭者言。嫋嫋，長弱貌。秋風起，則洞庭生波而木葉下，蓋記其時也。薠，水草，秋生，南方湖澤皆有之，似莎而大，鴈所食也。佳，佳人。蘋，水草。罾，魚網。二物所施不得其所，以比夕張之非地，而神不來也。

【陸時雍曰】帝子降耶，結想然耶，何"目眇眇而愁予"也？"嫋嫋兮秋風，洞庭波兮木葉下"，非增愁之時物耶？"鳥何萃兮蘋中？罾何爲兮木上"，此網羅者之自苦耳，而於事無益也！"佳期夕張"，衹秋風木葉之與共耳。眇眇，長細貌，迎人遠望，則半睫而眇眇然也，望而不來則愁。

沅有芷兮澧有蘭，思公子兮未敢言。荒忽兮遠望，觀流水兮潺湲。麋何爲兮庭中？蛟何爲兮水裔？朝馳余馬兮江皋，夕濟兮西澨。荒忽，一作慌惚。澨，音逝。

---

① 原刻此處有眉批：張煥如曰："風流蕭瑟，嫋嫋秋風，水波木下，愁緒當與湖水相量耳。"孫鑛曰："'嫋嫋'二句，《月賦》得此一篇遂增色，可見楚騷寫景之妙。"

【舊詁】澨，水涯也。麋在山林，而於庭中；蛟在深淵，而於水裔。以比神不可見，而望之者失其所也。

【陸時雍曰】情長則語短，思不敢言，思之至也。愛之，重之，秘之，惜之，而不敢言也。荒忽遠望，流水潺湲，則濺濺者流而誰與之俱乎？“鳥何萃兮蘋中？罾何爲兮木上”，若自懊之，若自解之。“麋何爲兮庭中？蛟何爲兮水裔？”則决其神之不來，而絶望之矣。

聞佳人兮召予，將騰駕兮偕逝。築室兮水中，葺之兮荷蓋。蓀壁兮紫壇，匊芳椒兮成堂。桂棟兮蘭橑，辛夷楣兮葯房。罔薜荔兮爲帷，擗蕙櫋兮既張。白玉兮爲鎮，疏石蘭兮爲芳。芷葺兮荷屋，繚之兮杜衡。蓋，叶居乂反。壇，音善。匊，古播字。成，一作盈。橑，音老。楣，音眉。葯，音約。罔，與網同。擗，一作擘。櫋，音綿。繚，音了。衡，叶胡剛反。

【舊詁】紫，紫貝，紫質黑點。壇，中庭也。蘭，木蘭。橑，椽也。辛夷，樹大連合抱，高數仞，其花初發如筆，北人呼爲木筆；其花寂早，南人呼爲迎春。葯，白芷葉也。罔，結也，結以爲帷帳也，在旁曰帷。擗，折也。櫋，聯也。石蘭，芳草。疏，陳布也。繚，束縛也。

合百草兮實庭，建芳馨兮廡門。九嶷繽兮並迎，靈之來兮如雲。廡，音武。迎，去聲。

【舊詁】馨，芳之遠聞者。廡，堂下周屋也。九嶷山神並迎二妃，衆神從之如雲也。

捐余袂兮江中，遺余褋兮澧浦。搴汀洲兮杜若，將以遺兮遠者。時不可兮驟得，聊逍遥兮容與。褋，音牒。

【舊詁】褋，襜襦也。大旨與前篇同。然玦、佩貴之，而袂、褋親之也。遠者，亦侍女也。

大司命

【舊詁】《周禮 · 大宗伯》:“以槱燎祠司中、司命。”《疏》引《星傳》云:“三台: 上台曰司命。”又“文昌宮第四, 亦曰司命”, 故有兩司命也。

【陸時雍曰】古之事神者, 或頌之, 或饗之, 或祝之。《九歌》深於離合,《湘君》《湘夫人》《少司命》語何昵也,《山鬼》則又幾於妖矣。屈原伊鬱愁苦, 無所發攄, 而隨事撰情。深其思慕, 騷變而歌, 歌變而問, 蓋不知其所至矣。而王叔師、朱晦翁謂“因其俗祠更定其詞”。殆不然與! 殆不然與!

廣開兮天門, 紛吾乘兮玄雲。令飄風兮先驅, 使涷雨兮灑塵。君廻翔兮以下, 踰空桑兮從女。紛總總兮九州, 何壽夭兮在予!

【舊詁】天門, 上帝所居紫微宮門也。吾, 主祭者自稱也。君與女, 皆指神言。空桑, 山名。予, 謂神之自予也。乘玄雲者, 知神將降, 而往迎之也。追神既下, 而往從之。因自歎其威靈之盛曰:“九州人民之衆如此, 何壽夭之命, 皆在於己也! ”

高飛兮安翔, 乘清氣兮御陰陽。吾與君兮齊速, 導帝之兮九坑。靈衣兮被被, 玉佩兮陸離。壹陰兮壹陽,衆莫知兮余所爲。 坑，音岡。 被，作披。

【舊詁】齊速，整齊疾速也。 之，適也。 坑，岡同，山脊也。《周禮·職方氏》:“九州之山鎮，曰會稽、衡山、華山、沂山、岱山、岳山、醫無閭、霍山、恒山也。”

折疏麻兮瑶華，將以遺兮離居。 老冉冉兮既極，不寖近兮愈疏。 乘龍兮轔轔，高駝兮沖天。 結桂枝兮延竚，羌愈思兮愁人。 愁人兮奈何！ 願若今兮無虧，固人命兮有當，孰離合兮可爲？ 天，叶鐵因反。 竚，叶直吕反。思，去聲。 何，叶音奚。

【舊詁】無虧，言志行無虧損也。 人受命而生，富貴貧賤，各有所當，非離合所能爲也。

【陸時雍曰】大司命何其贊歎之至也！ 以其尊而不可近，無可奈何，而安之若命，非忘情焉者也。“固人命兮有當，孰離合兮可爲。”可謂冷語熱衷矣。

少司命

穐蘭兮麋蕪，羅生兮堂下。緑葉兮素枝，芳菲菲兮襲予。夫人兮自有美子，蓀何以兮愁苦？穐蘭兮青青，緑葉兮紫莖。滿堂兮美人，忽獨與余兮目成。穐，古秋字。麋，或從艸。下，叶音户。予，叶音與。蓀，音孫。①

【舊詁】麋蕪，芎藭葉名，似蛇床而香，其苗四五月間生，葉作叢而莖細，其葉倍香，七八月間開白花。

【陸時雍曰】蓀，迎神者之自稱也。

入不言兮出不辭，乘回風兮載雲旗。悲莫悲兮生别離，樂莫樂兮新相知。荷衣兮蕙帶，儵而來兮忽而逝。夕宿兮帝郊，君誰須兮雲之際？帶，叶丁計反。儵，音倏。

【舊詁】"君誰須兮雲之際？"尤幸其有意而顧己也。

與女遊兮九河，衝風至兮水揚波。古本無此，當删去。

與女沐兮咸池，晞女髪兮陽之阿。望微人兮未徠，臨風怳兮浩歌。孔蓋兮翠旍，登九天兮撫彗星。慫長劒兮擁幼艾，蓀獨宜兮爲民正。池，叶音陁。旍，與旌同。慫，音竦。正，平聲。

【舊詁】咸池，星名，蓋天池也。晞，乾也。怳，失

---

① 原刻此處有眉批：張煒如曰："中多苦語。"孫鑛曰："撰語入神。"

意貌。彗星，光芒偏指如彗。慫，挺拔之意。幼，少也。艾，美好也。

【陸時雍曰】“夫人兮自有美子，蓀何以兮愁苦。”其怨望之詞耶。“滿堂兮美人，忽獨與余兮目成。”抑何欣晤之至也。“夕宿兮帝郊，君誰須兮雲之際?”冀幸復甚焉，終不可得。而歎美之曰:“慫長劍兮擁幼艾，蓀獨宜兮爲民正。”則極其愛慕而不能自已於情矣。大抵愛人者，因自以爲己愛；思人者，因自以爲己思。拒而常懷，絕而猶顧，則將迎者之極慮也。

東　君

暾將出兮東方，照吾檻兮扶桑。撫余馬兮安驅，夜晈晈兮既明。駕龍輈兮乘雷，載雲旗兮委蛇。長太息兮將上，心低佪兮顧懷。羌聲色兮娱人，觀者憺兮忘歸。暾，他昆反。明，叶音芒。輈，張留反。上，時掌反。懷，叶胡威反。

【舊詁】暾，温和而明盛也。吾，主祭者之自吾也。檻，楯也。“照吾檻兮扶桑”，言其光自扶桑來也。輈，車轅也，龍形曲似輈，雷聲轉似輪也。

緪瑟兮交鼓，簫鐘兮瑶簴。鳴篪兮吹竽，思靈保兮賢姱。翾飛兮翠曾，展詩兮會舞。應律兮合節，神之來兮蔽日。緪，一作絙，古登反。簴，叶其吕反。篪，音池。姱，叶音户。翾，許緣反。曾與翻同，叶作滕反。節，叶音即。①

【舊詁】緪，急張絃也。交鼓，對擊鼓也。《周禮》有“鐘笙之樂”，注云：“與鐘聲相應之笙。”然則簫鐘，與簫聲相應之鐘歟？簴，懸鐘磬之木也。瑶簴，以瑶爲飾也。篪，以竹爲之，長尺四寸，圍三寸，一孔上出，横吹之。翾，小飛輕揚之貌。曾，舉也，又翥飛也。言巫舞若鳥舉

① 原刻此處有眉批：張焕如曰：“翠增二字亦生强。”

也。展詩，陳詩。會舞，合舞也。節，謂疏數徐疾之節。

青雲衣兮白霓裳，舉長矢兮射天狼。操余弧兮反淪降，援北斗兮酌桂漿。撰余轡兮高駝翔，杳冥冥兮以東行。射，食亦反。降、行俱叶胡剛反。

【舊詁】青衣、白裳，日出東方，没西方，故用其方色也。天狼，星，在東井南，爲野將，主侵掠。弧九星，在狼東南，天弓也，主備盜賊。北斗七星，在紫宫南，其杓所建，周於十二辰之舍，以定十有二月，斟酌元氣，運平四時者也。撰，持也。

【陸時雍曰】日皜皜而不可親也，備聲色以娱之，極贊歎以仰之而已。凡人處於可親不可親之間，而不敢驟以自進，此全交之道也。

河　伯

與女遊兮九河，衝風起兮横波。乘水車兮荷蓋，駕兩龍兮驂螭。登崑崙兮四望，心飛揚兮浩蕩。日將暮兮悵忘歸，惟極浦兮寤懷。懷，叶虚韋反。

【舊詁】河爲四瀆長，其位視大夫。九河：徒駭、太史、馬頰、復鬴、胡蘇、簡、絜、鈎磐、鬲津也。禹治河至兖分爲九道，以殺其溢，其間相去二百餘里，徒駭最北，鬲津最南，蓋徒駭是河之本道，東出分爲八枝也。螭，似龍而黄，無角。河出崑崙墟，色白，所渠并千七百里一川，色黄，百里一小曲，千里一曲一直。寤，覺。懷，思也。

魚鱗屋兮龍堂，紫貝闕兮朱宫。靈何爲兮水中？乘白黿兮逐文魚，與汝遊兮河之渚，流澌紛兮將來下。子交手兮東行，送美人兮南浦。波滔滔兮來迎，魚隣隣兮媵予。堂，叶音同。魚，叶上聲。隣，一作鱗。

【舊詁】子，謂河伯。交手者，古人相别，則相執手，以見不忍相遠之意。晉、宋間猶如此。美人與予，皆巫自謂也。媵，送也。既以别矣，而波猶來迎，魚猶來送，是其眷眷之無已也。三閭大夫豈至是而始歎君恩之薄乎？①

① 原刻此處有眉批：李思誌曰："看得絶好。"

【陸時雍曰】“樂莫樂兮新相知，悲莫悲兮生別離”，河伯甫交而遂離者也。“與女遊兮九河，衝風起兮橫波”“與女遊兮河之渚，流澌紛兮將來下”，情何苦也？“乘水車兮荷蓋，駕兩龍兮驂螭”，彼河伯杳然以去矣，而乃登崑崙兮四望，不彷徨而無所止乎。“魚鱗屋兮龍堂，紫貝闕兮朱宮。靈何爲兮水中”，蓋招之之意也。此其詞，何相從之苦，而相別之遽乎？“乘白黿兮逐文魚”，爲求神者言。

山　鬼

若有人兮山之阿，被薜荔兮帶女羅。既含睇兮又宜笑，子慕予兮善窈窕。乘赤豹兮從文貍，辛夷車兮結桂旗。被石蘭兮帶杜衡，折芳馨兮遺所思。余處幽篁兮終不見天，路險難兮獨後來。從，才用反。遺，音異。來，叶音釐。①

【舊詁】"若有人"者，既指鬼矣，子則設爲鬼之命人，而余乃爲鬼之自命。

【陸時雍曰】"獨後來"者，來從人而獨後也。"路險難兮獨後來"，則亦可以謝譽於人矣。

表獨立兮山之上，雲容容兮而在下。杳冥冥兮羌晝晦，東風飄兮神靈雨。留靈脩兮憺忘歸，歲既晏兮孰華予?

【舊詁】"神靈雨"者，言風起而神靈應之以雨也。鬼不來，而反欲使人造其居也。

采三秀兮於山間，石磊磊兮葛蔓蔓。怨公子兮悵忘歸，君思我兮不得閒。山中人兮芳杜若，飲石泉兮蔭松柏。君思我兮然疑作。靁填填兮雨冥冥，猿啾啾兮狖夜

---

① 原刻此處有眉批：孫鑛曰："起句脱灑。"

鳴。風颯颯兮木蕭蕭，思公子兮徒離憂。栢，叶音博。狖，一作又。颯，蘇合反。蕭，叶音搜。

【舊詁】三秀，芝草也。狖，猿屬。離，罹也。

【陸時雍曰】山鬼於人，不啻親矣；人於山鬼，不啻遠矣，而山鬼則巧言以誘之也。何然而慕？何然而思？何然而然疑作耶？代爲之思，代爲之罹，而人則曾何意乎？入其肝腑而挑其隱衷，此山鬼所以善爲誘也。"采三秀"者，亦將以遺所思也。

國　殤

【舊詁】謂死於國事者。《小爾雅》曰:“無主之鬼謂殤。”

操吴戈兮被犀甲，車錯轂兮短兵接。旌蔽日兮敵若雲，矢交墜兮士争先。接，叶音匝。先，叶音詢。

【舊詁】戈，平頭戟也。短兵，刀劍也。《司馬法》曰:“弓矢圍，殳、矛守，戈、戟助，凡五兵，長以衞短，短以救長。”輪轂交錯，長兵不施，故用刀劍，以相接擊也。

凌余陣兮躐余行，左驂殪兮右刃傷。霾兩輪兮縶四馬，援玉枹兮擊鳴鼓。天時懟兮威靈怒，嚴殺盡兮棄原壄。行，叶胡郎反。殪，於計反。霾，與埋同。縶，陟立反。馬，叶滿補反。枹，音孚。壄，古野字，叶上與反。

【舊詁】援枹擊鼓，言志愈厲，氣愈勁也。嚴殺，猶言鏖戰痛殺也。

出不入兮往不反，平原忽兮路超遠。帶長劍兮挾秦弓，首雖離兮心不懲。誠既勇兮又以武，終剛强兮不可凌。身既死兮神以靈，魂魄毅兮爲鬼雄。弓，叶音經。雄，叶音形。

【陸時雍曰】雄情猛氣，終古不磨。若伊人者，其能從彭咸之所居乎?“首雖離兮心不懲”“魂魄毅兮爲鬼雄”，又何蕙茎之可化爲茅也?

禮 魂

【舊詁】禮魂，謂以禮善終者。

成禮兮會鼓，傳芭兮代舞。姱女倡兮容與。春蘭兮秋鞠，長無絶兮終古。鞠，一作菊。

【舊詁】會鼓，急疾擊鼓也。芭，與葩同，巫所持之香草也。代，更也。

【陸時雍曰】惜吾不及古之人兮，吾誰與玩此芳草？往不可追春蘭兮，秋鞠長無絶兮終古，所寄意於後世者深遠矣。

【陸時雍曰】揚雄有云："中正則雅，多哇則鄭。"天下有境之所可至，而情不至焉，有情之所可至，而言不至焉。《九歌》婉變已甚，"昵昵兒女語"。何褻也？情太泄而不制，語過艷而不則。朱晦翁謂"再變之鄭衛"，良不虚矣。後之人離去其情，而巧爲意以追之，求其鄭而不得，悲夫！

楚辭卷五終

楚辭卷六

古檇李陸時雍疏

卜　居

陸時雍敘曰：天不可問，問之筮龜，顛厥玄黄，其誰與闕，嗚呼嘻嘻。

屈原既放，三年不得復見。竭知盡忠，而蔽鄣於讒。心煩慮亂，不知所從。乃往見太卜鄭詹尹曰："余有所疑，願因先生決之。"詹尹乃端策拂龜，曰："君將何以教之？"屈原曰："吾將悃悃款款樸以忠乎？將送往勞來斯無窮乎？寧誅鋤草茅以力耕乎？將游大人以成名乎？寧正言不諱以危身乎？將從俗富貴以媮生乎？寧超然高舉㠯保貞乎？將哫訾栗斯，喔咿儒兒以事婦人乎？寧潔廉正直以自清乎？將突梯滑稽，如脂如韋，以潔楹乎？

寧昂昂若千里之駒乎？將氾氾若水中之鳧，與波上下，偷以全吾軀乎？寧與騏驥亢軛乎？將隨駑馬之迹乎？寧與黄鵠比翼乎？將與雞鶩争食乎？此孰吉孰凶？何去何從？世溷濁而不清，蟬翼爲重，千鈞爲輕；黄鐘燬棄，瓦釜雷鳴；讒人高張，賢士無名。吁嗟默默兮，誰知吾之廉貞！"詹尹乃釋策而謝，曰："夫尺有所短，寸有所長，物有所不足，智有所不明，數有所不逮，神有所不通。用君之心，行君之意，龜策誠不能知此事。"勞，去聲。媮，音偷。哫，音促。訾，音貲。喔，音握。咿，音伊。儒兒，一作嚅唲，音同。明，叶音芒。通，叶他光反。①

【陸時雍曰】送往勞來，將迎物情也。哫訾，心欲言而口若吃也。栗斯，身欲動而膽若怯也。喔咿，强笑。儒兒，强語。"事婦人"者，非此不可，不則畏憚而遠拒之矣。所謂婦人，丈夫而女子者也。朱晦翁注謂鄭袖，則嫌於斥矣。且舉國皆然，而何獨袖之是目乎？突梯，滑澾貌。滑稽，圓轉貌。脂亦滑澤，韋則柔韌也。楹，屋柱，亦圓物也。以脂灌韋，而以絜楹，益圓轉而無所止矣。軛，車轅前衡也。張，自侈大也。屈原所問，其意似謂天有定論，人有定情，而福善禍淫，賞忠醜佞，世多不必然者。至詹尹之對，一付之茫不可憑，此所爲憤懣不平之詞也。

楚辭卷六終

① 原刻此處有眉批：孫鑛曰："雖設爲質疑，然却是譽己嗤衆，以明决不可爲，彼意細味，造語自見。"

楚辭卷七

古檇李陸時雍疏

漁　父

陸時雍敘曰：涓涓者流，百折不淈。與汎濫於污也，寧涸而白。彼悠悠者，疇可與語。

屈原既放，游於江潭，行吟澤畔，顔色憔悴，形容枯槁。漁父見而問之曰："子非三閭大夫與？何故至於斯？"屈原曰："舉世皆濁我獨清，衆人皆醉我獨醒，是以見放。"漁父曰："聖人不凝滯於物，而能與世推移。世人皆濁，何不淈其泥而揚其波？衆人皆醉，何不餔其糟而歠其釃？何故深思高舉，自令放爲？"屈原曰："吾聞之，新沐者必彈冠，新浴者必振衣。安能以身之察察，受物之汶汶者乎？寧赴湘流，葬於江魚之腹中。安能以皓皓之白，而蒙世俗之塵埃乎?”漁父莞爾而笑，鼓枻而去，乃歌曰:“滄浪之水清兮，可以濯吾纓;滄浪之水濁兮，可以濯吾足。”遂去，不復與言。淈，古没反。波，叶補悲反。餔，布乎反。歠，昌悅反。汶，音問。枻，音曳。濁，叶竹六反。①

【陸時雍曰】《禹貢》:“嶓冢導漾，東流爲漢，又東，爲滄浪之水。”鼓枻，扣船舷也。

楚辭卷七終

① 原刻此處有眉批:孫鑛曰:“撰語俱奇陗直切，在楚騷中最爲明快。”張煒如曰:“此原之寫照。”

楚辭卷八

古檇李陸時雍疏

九　辨

陸時雍敘曰：萬物懔秋，人生苦愁，彼生不辰者，直百歲無陽日耳。屈原之於懷王，始非不遇，卒以憂死，君子哀之。宋玉作《九辨》，衍述原意，兼悼來者，故語多商聲。其云“貧士失職而志不平”，所寄慨於千載者多矣。

一

悲哉！秋之爲氣也。蕭瑟兮，草木摇落而變衰。憭慄兮，若在遠行。登山臨水兮，送將歸。泬寥兮，天高而氣清；宋廖兮，收潦而水清。憯悽增欷兮，薄寒之中人；愴怳懭悢兮，去故而就新。坎廩兮，貧士失職而志不平；廓落兮，羈旅而無友生。惆悵兮，而私自憐。憭，音流。泬，音血。廖，音寥。憯，音慘。欷，虚役反。中，去聲。愴，初亮反。怳，許昉反。懭，古廣反。悢，音朗。廩，力敢反。憐，叶音隣。①

【舊詁】泬寥，曠蕩貌。廖，空虚也。憯悽，悲痛貌。欷，泣歎貌。愴怳、懭悢，皆失志貌。坎廩，不平貌。廓落，空寂也。

燕翩翩其辭歸兮，蟬宋寞而無聲。鴈廱廱而南遊兮，鵾雞啁哳而悲鳴。獨申旦而不寐兮，哀蟋蟀之宵征。時亹亹而過中兮，蹇淹留而無成。廱，音邕。啁，竹交反，又張流反。哳，陟轄反。②

【舊詁】鵾雞，似鶴，黄白色。啁哳，聲繁細貌。亹亹，進貌。

【陸時雍曰】宋玉《九辨》，感秋氣而作也。揫歛之氣，束人五衷，則疇昔壘軻不平之意。奔迸摶擊，遂與天地之氣争散。至憂讒畏譏，閔忠悼亮，抑又甚焉。《九辨》之一，絶不預原事，若爲自悼。或創有深痛，不敢撩及之與。

① 原刻此處有眉批：張焕如曰："《九辨》潔素，其吸湛露而御清風者。"又曰："披文識相，覽物知情，此最文家妙處。"孫鑛曰："攢簇景物情事，句句驚策，一層逼一層，音調最悲切，骨氣最遒緊，真是奇絶。後數首皆莫能及。"

② 原刻此處有眉批：張焕如曰："華峰削成，韻格標峻。"孫鑛曰："騷至宋大夫乃快其語，最醒而俊。"李思誌曰："深入苦衷，道得痛癢自着。"

二

悲憂窮戚兮獨處廓，有一美人兮心不繹；去鄉離家兮徠遠客，超逍遥兮今焉薄！繹，叶以略反。客，叶苦各反。

【舊詁】繹，解也，或作懌。

專思君兮不可化，君不知兮可奈何！蓄怨兮積思，心煩憺兮忘食事。願一見兮道余意，君之心兮與余異。車既駕兮朅而歸，不得見兮心傷悲。倚結軨兮長太息，涕潺湲兮下霑軾。忼慷絶兮不得，中瞀亂兮迷惑。私自憐兮何極，中怦怦兮諒直。化，叶苦瓜反。思，去聲。朅，丘桀反。瞀，音茂。怦，普耕反。①

【舊詁】朅，去也。軨，車軾下縱横木也。軾，所憑之木也。怦怦，心急貌。

【陸時雍曰】"忼慨絶兮不得"，其言何太迫也，"寧溘死而流亡兮，余不忍爲此態也。""雖不周於今之人兮，願依彭咸之遺"，其自處則甚裕矣。

① 原刻此處有眉批：張焕如曰："急節短奏，哀過清角。"

三

皇天平分四時兮，竊獨悲此廩秋。白露既下百草兮，奄離披此梧楸。去白日之昭昭兮，襲長夜之悠悠。離芳藹之方壯兮，余萎約而悲愁。廩作凜。①

【舊詁】離披，分散貌。梧桐、楸梓，皆早凋。

秋既先戒以白露兮，冬又申之以嚴霜。收恢台之孟夏兮，然欿傺而沉臧。葉菸邑而無色兮，枝煩挐而交横。顔淫溢而將罷兮，柯彷彿而萎黄。萷櫹槮之可哀兮，形銷鑠而瘀傷。惟其紛糅而將落兮，恨其失時而無當。欿，與坎同。臧，作藏。菸，音於。邑，一作悒。挐，女除反。横，叶音黄。罷，音疲。彷，音費。② 萷，音稍，又音朔。櫹，音蕭。槮，音參。瘀，於去反。糅，女救反。

【舊詁】恢台，廣大貌。欿，陷也。傺，止也。煩挐，煩亂貌。萷，木枝竦貌。櫹槮，即蕭參。血敗曰瘀。紛糅，散亂貌。

擥騑轡而下節兮，聊逍遥以相佯。歲忽忽而遒盡兮，恐余壽之弗將。悼余生之不時兮，逢此世之俇攘。

---

① 原刻此處有眉批：又曰："秋夜夜長，有此惋語。"

② 據《楚辭補注》，"彷"當爲"彿"。

澹容與而獨倚兮，蟋蟀鳴此西堂。心怵惕而震盪兮，何所憂之多方！卬明月而太息兮，步列星而極明。擥，力敢反。遒，即由反。侹，音匡，一作恇。攘，一作躟。澹，徒敢反。卬，音仰。明，叶音芒。①

【舊詁】下節，猶按節也。遒，迫也。侹攘，狂遽貌。

【陸時雍曰】感時撫志，惘有餘悲，皆失職不平中語意。

四

竊悲夫蕙華之曾敷兮，紛旖旎乎都房。何曾華之無實兮，從風雨而飛颺。以爲君獨服此蕙兮，羌無以異於衆芳。閔奇思之不通兮，將去君而高翔。心閔憐之慘悽兮，願一見而有明。重無怨而生離兮，中結軫而增傷。旖，音倚。旎，女綺反。明，叶音芒。②

【舊詁】曾，重也。都，大也。房，似堂也，即《詩》所謂樹背。

豈不鬱陶而思君兮？君之門以九重。猛犬狺狺而迎

① 原刻此處有眉批：張煒如曰："徘徊欷歔。"

② 原刻此處有眉批：孫鑛曰："飄洒。"張煥如曰："無怨生離，語最慘澹。"

吠兮，關梁閉而不通。皇天淫溢而秋霖兮，后土何時而得漧！塊獨守此無澤兮，仰浮雲而永歎。狺，音銀。歎，平聲。

【舊詁】天子九門，謂關門、遠郊門、近郊門、城門、皋門、庫門、雉門、應門、路門。狺，犬争吠也。

五

何時俗之工巧兮，背繩墨而改錯！卻騏驥而不乘兮，策[①]駑駘而取路。當世豈無騏驥兮，誠莫之能善御。見執轡者非其人兮，故跼跳而遠去。鳧鴈皆唼夫粱藻兮，鳳愈飄翔而高舉。圜鑿而方枘兮，吾固知其鉏鋙而難入。衆鳥皆有所登棲兮，鳳獨遑遑而無所集。願銜枚而無言兮，常被君之渥洽。太公九十乃顯榮兮，誠未遇其匹合。唼，音翣。鋙，音語。[②]

【舊詁】馬立不常謂跼。

謂騏驥兮安歸？謂鳳皇兮安棲？變古易俗兮世衰，今之相者兮舉肥。騏驥伏匿而不見兮，鳳皇高飛而不下。鳥獸猶知褱德兮，何云賢士之不處？驥不驟進而求

---

① 策，原刻作“筞”，“策”的俗字，今改。

② 原刻此處有眉批：孫鑛曰：“流動。”

服兮，鳳亦不貪餧而妄食。君棄遠而不察兮，雖願忠其焉得？欲宗寞而絶端兮，竊不敢忘初之厚德。獨悲愁其傷人兮，馮鬱鬱其何極！

六

霜露慘悽而交下兮，心尚㚘其弗濟。霰雪雰糅其交加兮，乃知遭命之將至。願徼幸而有待兮，泊莽莽與壄草同死。願自直而徑往兮，路壅絶而不通。欲循道而平驅兮，又未知其所從。然中路而迷惑兮，自厭按而學誦。性愚陋以褊淺兮，信未達乎從容。竊美申包胥之氣晟兮，恐時世之不固。㚘，一作幸。厭，一作壓，並益涉反。

【舊詁】申包胥，楚大夫。伍子胥得罪於楚，將適吴，謂申包胥曰："我必亡楚。"申包胥曰："我必復之。"子胥奔吴，爲吴王闔閭臣，興兵伐楚，破郢，昭王出奔。申包胥乃之秦請救兵，鶴立秦庭，號呼悲泣，七日七夜不絶聲，勺飲不入口。秦王哀之，發兵救楚，昭王復國。厭按，抑止其心也。學誦，誦述古道以自寬也。《詩》云："我思古人，獲我心兮。"處憂憤而不忒，賴有此耳。

何時俗之工巧兮，滅規榘而改鑿。獨耿介而不隨兮，願慕先聖之遺覺。處濁世而榮顯兮，非余心之所樂。與其無義而有名兮，寧窮處而守高。食不婾而爲飽兮，衣不苟而爲温。竊慕詩人之遺風兮，願託志乎素餐。蹇充[①]倔而無端兮，汩莽莽而無垠。無衣裘以御冬兮，恐溘死而不得見乎陽春。鑿，叶音造。覺，叶音教。樂，叶五告反。高，叶孤到反。媮，他鈎反。餐，一作飧。倔，音屈。御，一作禦。

【陸時雍曰】衣裘御冬，肝膽御窮，古人所以重知己也。[②]

七

靚杪秋之遥夜兮，心繚悷而有哀。春秋逴逴而日高兮，然惆悵而自悲。四時遞來而卒歲兮，陰陽不可與儷偕。白日晼晚其將入兮，明月銷鑠而減毁。歲忽忽而遒盡兮，老冉冉而愈弛。心摇悦而日㚔[③]兮，然怊悵而無冀[④]。中憯[⑤]惻之悽愴兮，長太息而增欷。年洋洋以日往兮，老嵺廓而無處。事亹亹而覬進兮，蹇淹留而躊躇。

---

① 充，原刻作“克”，“克”爲“充”之俗字。《字彙》：“克，俗充字。”

② 原刻此處有眉批：李挺曰：“肝膽御窮，語足千古。”

③ 㚔，“幸”之古字。《字彙》：“㚔，古文幸字。”

④ 冀，原刻作“兾”，“冀”之異體字，今改。《玉篇·北部》：“兾，同冀。”

⑤ 憯，原刻作“㦧”，“憯”之異體字，今改。“㦧”字見《漢書·武帝紀》。

繚，音了。 悷，靈帝反，又音列。 逴，竹角反。 晼，音宛。 怊，音超。 欷，叶上聲。[①]

【舊詁】靚，與静同。 繚，繳繞也。 悷，悲結也。 逴，遠也。 陰陽不可儷偕，言彼去而我留也。 晼晚，景昳也。 嵺，廓空也。

【陸時雍曰】此當云："我去而彼留。"

八

【陸時雍曰】《九辨》以悲秋起興，大都徂謝牢落之概居多。

何氾濫之浮雲兮，猋[②]廱蔽此明月！ 忠昭昭而願見兮，然露曀而莫達。 願皓日之顯行兮，雲蒙蒙而蔽之。 竊不自料而願忠兮，或黕點而汙之。 堯、舜之抗行兮，瞭冥冥而薄天。 何險巇之嫉妬兮？ 被以不慈之僞名。 彼日月之照明兮，尚黯黮而有瑕。 何況一國之事兮，亦多端而膠加。 猋，卑遥反。 露，音陰。 黕，丁感反。 汙，烏故反。 黮，徒感反。

【舊詁】猋，疾貌。 露，雲蔽日也。 曀，陰風也。

---

① 原刻此處有眉批：張焕如曰："踈寂數語，黯然傷抱。"

② 猋，原刻作"焱"，當爲"猋"之訛字。 二者形近而訛，今改。 下注音爲"卑遥反"，舊詁"疾貌"，亦其證也。

被荷裯之晏晏兮，然潢洋而不可帶。既驕美而伐武兮，負左右之耿介。憎慍惀之脩美兮，好夫人之慷慨。衆踥蹀而日進兮，美超遠而逾邁。農夫輟耕而容與兮，恐田野之蕪穢。事緜緜而多私兮，竊悼後之危敗。世雷同而炫曜兮，何毀譽之昧昧！今脩飾而窺鏡兮，後尚可以竄藏。願寄言夫流星兮，羌儵忽而難當。卒壅蔽此浮雲兮，下暗漠而無光。裯，音刀。浮雲，當作明月。

【舊詁】荷裯，言有美名而無實用者也。耿介，剛勇貌。

【陸時雍曰】照鏡知容，照賢知躬。浮雲蔽月，人皆仰月而歎雲，君子不怨其君而惟黨人之是憎。

九

堯、舜皆有所舉任兮，故高枕而自適。諒無怨於天下兮，心焉取此怵惕？乘騏驥之瀏瀏兮，馭安用夫强策？諒城郭之不足恃兮，雖重介之何益？邅翼翼而無終兮，忳惛惛而愁約。生天地之若過兮，功不成而無効。願沉滯而不見兮，尚欲布名乎天下。然潢洋而不遇兮，直怐愗而自苦。莽洋洋而無極兮，忽翺翔之焉薄？國有驥而不知乘兮，焉皇皇而更索？甯戚謳於車下兮，桓公聞而知之。無伯樂之善相兮，今誰使乎譽之？罔流涕以聊慮兮，惟著意而得之。紛忳忳之願忠兮，妬被離而鄣之。瀏，流、柳二音。約，叶音要。恂，音遘。愗，音茂。忳，一作純。

【舊詁】甯戚事見《離騷》。忳忳，專一貌。

願賜不肖之軀而別離兮，放遊志乎雲中。乘精氣之摶摶兮，騖諸神之湛湛。驂白霓之習習兮，歷羣靈之豐豐。左朱雀之茇茇兮，右蒼龍之躍躍。屬雷師之闐闐兮，通飛廉之衙衙。前輕輬之鏘鏘兮，後輜乘之從從。載雲旗之委蛇兮，扈屯騎之容容。計專專之不可化兮，願遂推而爲臧。賴皇天之厚德兮，還及君之無恙。①湛，羊戎反。茇，音旆。屬，之欲反。衙，叶五乎反。從，叶楚紅反。恙，叶音羊。

【舊詁】精氣，謂日月。湛湛，厚貌。習習，飛動貌。豐豐，衆多也。茇茇，飛揚貌。躍躍，行貌。闐闐，鼓聲。衙衙，行列貌。鏘鏘，鸞聲。從從，扈從貌。輬，臥車有窻者。輜，軿車前、衣車後者也。恙，憂貌。一曰："蟲入腹，食人心，古者草居，多被此毒，故相問無恙否？"

【陸時雍曰】宋玉、唐勒、景差祖述原旨，遞以聲歌相放，而玉最爲優。然《九辨》簡直，視其制，已降原矣。所謂"《騷》之亂歌之首"也。

楚辭卷八終

---

① 原刻此處有眉批：張煒如曰："懇禱備至，何言之藹也。"

楚辭卷九

古檇李陸時雍疏

招　魂

陸時雍敘曰：屈原束髮事主，嬰患終身，瑩魂曠枯，精爽鬱沉。弟子宋玉之徒，悲其哀之一往而無所復聊也，乃廣侈其樂以招之，此亦鞠窮之救濕已。嗚呼！生無所事，死則以之，將所云始奠之餘閣也與？①

朕幼清以廉潔兮，身服義而未沬。主此盛德兮，牽于俗而蕪穢。上無所考此盛德兮，長離殃而愁苦。

---

① 原刻此處有眉批：李挺曰："《法言》語。"又曰："《檀弓》語。"孫鑛曰："構格奇，撰語麗，侈談怪説，瑣陳縷述，務窮其變態，自是天地間一種瓌瑋文字。"張焕如曰："《招魂》博衍宏麗未足稱奇，簡古精奥，當屬三代時手蹟。"

【舊詁】此宋玉作爲屈原之詞。沬，猶昧。

帝告巫陽曰："有人在下，我欲輔之。魂魄離散，汝筮予之！"巫陽對曰："掌寢。上帝其命難從。若必筮予之，恐後之謝，不能復用巫陽焉。"寢，古夢字。

【陸時雍曰】予、與同。上帝之命，欲筮其所而與之招。巫陽對以爲招魂本掌寢者所主之事，不必筮。若必筮而後招之，則將有恐後之謝，雖有巫陽，無所用之耳。

乃下招曰：魂兮歸來！去君之恒幹，何爲乎四方些？舍君之樂處，而離彼不祥些！些，蘇賀反。

【舊詁】巫陽既對上帝，即不復筮，而遂下招於四方，庶其未遠而或值之也。些，語詞。今夔峽、湖湘及南北江獠人凡禁呪句尾皆稱"些"，乃楚人舊俗。

魂兮歸來！東方不可以託些。長人千仞，惟魂是索些。十日代出，流金爍石些。彼皆習之，魂往必釋些。歸來歸來！不可以託些。①

【舊詁】八尺曰仞。言東方有扶桑②之國，十日並在其上，以次更行，其熱酷烈，人到其處必解爛也。釋，解也。

魂兮歸來！南方不可以止些。雕題黑齒，得人肉以祀，以其骨爲醢些。蝮蛇蓁蓁，封狐千里些。雄虺九首，往來儵忽，吞人以益其心些。歸來歸來！不可以久

---

① 原刻此處有眉批：孫鑛曰："故作怪事怪語，然要必有所本，非鑿空臆造者，觀北方説冰雪可見。"

② 桑。原刻作"桒"，"桑"之異體字，今改。《廣韻 · 唐韻》："桒，同桑。"下同。

淫些。蝮，音福。

【舊詁】題，額也。雕刻其肌，以丹青涅之也。南方人常食蠃蜯，得人之肉，用以祭神，復以其骨爲醢而食之。今湖南北有殺人祭鬼者，即其遺俗也。《山海經》云："蝮蛇，色如綬文，大者百餘斤，一名反鼻蛇。"封狐，大狐也，健步千里求食。虺，亦蛇類。九首，一身九頭也。

魂兮歸來！西方之害，流沙千里些。旋入雷淵，爢散而不可止些。幸而得脱，其外曠宇些。赤蟻若象，玄蠭若壺些。五穀不生，藂菅是食些。其土爛人，求水無所得些。彷徉無所倚，廣大無所極些。歸來歸來！恐自遺賊些。旋，辭戀反。壺，叶行古反。藂，一作叢。菅，音奸。

【舊詁】爢，碎也。蟻，蚍蜉也。壺，乾瓠也。菅，茅屬，高者至丈餘，可以食牛。言西方土温暑，燋爛人肉，求水無得。今環、靈、夏之間，有旱海六七百里，無水泉，即其證也。流沙，已見《騷經》。

魂兮歸來！北方不可以止些。增冰峨峨，飛雪千里些。歸來歸來！不可以久些。

魂兮歸來！君無上天些。虎豹九關，啄害下人些。一夫九首，拔木九千些。豺狼從目，往來侁侁些；懸人以娭，投之深淵些。致命於帝，然後得瞑些。歸來歸來！往恐危身些。上，時掌反。天，叶鐵因反。從，音縱。侁，叶式中反。淵，叶一因反。瞑，叶平聲。

【舊詁】虎豹九關，言天門九重，虎豹守之。從，豎也。

魂兮歸來！君無下此幽都些。土伯九約，其角觺觺些。敦脄血拇，逐人駓駓些。參目虎首，其身若牛些。此皆甘人，歸來歸來！恐自遺災些。都，叶丁奚反。觺，音宜。脄，一作脢。拇，音母。駓，音丕。參，一作三，蘇甘反。牛，叶魚奇反。遺，去聲。災，叶子私反。

【舊詁】幽都，后土之所治也。土伯，后土之伯也。約，屈也，言其身九屈也。觺觺，角利貌。敦，厚也。脄，背也。拇，足大指也。駓駓，走貌。

魂兮歸來！入脩門些。工祝招君，背行先些。秦篝齊縷，鄭綿絡些。招具該備，永嘯呼些。魂兮歸來！反故居些。門，叶莫連反。背，音倍。篝，音溝。絡，叶力户反。呼，叶胡故反。居，叶舉慮反。①

【陸時雍曰】脩門，郢城門也。男巫曰祝。工，巧也。巫背行反走，則面向魂，而先爲引導者，以致敬也。篝，落也。縷，綫也。綿、絡，纏縛之具也。魂行乘空，故設篝縷爲綫，綿絡爲笮，若世之所爲浮度是也。嘯呼，即所謂皋也。

天地四方，多賊姦些。像設君室，静閒安些。閒，音閑。

【舊詁】像，楚俗，人死則設其形貌於室而祠之。

高堂邃宇，檻層軒些。層臺累榭，臨高山些。網户

---

① 原刻此處有眉批：張焕如曰："驅難形之景如在目前，留未盡之情傳之意外。"李思誌曰："魂行乘空，想入妙境。"

朱綴，刻方連些。冬有突厦，夏室寒些。川谷徑復，流潺湲些。光風轉蕙，氾崇蘭些。經堂入奥，朱塵筵些。累，上聲。突，於吅反。厦，叶胡雅反。①

【陸時雍曰】檻，楯也。從曰檻，横曰楯。堂宇既高，則當檻之處設爲層軒，以承日也。無木曰臺，施木曰榭。臨高山者，言高出山上而下臨其山也。網户者，網如罘罳，對户設之，狀如照壁，望外則明，視内則暗者也。方連，刻爲方目，延迤連屬以爲網也。朱綴，以朱塗其連屬交綴之處也。突，深也，隱暗處。《爾雅》："東南隅爲突，西南隅爲奥。"厦，大屋也。突厦冬温，寒室夏涼。流原爲川，注谿爲谷。川谷徑復，言激導川水，徑過回復其中，所謂"醴泉涌於密室，通川過於中庭"是也。流潺湲者，清淺而流急也。春有光風，秋有文露，景色如是耳。氾，如水泛舟，淺拂輕度之意。塵，承塵。筵，竹席鋪陳爲筵，藉之爲席。此宇上出高山，下憑流水，節改送和，風來香襲，居室之美有如此者。

砥室翠翹，挂曲瓊些。翡翠珠被，爛齊光些。蒻阿拂壁，羅幬張些。纂組綺縞，結琦璜些。室中之觀，多珍怪些。瓊，叶渠楊反。蒻，音弱。幬，音儔。琦，音奇。

【舊詁】砥，礪石也。《穀梁》云："天子之桷，斲之礱之，加密石焉。"翹，鳥尾長毛也。曲瓊，玉鈎也。翡，赤羽雀。翠，青羽雀。蒻，蒻席也。阿，曲隅也。以蒻席替

① 原刻此處有眉批：張焕如曰："《招魂》備稱諸物種種，神色飛動，意味獨親，即處盛美而形容不能彷彿其一二耳。"

壁之曲阿也。幬，禪帳也。纂組，綬類，纂似組而赤。綺，文繒也。縞，細繒也。言幬帳皆用綺縞，又以纂組結束，玉璜爲飾也。珍，金玉。怪，詭異也。

【陸時雍曰】阿，阿曲。此蒻阿，而非壁阿也。

蘭膏明燭，華容備些。二八侍宿，射遞代些。九侯淑女，多迅衆些。盛鬋不同制，實滿宫些。容態好比，順彌代些。弱顔固植，謇其有意些。姱容脩態，絙洞房些。蛾眉曼睩，目騰光些。靡顔膩理，遺視矊些。離榭脩幕，侍君之閒些。[①] 備，叶步介反。射，音亦。衆，叶直恭反。鬋，音剪。代，叶徒系反。絙，與亘同。曼，音萬。睩，音禄。膩，女吏反。矊，音綿。閒，音閑。

【陸時雍曰】"蘭膏明燭"，以蘭煉膏，而溉以爲爛，則馨從燭出也。二八，二列。《左傳》所謂"女樂二八，歌鐘二肆"是也。侍宿，侍夜也。射，厭也。侍女以二八爲數，意有厭射，輒使遞更，所以進新趣而易故觀也。"九侯淑女"，假言於商九侯之女，入之紂，而不喜淫者。"多迅衆"者，言往往奔走便捷，過於衆也。鬋，鬢也，古制未詳，即如後世所云靈蛇之髻、墮馬之髻，種種不同，有自來矣。容態好比，言和好親比，如所云婀娜近人，多爲可憐者也。"順彌代"者，順適君心，自始來至於代去，彌竟如一也。"弱顔固植"，弱，柔也。其冶容如荑，堅立如山也。"謇其有意"，謇，難也。欲啟口而若難，甫聆聲而有味也。姱，美

① 原刻此處有眉批：張焕如曰："物色明麗，兩適相當。"

也。脩，長也。“姱脩態”者，脩，其美中之一也。睩，目睞謹①也。曼，長細貌。騰光，精彩射注也。靡，精緻也。膩，細滑也。遺視，竊視。矊，脉也。大帳曰幕。洞房，幽深之房也。

翡帷翠帳，飾高堂些。紅壁沙版，玄玉之梁些。仰觀刻桷，畫龍蛇些。坐堂伏檻，臨曲池些。芙蓉始發，雜芰荷些。紫莖屏風，文緣波些。文異豹飾，侍陂陁些。軒輬既低②，步騎羅些。蘭薄户樹，瓊木籬些。魂兮歸來！何遠爲些？蛇、池，竝叶徒河反。陂，音頗。陁，音駝。籬，叶音羅。爲，叶音訛。

【陸時雍曰】紅壁，以丹砂塗壁。沙版，沙棠之版也。畫，刻畫。桷，椽也。“坐堂伏檻”，言池中小閣，堂可容坐而檻可憑伏也。芰，菱也，秦人謂之薢茩。屏風，水葵也，又名鳧葵，即荇菜也。“文緣波”，言芙、芰、屏風，花葉雜色，風蹙水動，緣波爛若也。陂陁，平漫連延之處。“文異豹飾”，言侍從之人，衣文異采，班駁如豹也。軒，曲輈藩車也。輬，臥車也，凡車待駕，前方低而未昂也。徒行爲步，乘馬爲騎。羅列，待發也。草木叢生曰薄。瓊木，猶言玉樹。

室家遂宗，食多方些。稻粢穱麥，挐黄粱些。大苦醎酸，辛甘行些。肥牛之腱，臑若芳些。和酸若苦，陳

① 謹，原刻作“緊”，當爲“謹”之訛。二者音近。洪興祖《補注》：“睩，目睞謹也。”

② 原刻此處有眉批：張煥如曰：“低字最得景。”

吴羹些。胹鼈炮羔，有柘漿些。鵠酸臇鳧，煎鴻鶬些。露雞臛蠵，厲而不爽些。[①] 穱，音卓。挐，女居反。行，叶胡郎反。腱，居言反。臑，音儒。羹，叶音郎。胹，音而。炮，蒲交反。柘，一作蔗。臇，子兖反。臛，呼各反。蠵，音攜。爽，叶音霜。

【舊詁】室家，宗族也。宗，尊也。稻，今粳、粳二米。粢，稷也，亦名穄。挐，糅也。黄粱，蜀、漢、江、浙間皆有，香美逾於諸粱，號爲竹根黄。言數者相雜爲飯也。大苦，豉也。鹹，鹽也。酸，酢也。辛，薑桂也。甘，飴蜜也。腱，筋頭也。若，杜若，用以煑肉，去腥而香也。"和酸若苦"，"若"字作"及"。胹，煑也。羔，羊子。炮，合毛裹物而燒之也。柘漿，諸柘之漿。鵠酸，以酢烹鵠也。臛之少汁曰臇。鳧，野鴨。鶬，鶬鶴。露雞，露栖之雞。有菜曰羹，無菜曰臛。蠵，大龜也。厲，列也。爽，敗也。楚人名羹敗曰爽。

【陸時雍曰】穱，米小而早熟者。

粔籹蜜餌，有餦餭些。瑶漿蠠勺，實羽觴些。挫糟凍飲，酎清涼些。華酌既陳，有瓊漿些。歸反故室，敬而無妨些。粔，音巨。籹，音汝。餦，音張。餭，音皇。勺，音酌。酎，值又反。

【舊詁】粔籹，環餅也，吴謂之膏環，亦謂之寒具，以蜜和米麵煎熬作之。餌，擣黍爲之，《方言》謂之餻。餦

① 原刻此處有眉批：張焕如曰："品物既陳，芳旨自薦，畫形得態，説物知味，實是神手。"

餭，餳也，以蘖熬米爲之，亦謂之飴，此則其乾者也。鼏，見《禮經》，通作冪①，以疏布蓋尊也。勺，挹酒器也。羽觴，形如生爵。挫，捉也。凍，冰也。酎，醇酒也。言盛夏則爲覆蹙乾釀，捉去其糟，但取清酎，居之冰上而飲之，酒清涼，又味長也。酌，酒斗也。

肴羞未通，女樂羅些。陳鐘按鼓，造新歌些。《涉江》《采菱》，發《揚荷》些。美人既醉，朱顏酡些。娭光眇視，目曾波些。被文服纖，麗而不奇些。長髮曼鬋，艷陸離些。《揚荷》，一作《陽阿》。酡，徒何反。曾，作層。離，叶力戈反。

【舊詁】肴，骨體，又葅也。致滋味爲羞。按，擊也。《涉江》《采菱》《揚荷》皆歌名。酡，飲而赭色著面。曾，重也。不奇，奇也。

【陸時雍曰】"娭光眇視，目曾波些"，言清矑的皪，半醉情酣，而娭笑之光，發於綿眇，如層波盪潏，瀲灩不窮也。"長髮曼鬋，豔陸離些"，如《左傳》所云"玄妃鬒髮,其光可鑑"是也。

二八齊容，起鄭舞些。衽若交竿，撫案下些。竽瑟狂會，搷鳴鼓些。宮庭震驚，發《激楚》些。吴歈蔡謳，奏大吕些。下，叶音户。搷，作填。歈，音俞。

【陸時雍曰】舞者斂身鶻落，衣不蹈揚，所以"衽若交

① 冪，原刻作"㯤"，形近而訛，今改。朱熹《集注》："鼏，見《禮經》，通作冪。"

竿”也。“撫按下”者，按節徐行，如推若曳者也。狂，猛也。揁，急擊也。《激楚》，歌舞名，此其爲歌舞雜發，音樂竝陳者也。①

士女雜坐，亂而不分些。放敶組纓，班其相紛些。鄭衛妖玩，來雜陳些。《激楚》之結，獨秀先些。結，古詣反。先，叶蘇津反。

【陸時雍曰】“士女雜坐，亂而不分”，則意密而情親矣。“放敶組纓，班其相紛”，則色授而心與矣。鄭衛妖玩，既已雜陳，而《激楚》之結更獨秀先，則目奪而神眩矣。組，綬也。纓，冠系也。先，穎異也。凡擅塲之技，在衆先鳴，異態殊容，捷入人目也。

箟蔽象棊，有六簙些。分曹並進，遒相迫些。成梟而牟，呼五白些。晉制犀比，費白日些。鏗鐘摇簴，揳梓瑟些。箟，音昆。蔽，音敝。簙，音博。迫，叶補各反。日，叶音若。簴，奇舉反。揳，古八反。瑟，叶音朔。

【舊詁】箟，竹名。蔽，博齒也。投六箸，行六棋，故爲六簙也。箟蔽作箸，象牙作棊。遒，亦迫也。投箸行棊，轉相遒迫，使不得行也。倍勝爲牟。五白，簙齒也。言已棊已梟，當成牟勝，故呼五白，以助投也。犀比，簙齒，集犀角爲飾也。簴，懸鐘格。揳，轢也。

【陸時雍曰】古者烏曹氏作簙，以五木爲子，有梟、盧、雉、犢、塞，爲勝負之采，簙頭刻梟形者最勝，盧次之，

① 原刻此處有眉批：李思誌曰：“交竿二字注妙。”

雉、犢又次之，塞爲下。

娭酒不廢，沉日夜些。蘭膏明燭，華鐙錯些。結撰至思，蘭芳假些。人有所極，同心賦些。酎飲盡歡，樂先故些。魂兮歸來！反故居些。① 鐙，音燈。錯，七故反。假，叶音故，一音格。居，叶舉慮反。

【舊詁】鐙，錠也。錠中置燭，故謂華燈。言其刻飾爲鳥獸之形也。極，傾倒也。

【陸時雍曰】佳言如蘭，加以同心所賦，其味益長矣。樂先故者，如秦人擊缶，趙人鼓瑟，皆其先時故俗然也。朱晦翁謂各舉先代之故事亦得。

亂曰：獻歲發春兮，汩吾南征，菉蘋齊葉兮，白芷生。路貫廬江兮，左長薄，倚沼畦瀛兮，遥望博。青驪結駟兮，齊千乘，懸火延起兮，玄顔烝。步及驟處兮，誘騁先，抑騖若通兮，引車右還。與王趨夢兮，課後先。君王親發兮，憚青兕。朱明承夜兮，時不可淹。皋蘭被徑兮，斯路漸。湛湛江水兮，上有楓。目極千里兮，傷春心。魂兮歸來，哀江南！② 乘，叶平聲。還，叶音旋。先，叶音私，《栢梁詩》入時韻。兕，叶音詞。漸，音尖。楓，叶孚金反。南，叶尼金反。

【舊詁】廬江、長薄，皆地名。左者，行出其右也。倚，依也。畦，猶區也。瀛，池中也，楚人名池澤中曰瀛。

---

① 原刻此處有眉批：孫鑛曰："一句總收。"

② 原刻此處有眉批：又曰："總嘆。"

依已成之沼，而復爲瀛也。博，平也。純黑爲驪，四馬爲駟。步及驟處，步行而及驟馬所至之處，言走之疾也。誘，蓋爲前導駝騁，以誘獵衆，若射儀之有誘射也。若，順也。正駝騖者，順通其道，引車右轉，以射左之獸也。夢，澤名，楚有雲夢，方八九百里，跨江兩涯，雲在江北，玉沙、藍利、景陵等縣。夢在江南，公安、石首、建寧等縣。兕，似牛，一角，青色，重千斤。朱明，日也。皋，澤也。被，覆也。漸，没也。春深則草盛，水深而路没也。楓，似白楊，葉圓而岐，有脂而香，厚葉弱枝，善搖，至霜後葉丹可愛，故騷人多稱之。目極千里，言湖澤平博，春時草短，望見千里，令人愁思也。玉意欲使原歸郢，故言江南之地，可哀如此，不宜久留也。

楚辭卷九終

楚辭卷十

古檇李陸時雍疏

大　招

陸時雍敘曰:《大招》,《招魂》之極慮也。 隱閔卒歲,申旦無時,三五明良,碩士所期。 冥凌魄死,白日照之,殆將來蘇。 嗚呼! 生不及事,死則以之,其亦郗婁之矢復也歟? ①

青春受謝,白日昭只。 春氣奮發,萬物遽只。 冥凌浹行,魂無逃只。 魂魄歸徠! 無遠遥只。 只,音止。 遽,叶渠驕反。

【陸時雍曰】玄冬謝去,青春受之。 白日昭融,萬物凌遽而競發也。 凌,冰凍也。 陽氣一行,凡冥泉凍壤,無所

① 原刻此處有眉批:張焕如曰:"一句道破。"李挺曰:"簡奧無前。"

不之。死魄幽魂，受其陵厲，無所逃避，益不胜憔悴之悲矣。以此招之使反也。

魂乎歸徠！無東無西，無南無北只。

東有大海，溺水湫湫只。螭龍竝流，上下悠悠只。霧雨淫淫，白皓膠只。魂乎無東！湯谷宋寥只。按下章例，此章上當有“魂乎無東”四字。湫，音悠，悠悠，一作攸攸。皓，一作浩。膠，叶居幽反。寥，叶力求反。

【舊詁】悠悠，螭龍行貌。皓膠，浩然正白，回錯膠戾也。湯谷，日之所出，其地無人，視聽宋然，無所見聞也。

魂乎無南！南有炎火千里，蝮蛇蜒只。山林險隘，虎豹蜿只。鰅鱅短狐，王虺騫只。魂乎無南！蜮傷躬只。蜒，音延。林，一作陵。蜿，音鴛。鰅，魚恭反。鱅，以恭反。騫，讀若褰，音軒。蜮，音域。躬，叶居延反。

【舊詁】蜒，長貌。蜿，虎行貌。鰅，魚名，皮有文。鱅魚，音如彘鳴。短狐，蜮也。《説文》曰：“蜮，似鼈，三足。”陸機曰：“一名射影，人在岸上，影在水中，投人影則射之，或謂含沙射人。”孫思邈云：“亦名射工,其蟲無目而利耳，能聽，聞人聲，便以口中毒射人。”王虺，大蛇也。騫，舉頭貌。

魂乎無西！西方流沙，漭洋洋只。豕首縱目，被髮鬤只。長爪踞牙，誒笑狂只。魂乎無西！多害傷只。漭，居朗反。縱，將容反。鬤，而羊反。踞，當作鋸。誒，音嬉。

【舊詁】漭，水大貌。洋洋，無涯貌。縱，直豎也。鬤，髮亂貌。踞牙，言其牙如鋸也。誒，强笑也。言西方有神，其狀如此，能傷害人也。

魂乎無北！北有寒山，逴龍赩只。代水不可涉，深不可測只。天白顥顥，寒凝凝只。魂乎無往！盈北極只。赩，許力反。代，一作伐。顥，音皓。凝，一作嶷，魚力反。

【舊詁】赩，赤色。顥顥，光貌。凝凝，冰凍貌。盈北極，言此冰凍,滿北極也。

【陸時雍曰】逴龍，當作燭龍，見《天問》。

魂魄歸徠！閒以靜只。自恣荆楚，安以定只。逞志究欲，心意安只。窮身永樂，年壽延只。魂乎歸徠！樂不可言只。安，叶一先反。

五穀六仞，設菰粱只。鼎臑盈望，和致芳只。内鶬鴿鵠，味豺羹只。魂乎歸徠！恣所嘗只。菰，音孤。臑，仁珠反。鶬，音倉。羹，叶力當反。

【舊詁】五穀，稻、稷、麥、豆、麻也。仞，伸臂一尋，八尺也，言積穀之多也。設，施也。菰粱，蔣實，一名雕菰。臑，熟也。致，致鹹酸也。芳，謂椒薑也。内，與肭同，肥也。鶬，即倉䳌也。鴿，似鳩而小，青白。鵠，有白鵠，有黄鵠。豺，似狗。

鮮蠵甘鷄，和楚酪只。醢豚苦狗，膾苴蓴只。吴酸蒿蔞，不沾薄只。魂乎歸徠！恣所擇只。苴，即魚反。蓴，普各反。擇，叶徒各反。

【舊詁】生潔爲鮮。蠵，大龜也。酪，乳漿也。醢，肉醬也。苦，以膽和醬也，世所謂膽和者也。苴蓴，一名襄荷,《本草》云:“葉似初生甘蔗，根似蘴牙。”蓋切以爲香也。蒿，白蒿，春生，秋乃香美可食。蒿蔞，葉似艾，生水中，脆美可食。沾，多汁也。薄，無味也。言吴人工調醎酸，爚蒿蔞以爲虀，其味不醲不薄，適甘美也。

炙鴰烝鳧，煔鶉敶只。煎鰿臛雀，遽爽存只。魂乎歸徠！麗以先只。炙，音柘。鴰，古活反。煔，音潛。鰿，積、責二音。臛，音霍。存，叶祖陳反。先，叶桑津反。

【舊詁】炙，燔肉也。鴰，麋鴰也。煔，爚也。鶉，鴽也。鰿，小魚也。

【陸時雍曰】麗，類也。言此類先進也。

四酎并孰，不澀嗌只。清馨凍歈，不歠役只。吴醴白櫱，和楚瀝只。魂乎歸徠！不遽惕只。澀，一作澁。嗌，叶音弋。歈一作歙。

【舊詁】酎，二重釀酒。秦《月令》云:“春釀之，孟夏始成。”漢亦以春釀，八月乃成。此云四酎，則是四重釀矣。并，俱也。舊注以爲四酎俱熟，未知孰是也？澀，不滑也。嗌，咽喉也。言不澀人之咽喉也。馨，香之遠聞者也。凍，猶寒也。不歠役，未詳，舊注謂不以飲賤役之人，言酒醇美，役人飲之，易醉仆失禮，故不以飲之也。再宿爲醴。櫱，米麴也。瀝，清酒也。言使吴人釀醴，和白麴以作楚瀝也。

代秦鄭衛，鳴竽張只。伏戲《駕辯》，楚《勞商》只。謳和《揚阿》，趙簫倡只。魂乎歸徠！定空桑只。代，一作岱。

【舊詁】代、秦、鄭、衛，當世之樂，伏戲之《駕辨》，楚之《勞商》，疑皆古曲名，而未有考，或謂伏戲始作瑟也。徒歌曰謳。《揚阿》，即《陽阿》，已見前篇。趙簫，趙國之簫也。以趙簫奏《揚阿》爲先倡，而謳以和之也。空桑，琴瑟名，見《周禮》。

二八接武，投詩賦只。叩鐘調磬，娱人亂只。四上競氣，極聲變只。魂乎歸徠！聽歌譔只。

【舊詁】接，連也。武，跡也。投，合也。詩賦，雅樂，《關雎》《鹿鳴》之類是也。叩，擊也。金曰鐘。石曰磬。亂，理也。四上，未詳。譔，具也。

朱唇皓齒，嫭以姱只。比德好閒，習以都只。豐肉微骨，調以娱只。魂乎歸徠！安以舒只。嫭，音護。姱，叶苦胡反。比，必寐反。閒，音閑。

【舊詁】嫭、姱，好貌。好閒，謂美好而閒暇。習，謂習於禮節。都，謂容態之美也。

嫮目宜笑，蛾眉曼只。容則秀雅，穉朱顔只。魂乎歸徠！静以安只。嫮，與嫭同。

【舊詁】曼，長而輕細也。則，法也。穉，幼也。

姱脩滂浩，麗以佳只。曾頰倚耳，曲眉規只。滂心綽態，姣麗施只。小腰秀頸，若鮮卑只。魂乎歸徠！思怨移只。佳，叶居宜反。滂，一作漫。思怨，一作怨思。

【舊詁】修，長也。佳，善也。曾，重也。倚，辟也。規，圜也。言面豐滿，頰肉若重，兩耳郭辟，曲眉正圜也。綽，綽約也。鮮卑，衮帶頭也。言腰支細小，頸鋭秀長，若以鮮卑之帶約而束之也。《補》曰："鮮卑之帶，《漢·匈奴傳》所謂'黃金犀毗'，孟康以爲'腰中大帶'，張晏以爲'鮮卑郭洛帶，瑞獸名，東胡好服之'者也。《魏書》曰：'鮮卑，東胡別保鮮卑山，因號焉。'"移，去也。言可以忘去怨思也。①

易中和心，以動作只。粉白黛黑，施芳澤只。長袂拂面，善畱客只。魂乎歸徠！以娛昔只。易，以豉反。澤，叶待洛反。客，叶苦各反。昔，叶先約反，一作夕。

【舊詁】芳澤，芳香之膏澤也。昔，夜也。

青色直眉，美目媔只。靨輔奇牙，宜笑嗎只。豐肉微骨，體便娟只。魂乎歸徠！恣所便只。媔，音綿。靨，於牒反。輔一作酺，扶羽反。嗎，虛延反。便，平聲。

【舊詁】青色，謂眉也。媔，美白貌。輔，頰車也，《左傳》："輔車相依。"嗎，笑貌。便娟，好貌。便，猶安也。

夏屋廣大，沙堂秀只。南房小壇，觀絶霤只。曲屋步櫩，宜擾畜只。騰駕步遊，獵春囿只。壇，音善。觀，音貫。霤，音溜。櫩，一作檐，與簷同。畜，音嗅，一作獸。

【舊詁】沙，丹沙也。壇，猶堂也。觀，猶樓也。霤，屋宇也。曲屋，周閣也。步櫩，長砌也。《上林賦》作"步櫩"，李善云："長廊也。"擾畜，馴養禽獸也。步遊，亦言行遊耳，非必舍車而徒也。

---

① 原刻此處有眉批：張煥如曰："此注無謂。意鮮卑人纖束，故云然耳。"

瓊轂錯衡，英華假只。茝蘭桂樹，鬱彌路只。魂乎歸徠！恣志慮只。假，叶古路反。

【舊詁】假，大也。言所乘之車，以玉飾轂，以金錯衡，英華照耀，大有光明也。彌，竟也。

孔雀盈園，畜鸞皇只。鵾鴻羣晨，雜鵹鶬只。鴻鵠代遊，曼鷫鷞只。魂乎歸徠！鳳凰翔只。畜，許六反。鵹，音秋。鷫，音肅。鷞，音霜。

【舊詁】鵾，鵾鷄。鴻，鴻鶴也。晨，旦鳴也。《書》曰："牝鷄無晨。"鵹鶬，鶬鵹也。曼，曼衍也。鷫鷞，長頸，緑身，似雁。

曼澤怡面，血氣盛只。永宜厥身，保壽命只。室家盈庭，爵禄盛只。魂乎歸徠！居室定只。

【舊詁】怡，懌貌。室家，謂宗族。盈庭，滿朝廷也。

接徑千里，出若雲只。三圭重侯，聽類神只。察篤夭隱，孤寡存只。魂乎歸徠！正始昆只。神，叶式云反。

【舊詁】接徑，猶言通路也。出若雲，言人民衆多，其出如雲也。三圭，謂公、侯、伯也。公執桓圭，侯執信圭，伯執躬圭，故曰三圭也。重侯，猶曰陪臣，謂子、男也。蓋楚僭王號，其縣宰皆號曰公，如申公、葉公之類，其小者應亦比子、男也。聽類神者，言其聽察精審，如神明也。篤，厚也。夭，早死也。隱，幽蔽也。孤者，幼而無父者也。寡者，老而無夫者也。察夭隱者而厚之，則孤寡皆得其所矣。昆，後也。正其始以及後人也。

田邑千畛，人阜昌只。美冒衆流，德澤章只。先威後文，善美明只。魂乎歸徠！賞罰當只。畛，之忍反。明，叶謨郎反。當，叶平聲。

【舊詁】田，野也。邑，居也。《周禮》："九夫爲井，四井爲邑。"畛，田上道也。阜，盛也。昌，熾也。冒，覆也。章，明也。威，武也。言先以威武嚴民，後以文德撫之，既善美而又光明也。

名聲若日，照四海只。德譽配天，萬民理只。北至幽陵，南交阯只。西薄羊腸，東窮海只。魂乎歸徠！尚賢士只。照，一作昭。海，叶呼洧反。士，鉏里反。

【舊詁】德譽配天，言楚王修德於內，榮譽外發，功德配天，又能理萬民之寃結也。幽陵，幽州也。交阯，南夷，其人足大指開析，兩足竝立，指則相交。羊腸，山名，山形屈辟，狀如羊腸，今在太原、晉陽之西北。言魂急歸徠，楚方尚進賢士，必見用也。

發政獻行，禁苛暴只。舉傑壓陛，誅譏罷只。直赢在位，近禹麾只。豪傑執政，流澤施只。魂乎歸徠！國家爲只。行，下孟反。禁，一作絶。暴，不叶下韻，未詳。疑，亦有反音也。壓，於甲反。罷，與疲同。赢，音盈。

【舊詁】獻行，令百官上其行治，如《周禮》"令羣吏致事"，《漢法》"令郡國上計"也。舉傑壓陛，遥登俊傑，使在高位，以壓階陛也。誅，責而退之也。譏罷，衆所譏誚疲軟不勝任之人也。直赢，謂理直而才有餘者。禹麾，未詳。國家爲，言如此則國家可爲。

雄雄赫赫，天德明只。三公穆穆，登降堂只。諸侯畢極，立九卿只。昭質既設，大侯張只。執弓挾矢，揖辭讓只。魂乎歸徠！尚三王只。明，叶謨郎反。降，一作王。卿，叶乞郎反。讓，叶如羊反。

【舊詁】雄雄赫赫，威勢盛也。穆穆，和美貌。諸侯，立次三公，其班既絶，乃使九卿立其下也。昭質，謂射侯所畫之地，如言白質、赤質之類也。大侯，謂所射之布，如言虎侯、豹侯之類也。上手延登曰揖。壓手退避爲讓。致語以讓爲辭。古者大射、燕射、鄉射之禮，將射者，皆執弓挾矢以相揖，又相辭讓，而後升射。

楚辭卷十終

楚辭卷十一

反離騷

序注俱輯舊本

先是，蜀有司馬相如，作賦甚弘麗温雅，雄心壯之。每作賦，常擬之以爲式。又怪屈原文過相如，至不容，作《離騷》，自投江而死。悲其文，讀之未嘗不流涕也。以爲君子得時則大行，不得時則龍蛇，遇不遇命也，何必湛身哉？迺作書，往往摭《離騷》文而反之。自嶓山投諸江流以弔屈原，名曰《反離騷》。

有周氏之蟬嫣兮，或鼻祖於汾隅。靈宗初諜伯僑兮，流于末之揚侯。淑周、楚之豐烈兮，超既離虖皇波。
嫣，於連反。侯，叶音胡。

蟬嫣，連也。鼻，始也。汾隅，揚邑也。雄自言系出於周，而食采於揚也。諜，譜也。言從伯僑以來可得而敘也。淑，善也。言去汾隅，從巫山，得周、楚之美烈也。超，速也。離，歷也。皇，大也。言其先祖所居經河及江也。河江，四瀆之水，故云大波也。

因江潭而浂記兮，欽弔楚之湘纍。惟天軌之不辟兮，何純絜而離紛！紛纍以其淟涊兮，暗纍以其繽紛。潭，音尋。浂，音往。纍，力追反，叶力禾反。辟，讀作闢。淟，吐典反。涊，乃典反。繽，匹人反。

浂，乘水而往也。記，書記，謂弔文也，言因江水之邊而投書記以往弔也。諸不以罪死曰“纍”。屈原赴湘死，故曰“湘纍”也。軌，路也。辟，開也。紛，難也。言天路不開，故使純善貞潔之人遭此難也。淟涊，穢濁也。

漢十世之陽朔兮，招摇紀于周正。正皇天之清則兮，度后土之方貞。

十世，數高祖、吕后至成帝八年也。招摇，斗杓星。周正，十一月也，記以此時投文也。正天、度地，乃雄自言己心所履行也。

圖纍承彼洪族兮，又覽纍之昌辭。帶鉤矩而佩衡兮，履欃槍以爲綦。纍初貯厥麗服兮，何文肆而質䫄！資娵娃之珍髢兮，鬻九戎而索賴。䫄，叶音械。娵，子侯反。娃，於佳反。髢，徒計反。

圖，按其本系之圖書也。洪，大。覽，省視也。昌，美也。鉤，規也。欃槍，妖星。綦，履跡也。麗服，謂扈江離與辟芷，紉秋蘭以爲佩之類是也。文肆者，《離騷》《遠游》乘龍之言也。質鬣者，恨世不用己而自沉也。娵、娃皆古美女。髫，髮也。賴，利也。言原仕楚，如資美女之髫而鬻於九戎之中，其人被髮無所用也。

鳳皇翔於蓬陼兮，豈駕鵞之能捷！騁驊騮以曲蘙兮，驢騾連蹇而齊足。枳棘之榛榛兮，蝯狖擬而不敢下。駕，音加。足，叶音接。

蓬陼，蓬萊之陼也。駕鵞，鳥名。驊騮，駿馬，若駝鵞於屈曲艱阻之處，則與蹇騾無異矣。榛，梗穢貌。蝯，善攀援。狖，似猴，卬鼻而長尾。擬，疑也。

靈脩既信椒、蘭之唼佞兮，吾爨忽焉而不蚤睹？衿芰茄之綠衣兮，被夫容之朱裳。芳酷烈而莫聞兮，固不如襞而幽之離房。唼，音妾。衿，其禁反。茄，古荷字。襞，音壁。

靈脩、椒蘭，指楚王、令尹子蘭也。唼，譖言也。襞，疊衣也。離房，別房也。

閨中容競淖約兮，相態以麗佳。知衆嫭之嫉妬兮，何必颺纍之娥①眉？佳，叶音圭。

衆士争能，猶衆女之競容也，言競爲佳麗之態，以相傾也。此見原自舉懿其眉，使衆憎嫉也。

懿神龍之淵潛兮，竢慶雲而將舉。亡春風之被離兮，孰焉知龍之所處？被，讀曰披。

龍以潛居待雲爲美，以譏屈原不能隱德，自取禍也。

---

① 娥，原刻作“䖸”，“娥”之異體，今改。

愍吾纍之衆芬兮，颺爗爗之芳苓。遭季夏之凝霜兮，慶夭顇而丧榮。顇，古悴字。

夏而遭霜，言不遇時也。慶，辭也。

横江、湘以南洼兮，云走乎彼蒼吾。馳江潭之汎濫兮，將折衷虖重華。舒中情之煩惑兮，恐重華之不纍與。陵陽侯之素波兮，豈吾纍之獨見許？走，音奏。吾，與梧同。

言屈原欲啟質聖人，陳己情要，故凌大波而往訴，恐舜未必見許也。

精瓊靡與秋菊兮，將以延夫天年。臨汨羅而自隕兮，恐日薄於西山。

此又譏原欲餐玉以延年，而乃懷沙以求死，以見其言行相反也。

解扶桑之總轡兮，縱令之遂奔馳。鸞凰騰而不屬兮，豈獨飛廉與雲師！

鸞凰迅飛亦無所及，非獨飛廉、雲師，言莊嚴未具也。

卷薜芷與若惠兮，臨湘淵而投之。棍申椒與菌桂兮，赴江湖而漚之。棍，古本反。漚，叶一侯反。

若，杜若。惠，即蕙也。此言原之赴水，是并與其芳潔之操而棄之也。棍，大束也。漚，今漚麻也。

費椒稰以要神兮，又勤索彼瓊茅。違靈氛而不從兮，反湛身於江皋！

言既不從靈氛之占，何爲費椒稰而勤瓊茅也？

纍既𢪙夫傅説兮，奚不信而遂行？徒恐鶗鴂之將鳴兮，顧先百草爲不芳！𢪙，古攀字。

言既攀援傅説，何不自信其言而遽去，徒以鶗鴂之將鳴爲憂，而反先百草以就死也。

初纍棄彼虙妃兮，更思瑶臺之逸女。抨雄鴆以作媒兮，何百離而曾不壹耦！抨，普耕反。

抨，使也。

乘雲蜺之旖旎兮，望昆侖以樛流。覽四荒而顧懷兮，奚必云女彼高丘？

旖旎，雲貌。樛流，猶周流也。女，仕也，此女字乃作去聲讀，恐亦非本文意。

既亡鸞車之幽藹兮，焉駕八龍之委蛇？臨江蘋而掩涕兮，何有《九招》與《九歌》？招，與韶同。

言原既無鸞車可乘，何得云駕八龍也？既已就死湘淵，又何有歌舞之樂也？此譏《騷經》之言不實也。

夫聖哲之不遭兮，固時命之所有。雖增欷以於邑兮，吾恐靈修之不纍改。有，叶音以。於，平聲。改，叶音己。

雄言自古聖哲，皆有不遇，屈原雖自歎於邑，而楚王終不改寤也。

昔仲尼之去魯兮，斐斐遲遲而周邁。終回復於舊都兮，何必湘淵與濤瀨！

斐，往來貌。言孔子系戀舊都，斐回反覆，屈原何獨不懷鄢郢而赴江湘也？

溷漁父之餔歠兮，絜沐浴之振衣。棄由、聃之所珍兮，蹠彭咸之所遺！蹠，之亦反。

言屈原不慕由、聃高縱，而遵彭咸遺跡也。蹠，蹈也。

【陸時雍曰】揚雄《反騷》一篇，與《騷》切近，故即綴之《騷》後。《惜誓》以下，情體相去遠矣。

卷十一終

楚辭卷十二

惜　誓

此篇小序及《招隱士》俱存朱熹本

《惜誓》者，漢梁太傅賈誼之所作也。誼，洛陽人。漢文帝聞其名，召爲博士，超遷至大中大夫，納用其言，議以任公卿之位。絳、灌之屬，燬誼"年少初學，顓欲擅權，紛亂諸事"，於是天子亦疏①之，以誼爲長沙王太傅。三年復召，以爲梁太傅，數問以得失，多欲有所匡建。數年，梁王騎，墮馬死。誼自傷爲傅無狀，哭泣歲餘亦死。死時年三十三矣。《史》《漢》於《誼傳》獨載《弔屈原》《服鳥》二賦，而無此篇，故王逸雖謂"或云誼作，而疑不能明"，獨洪興祖以爲其間數語與《弔屈原賦》詞指畧同，意爲誼作亡疑

---

① 疏，原刻作"踈"，朱熹《集注》作"疏"，據改。下同。

者。今玩其辭，實亦瓌異奇偉，計非誼莫能及，故特據洪說，而并録《傳》中二賦，以備一家之言云。①

惜余年老而日衰兮，歲忽忽而不反。登蒼天而高舉兮，歷衆山而日遠。觀江河之紆曲兮，離四海之霑濡。攀北極而一息兮，吸沆瀣以充虚。飛朱鳥使先驅兮，駕太一之象輿。蒼龍蚴虬於左驂兮，白虎騁而爲右騑。建日月目爲蓋兮，載玉女於後車。馳鶩於杳冥之中兮，休息虖崑崙之墟。樂窮極而不厭兮，願從容虖神明。涉丹水而駝騁兮，右大夏之遺風。黄鵠之一舉兮，知山川之紆曲。再舉兮，睹天地之圜方。臨中國之衆人兮，託回飈虖尚羊。乃至少原之壄兮，赤松、王喬皆在旁。二子擁瑟而調均兮，余因稱虖清、商。澹然而自樂兮，吸衆氣而翱翔。念我長生而久僊兮，不如反余之故鄉。黄鵠後時而寄處兮，鴟梟羣而制之。神龍失水而陸居兮，爲螻蟻之所裁。夫黄鵠神龍猶如此兮，況賢者之逢亂世哉！壽冉冉而日衰兮，固儃回而不息。俗流從而不止兮，衆枉聚而矯直。或偷合而苟進兮，或隱居而深藏。苦稱量之不審兮，同權槩而就衡。或推迻而苟容兮，或直言之諤諤。傷誠是之不察兮，并紉茅絲目爲索。方世俗之幽昏兮，眩白黑之美惡。放山淵之龜玉兮，相與貴夫礫石。

① 原刻此處有眉批：張焕如曰："今所次本，止録弔屈原賦。"

梅伯數諫而至醢兮，來、革順志而用國。悲仁人之盡節兮，反爲小人之所賊。比干忠諫而剖心兮，箕子被髮而佯狂。水背流而源竭兮，木去根而不長。非重軀以慮難兮，惜傷身之無功。已矣哉！獨不見夫鸞鳳之高翔兮，乃集太皇之壄。循四極而回周兮，見盛德而後下。彼聖人之神德兮，遠濁世而自藏。使麒麟可得羈而係兮，又何目異虖犬羊？

楚辭卷十二終

楚辭卷十三

弔屈原

賈誼既上治安策，天子以爲能，任公卿。絳、灌、東陽侯、馮敬之屬心害之，乃短於天子曰："誼，雒陽年少，初學，專欲擅權，紛亂諸事。"天子疏之，不用其議，乃以爲長沙王太傅。誼既行，聞長沙卑溼，自以壽不得長，又以謫去，意不自得，及渡湘水，爲賦以弔屈原。其辭曰：

恭承嘉惠兮，竢罪長沙。仄聞屈原兮，自湛汨羅。造託湘流兮，敬弔先生。遭世罔極兮，迺隕厥身。烏虖哀哉兮，逢時不祥！鸞鳳伏竄兮，鴟鴞翱翔。闒茸尊顯兮，讒諛得志；賢聖逆曳兮，方正倒植。謂隨、夷溷兮，謂跖、蹻廉；莫邪爲鈍兮，鉛刀爲銛。于嗟默默，生之亡故兮。斡棄周鼎，寶康瓠兮。騰駕罷牛，驂蹇驢兮。驥垂兩耳，服鹽車兮。章父薦屨，漸不可久兮；嗟苦先生，獨離此咎兮。誶曰：已矣！國其莫吾知兮，子獨壹鬱其誰語？鳳縹縹其高逝兮，夫固自引而遠去。襲九淵之神龍兮，沕淵潛㠯自珍；偭蟂獺以隱處兮，夫豈從蝦與蛭螾？所貴聖之神德兮，遠濁世而自臧。使麒麟可係而羈兮，豈云異夫犬羊？般紛紛其離此郵兮，亦夫子之辜也！歷九州而相其君兮，何必懷此都也？鳳凰翔於千仞兮，覽德輝而下之；見細德之險微兮，遥增翮而去之。彼尋常之汙瀆兮，豈容吞舟之魚。横江湖之鱣鯨兮，固將制於螻螘！①

楚辭卷十三終

① 原刻此處有眉批：孫鑛曰：“文得騷人之致，氣甚豪蕩，詞亦瑰琦，第述意太分明便覺近今。”張焕如曰：“骯髒崛特，是誼本色所優。《弔屈原賦》優於《惜誓》，以語致尚藴藉耳。”

楚辭卷十四

招隱士

《招隱士》者，淮南小山之所作也。淮南王安好古愛士，招致賓客，客有八公之徒，分造辭賦，以類相從，或稱大山，或稱小山，如《詩》之有大、小《雅》焉。此篇視漢諸作最爲高古，説者以爲亦託意以招屈原也。

桂樹叢生兮山之幽，偃蹇連蜷兮枝相繚。山氣巃嵸兮石嵯峨，谿谷嶄巖兮水曾波。猨狖羣嘯兮虎豹嗥，攀援桂枝兮聊淹留。王孫游兮不歸，春草生兮萋萋。歲暮兮不自聊，蟪蛄鳴兮啾啾。坱兮軋，山曲岪，心淹留兮洞荒忽。罔兮沕，憭兮慄，虎豹穴，叢薄深林兮人上慄。嶔岑碕礒兮，碅磳磈硊。樹輪相糾兮，林木茷骫。青莎雜樹兮，薠草靃靡。白鹿麏麚兮，或騰或倚。狀貌崟崟兮峨峨，淒淒兮漇漇。獼猴兮熊羆，慕類兮以悲。攀援桂枝兮聊淹留，虎豹鬭兮熊羆咆，禽獸駭兮亡其曹。王孫兮歸來！山中兮不可以久留。①

楚辭卷十四終

① 原刻此處有眉批：孫鑛曰："造語特精陗咄咄，敲金擊石。"張焕如曰："古奥奇倔，當屬漢文第一。"又曰："悠然興思，悄然傷懷，語短而意長矣。"又曰："山中人道山中景，情致如洗。"

楚辭卷十五

七　諫

自此至末小序俱存王逸本

《七諫》者，東方朔之所作也。諫者，正也，謂陳法度以諫正君也。古者，人臣三諫不從，退而待放。屈原與楚同姓，無相去之義，故加爲七諫，慇懃之意、忠厚之節也。或曰："《七諫》者，法天子有争臣七人也。"東方朔追憫屈原，故作此辭，以述其志，所以昭忠信、矯曲朝也。

初　放

平生於國兮,長於原壄。言語訥譅兮，又無彊輔。淺智褊能兮，聞見又寡。數言便事兮，見怨門下。王不察其長利兮，卒見棄乎原壄。伏念思過兮，無可改者。羣衆成朋兮，上浸以惑。巧佞在前兮，賢者滅息。堯舜聖已没兮，孰爲忠直？高山崔巍兮，水流湯湯。死日將至兮，與麋鹿同坑。塊鞠兮，當道宿，舉世皆然兮，余將誰告？斥逐鴻鵠兮，近習鴟梟。斬伐橘柚兮，列樹苦桃。便娟之修竹兮，寄生乎江潭。上葳蕤而防露兮，下泠泠而來風。孰知其不合兮，若竹柏之異心。往者不可及兮，來者不可待。悠悠蒼天兮，莫我振理。竊怨君之不寤兮，吾獨死而後已。

沉　江

惟往古之得失兮，覽私微之所傷。堯舜聖而慈仁兮，後世稱而弗忘。齊桓失於專任兮，夷吾忠而名彰。晉獻惑於孋姬兮，申生孝而被殃。偃王行其仁義兮，荆文寤而徐亡。紂暴虐以失位兮，周得佐乎吕望。修往古以行恩兮，封比干之丘壟。賢俊慕而自附兮，日浸淫而合同。明法令而修理兮，蘭芷幽而有芳。苦衆人之妒予兮，箕子寤而佯狂。不顧地以貪名兮，心怫鬱而内傷。聯蕙芷以爲佩兮，過鮑肆而失香。正臣端其操行兮，反離謗而見攘。世俗更而變化兮，伯夷餓於首陽。獨廉潔而不容兮，叔齊久而逾明。浮雲陳而蔽晦兮，使日月乎無光。忠臣貞而欲諫兮，讒諛毀而在旁。秋草榮其將實兮，微霜下而夜降。商風肅而害生兮，百草育而不長。衆竝諧以妒賢兮，孤聖特而易傷。懷計謀而不見用兮，巖穴處而隱藏。成功隳而不卒兮，子胥死而不葬。世從俗而變化兮，隨風靡而成行。信直退而毀敗兮，虚僞進而得當。追悔過之無及兮，豈盡忠而有功。廢制度而不用兮，務行私而去公。終不變而死節兮，惜年齒之未央。將方舟而下流兮，冀幸君之發矇。痛忠言之逆耳兮，恨申子之沉江。願悉心之所聞兮，遭值君之不聰。不開寤而難道兮，不别横之與縱。聽姧臣之浮説兮，絶國家之久長。滅規榘而不用兮，背繩墨之正方。離憂患而乃寤兮，若縱火於秋蓬。業失之而不救兮，尚何論乎禍凶？彼離畔而朋黨兮，獨行之士其何望？日漸染而不自知兮，秋毫微哉而變容。衆輕積而折軸兮，原咎雜而累重。赴湘沅之流澌兮，恐逐波而復東。懷沙礫而自沉兮，不忍見君之蔽壅。

怨　世

世沉淖而難論兮，俗岭峨而嵾嵯。清泠泠而殲滅兮，溷湛湛而日多。梟鴞既以成羣兮，玄鶴弭翼而屏移。蓬艾親入御於牀笫兮，馬蘭踸踔而日加。棄捐葯芷與杜衡兮，余奈世之不知芳何。何周道之平易兮，然蕪穢而險戲。高陽無故而委塵兮，唐虞點灼而毀議。誰使正其真是兮，雖有八師而不可爲。皇天保其高兮，后土持其久。服清白以逍遥兮，偏與乎玄英異色。西施媞媞而不得見兮，嫫母勃屑而日侍。桂蠹不知所淹留兮，蓼蟲不知徙乎葵菜。處涽涽之濁世兮，今安所達乎吾志。意有所載而遠逝兮，固非衆人之所識。驥躊躇於弊輂兮，遇孫陽而得代。吕望窮困而不聊生兮，遭周文而舒志。甯戚飯牛而商歌兮，桓公聞而弗置。路室女之方桑兮，孔子過之以自侍。吾獨乖剌而無當兮，心悼怵而耄思。思比干之恲恲兮，哀子胥之慎事。悲楚人之和氏兮，獻寶玉以爲石。遇厲武之不察兮，羌兩足以畢斮。小人之居勢兮，視忠正之何若？改前聖之法度兮，喜囁嚅而妄作。親讒諛而疏賢聖兮，訟謂閭娵爲醜惡。愉近習而蔽遠兮，孰知察其黑白。卒不得效其心容兮，安眇眇而無所歸薄。專精爽以自明兮，晦冥冥而壅蔽。年既已過太半兮，然輡軻而留滯。欲高飛而遠集兮，恐離罔而滅敗。獨冤抑而無極兮，傷精神而壽夭[①]。皇天既不純命兮，余生終無所依。願自沉於江流兮，絶横流而徑逝。寧爲江

① 夭，原刻作“天”，形近而訛，今改。

海之泥塗兮，安能久見此濁世？

怨　思

賢士窮而隱處兮，廉方正而不容。子胥諫而靡軀兮，比干忠而剖心。子推自割而飤君兮，德日忘而怨深。行明白而曰黑兮，荆棘聚而成林。江離棄於窮巷兮，蒺藜蔓乎東廂。賢者蔽而不見兮，讒諛進而相朋。梟鴞竝進而俱鳴兮，鳳皇飛而高翔。願壹往而徑逝兮，道壅絶而不通。

自　悲

居愁懃其誰告兮，獨永思而憂悲。内自省而不慙兮，操愈堅而不衰。隱三年而無決兮，歲忽忽其若頹。憐余身不足以卒意兮，冀一見而復歸。哀人事之不幸兮，屬天命而委之咸池。身被疾而不閒兮，心沸熱其若湯。冰炭不可以相竝兮，吾固知乎命之不長。哀獨苦死之無樂兮，惜予年之未央。悲不反余之所居兮，恨離予之故鄉。鳥獸驚而失羣兮，猶高飛而哀鳴。狐死必首丘兮，夫人孰能不反其真情。故人疏而日忘兮，新人近而俞好。莫能行於杳冥兮，孰能施於無報？苦衆人之皆然兮，乘回風而遠遊。淩恒山其若陋兮，聊愉娛以忘憂。悲虛言之無實兮，苦衆口之鑠金。過故鄉而一顧兮，泣歔欷而霑衿。厭白玉以爲面兮，懷琬琰以爲心。邪氣入而感内兮，施玉色而外淫。何青雲之流瀾兮，微霜降之蒙蒙。徐風至而徘徊兮，疾風過之湯湯。聞南藩樂而欲往兮，至會稽而且止。見韓衆而宿之兮，問天道之所在。借浮雲以送予兮，載雌霓而爲旌。駕青龍以馳騖兮，班衍衍之冥冥。忽容容其安之兮，超慌忽其焉如。苦衆人之難信兮，願離羣而遠舉。登巒山而遠望兮，好桂樹之冬榮。觀天火之炎煬兮，聽大壑之波聲。引八維以自道兮，含沆瀣以長生。居不樂以時思兮，食草木之秋實。飲菌若之朝露兮，構桂木而爲室。雜橘柚以爲囿兮，列新夷與椒楨。鵾鶴孤而夜號兮，哀居者之誠貞。

哀　命

哀時命之不合兮，傷楚國之多憂。内懷情之潔白兮，遭亂世而離尤。惡耿介之直行兮，世溷濁而不知。

何君臣之相失兮，上沅湘而分離。測汨羅之湘水兮，知時固而不反。傷離散之交亂兮，遂側身而既遠。處玄舍之幽門兮，穴巖石而窟伏。從水蛟而爲徒兮，與神龍乎休息。何山石之嶄巖兮，靈魂屈而偃蹇。含素水而蒙深兮，日眇眇而既遠。哀形體之離解兮，神罔兩而無舍。惟椒蘭之不反兮，魂迷惑而不知路。願無過之設行兮，雖滅没之自樂。痛楚國之流亡兮，哀靈修之過到。固時俗之溷濁兮，志瞀迷而不知路。念私門之正匠兮，遥涉江而遠去。念女嬃之嬋媛兮，涕泣流乎於悒。我決死而不生兮，雖重追吾何及。戲疾瀨之素水兮，望高山之蹇產。哀高丘之赤岸兮，遂没身而不反。

謬　諫

怨靈修之浩蕩兮，夫何執操之不固。悲太山之爲隍兮，孰江河之可涸。願承閒而效志兮，恐犯忌而干諱。卒撫情以寂寞兮，然怊悵而自悲。玉與石而同匱兮，貫魚眼與珠璣。駑駿雜而不分兮，服罷牛而驂驥。年滔滔而日遠兮，壽冉冉而俞衰。心悇憛而煩冤兮，蹇超摇而無翼。固時俗之工巧兮，滅規榘而改錯。却騏驥而不乘兮，策駑駘而取路。當世豈無騏驥兮，誠無王良之善馭。

見執轡者非其人兮，故駒跳而遠去。不量鑿而正枘兮，恐榘矱之不同。不論世而高舉兮，恐操行之不調。弧弓弛而不張兮，孰云知其所至？無傾危之患難兮，焉知賢士之所死？俗推佞而進富兮，節行張而不著。賢良蔽而不羣兮，朋曹比而黨譽。邪枉説飾而多曲兮，正法弧而不公。直士隱而辟匿兮，讒諛登乎明堂。棄彭咸之娱樂兮，滅巧倕之繩墨。菎蕗雜於黀蒸兮，機蓬矢以射革。駕蹇驢而無策兮，又何路之能極？以直鍼而爲釣兮，又何魚之能得？伯牙之絶弦兮，無鍾子期而聽之。和抱璞而泣血兮，安得良工而剖之？同音者相和兮，同類者相似。飛鳥號其羣兮，鹿鳴求其友。故叩宫而宫應兮，彈角而角動。虎嘯而谷風至兮，龍舉而景雲往。音聲之相和兮，言物類之相感也。夫方圜之異形兮，勢不可以相錯。列子隱身而窮處兮，世莫可以寄託。衆鳥皆有行列兮，鳳獨翱翔而無所薄。經濁世而不得志兮，願側身巖穴而自託。欲闔口而無言兮，嘗被君之厚德。獨便悁而懷毒兮，愁鬱鬱之焉極。念三年之積思兮，願一見而陳詞。不及君而騁説兮，世孰可爲明之。身寢疾而日愁兮，情沉抑而不揚。衆人莫可與論道兮，悲精神之不通。

亂曰：鸞皇孔鳳日以遠兮，畜鳧駕鵝。鷄鶩滿堂壇兮，鼃黽游乎華池。要褭奔亡兮，騰駕橐駝。鉛刀進御兮，遥棄太阿。拔搴玄芝兮，列樹芋荷。橘柚萎枯兮，苦李旖旎。甂甌登於明堂兮，周鼎潛乎深淵。自古而固然兮，吾又何怨乎今之人！

楚辭卷十五終

楚辭卷十六

哀時命

《哀時命》者，嚴夫子之所作也。 夫子名忌，與司馬相如俱好辭賦，客遊於梁，梁孝王甚奇重之。 忌哀屈原受性忠貞，不遭明君而遇暗世，斐然作辭，歎而述之，故曰《哀時命》也。

哀時命之不及古人兮，夫何予生之不遘時。 往者不可扳援兮，倈者不可與期。 志憾恨而不逞兮，杼中情而屬詩。 夜炯炯而不寐兮，懷隱憂而歷茲。 心鬱鬱而無告兮，衆孰可與深謀? 欿愁悴而委惰兮，老冉冉而逮之。 居處愁以隱約兮，志沉抑而不揚。 道壅塞而不通兮，江河廣而無梁。 願至崑崙之懸圃兮，采鍾山之玉英。 擥瑶木之橝枝兮，望閬風之板桐。 弱水汩其爲難兮，路中斷而不通。 埶不能淩波以徑度兮，又無羽翼而高翔。 然隱憫而不達兮，獨徙倚而彷徉。悵惝罔旵永思兮，心紆軫而增傷。倚躊躇以淹留兮，日饑饉而絶糧。廓抱景而獨倚兮，超永思乎故鄉。廓落寂而無友兮，誰可與玩此遺芳？白日晼晚其將入兮，哀余壽之弗將。車既弊而馬罷兮，蹇邅徊而不能行。身既不容於濁世兮，不知進退之宜當。冠崔嵬而切雲兮，劒淋離而從横。衣攝葉以儲與兮，左袪挂於榑桑。右衽拂於不周兮，六合不足以肆行。上同鑿枘於伏戲兮，下合矩矱於虞唐。願尊節而式高兮，志猶卑夫禹湯。雖知困其不改操兮，終不以邪枉害方。世竝舉而好朋兮，壹斗斛而相量。衆比周以肩迫兮，賢者遠而隱藏。爲鳳皇作鶉籠兮，雖翕翅其不容。靈皇其不寤知兮，焉陳詞而効忠？俗嫉妬而蔽賢兮，孰知余之從容？願舒志而抽馮兮，庸詎知其吉凶？璋珪雜於甑窐兮，隴廉與孟娵同宫。舉世以爲恒俗兮，固將愁苦而終窮。幽獨轉而不寐兮，惟煩懣而盈匈。魂眇眇而馳騁兮，心煩冤之忳忳。志欿憾而不憺兮，路幽昧而甚難。塊獨守此曲隅兮，然欿切而永歎。愁修夜而宛轉兮，氣涫灂其若波。握剞劂而不用兮，操規榘而無所施。騁騏驥於中庭兮，焉能極夫遠道？置猨狖于櫺檻兮，夫何以責其捷巧？駟跛鼈而上山兮，吾固知其不能陞。釋管晏而任臧獲兮，何權衡之能稱？箟簬雜於廢蒸兮，機蓬矢以鉃革。負檐荷以丈尺兮，欲伸要而不可得。外迫脅於機臂兮，上牽聯於矰䧢。肩傾側而不容兮，故陿腹而不得息。務光自投於深淵兮，不獲世之塵垢。孰魁摧之可久兮，願退身而窮處。鑿山楹而爲室兮，下被衣於水渚。霧露濛濛其晨降兮，雲依斐而承宇。虹霓紛其朝霞兮，夕淫淫而淋雨。怊茫茫而無歸兮，悵遠望此曠野。下垂釣於谿谷兮，上要求於僊者。與赤松而結友兮，比王僑而爲耦。使梟楊先導兮，白虎爲之前後。浮雲霧而入冥兮，騎白鹿而容與。魂眐眐以寄獨兮，汨徂往而不歸。處卓卓而日遠兮，志浩蕩而傷懷。鸞鳳翔於蒼雲兮，故矰繳而不能加。蛟龍潛於旋淵兮，身不挂於罔羅。知貪餌而近死兮，不如下游乎清波。寧幽隱以遠禍兮，孰侵辱之可爲？子胥死而成義兮，屈原沉於汨羅。雖體解其不變兮，豈忠信之可化？志怦怦而内直兮，履繩墨而不頗。執權衡而無私兮，稱輕重而不差。摡塵垢之枉攘兮，除穢累而反真。形體白而質素兮，中皎潔而淑清。時猒飫而不用兮，且隱伏而遠身。聊竄端而匿迹兮，嘆寂默而無聲。獨便悁而煩毒兮，焉發憤而抒情。時曖曖其將罷兮，遂悶歎而無名。伯夷死於首陽兮，卒夭隱而不榮。太公不遇文王兮，身至死而不得逞。懷瑶象而佩瓊兮，願陳列而無正。生天墜之若過兮，忽爛漫而無成。邪氣襲余之形體兮，疾憯怛而萌生。願壹見陽春之白日兮，恐不終乎永年。

楚辭卷十六終

楚辭卷十七

九　懷

《九懷》者，諫議大夫王褒之所作也。懷者，思也，言屈原雖見放逐，猶思念其君，憂國傾危而不能忘也。褒讀屈原之文，嘉其温雅，藻采敷衍，執握金玉，委之汚瀆，遭世溷濁，莫之能識。追而愍之，故作《九懷》，以裨其詞。史官録第，遂列于篇。

匡　機

極運兮不中，來將屈兮困窮。余深愍兮慘怛，願一列兮無從。乘日月兮上征，顧遊心兮鄗酆。彌覽兮九隅，彷徨兮蘭宫。芷閭兮葯房，奮摇兮衆芳。菌閣兮蕙樓，觀道兮從横。寶金兮委積，美玉兮盈堂。桂水兮潺湲，揚流兮洋洋。蓍蔡兮踊躍，孔鶴兮回翔。撫檻兮遠望，念君兮不忘。怫鬱兮莫陳，永懷兮内傷。

通　路

天門兮墜户，孰由兮賢者？無正兮溷厠，懷德兮何覩？假寐兮愍斯，誰可與兮寤語？痛鳳兮遠逝，畜鴳兮近處。鯨鱏兮幽潛，從蝦兮遊陼。乘虬兮登陽，載象兮上行。朝發兮葱嶺，夕至兮明光。北飲兮飛泉，南采兮芝英。宣遊兮列宿，順極兮彷徉。紅采兮騂衣，翠縹兮爲裳。舒佩兮綝纚，竦余劒兮干將。騰蛇兮後從，飛駏兮步旁。微觀兮玄圃，覽察兮瑶光。啟匱兮探筴，悲命兮相當。紉蕙兮永詞，將離兮所思。浮雲兮容與，道余兮何之？遠望兮仟[①]眠，聞雷兮闐闐。陰憂兮感余，惆悵兮自怜。

① 仟，原刻作“什”，爲“仟”之譌。《集韻》：“盰瞑，遥視。”

危 俊

林不容兮鳴蜩，余何留兮中州？ 陶嘉月兮總駕，搴玉英兮自修。 結榮茝兮逶逝，將去烝兮遠遊。 徑岱土兮魏闕，歷九曲兮牽牛。 聊假日兮相佯，遺光燿兮周流。望太一兮淹息，紆余轡兮自休。 晞白日兮皎皎，彌遠路兮悠悠。 顧列孛兮縹縹，觀幽雲兮陳浮。 鉅寶遷兮砏磤，雉咸雊兮相求。 泱莽莽兮究志，懼吾心兮懤懤。 步余馬兮飛柱，覽可與兮匹儔。 卒莫有兮纖介，永余思兮怞怞。

昭 世

世溷兮冥昏，違君兮歸真。 乘龍兮偃蹇，高回翔兮上臻。 襲英衣兮緹䌉，披華裳兮芳芬。 登羊角兮扶輿，浮雲漠兮自娛。 握神精兮雍容，與神人兮相胥。 流星墜兮成雨，進瞵盼兮上丘墟。 覽舊邦兮滃鬱，余安能兮久居！ 志懷逝兮心㦟慄，紆余轡兮躊躇。 聞素女兮微歌，聽王后兮吹竽。 魂悽愴兮感哀，腸回回兮盤紆。 撫余佩兮繽紛，高太息兮自憐。使祝融兮先行，令昭明兮開門。馳六蛟兮上征，竦余駕兮入冥。歷九州兮索合，誰可與兮終生？忽反顧兮西囿，覩軫丘兮崎傾。横垂涕兮泫流，悲余后兮失靈。

尊 嘉

季春兮陽陽，列草兮成行。余悲兮蘭生，委積兮從横。江離兮遺捐，辛夷兮擠臧。伊思兮往古，亦多兮遭殃。伍胥兮浮江，屈子兮沉湘。運余兮念兹，心内兮懷傷。望淮兮沛沛，濱流兮則逝。榜舫兮下流，東注兮礚礚。蛟龍兮導引，文魚兮上瀨。抽蒲兮陳坐，援芙蕖兮爲蓋。水躍兮余旌，繼以兮微蔡。雲旗兮電鶩，儵忽兮容裔。河伯兮開門，迎余兮歡欣。顧念兮舊都，懷恨兮艱難。竊哀兮浮萍，汎淫兮無根。

蓄 英

秋風兮蕭蕭，舒芳兮振條。微霜兮眇眇，病殀兮鳴蜩。玄鳥兮辭歸，飛翔兮靈丘。望谿兮滃鬱，熊羆兮呴嘷。唐虞兮不存，何故兮久畱？臨淵兮汪洋，顧林兮忽荒。修余兮袿衣，騎霓兮南上。乘雲兮回回，亹亹兮自强。將息兮蘭皋，失志兮悠悠。蒶藴兮黴黧，思君兮無聊。身去兮意存，愴恨兮懷愁。

思　忠

登九靈兮遊神，静女歌兮微晨。悲皇丘兮積葛，衆體錯兮交紛。貞枝抑兮枯槁，枉車登兮慶雲。感余志兮慘慄，心愴愴兮自憐。駕玄螭兮北征，曏吾路兮葱嶺。連五宿兮建旄，揚氛氣兮爲旌。歷廣漠兮馳騖，覽中國兮冥冥。玄武步兮水母，與吾期兮南榮。登華蓋兮乘陽，聊逍遥兮播光。抽庫婁兮酌醴，援瓟瓜兮接粮。畢休息兮遠逝，發玉軔兮西行。惟時俗兮疾正，弗可久兮此方。寤辟摽兮永思，心怫鬱兮内傷。

陶　壅

覽杳杳兮世惟，余惆悵兮何歸？傷時俗兮溷亂，將奮翼兮高飛。駕八龍兮連蜷，建虹旌兮威夷。觀中宇兮浩浩，紛翼翼兮上躋。浮溺水兮舒光，淹低佪兮京沚。屯余車兮索友，覩皇公兮問師。道莫遺兮歸真，羨余術兮可夷。吾乃逝兮南娭，道幽路兮九疑。越炎火兮萬里，過萬首兮嶷嶷。濟江海兮蟬蜕，絶北梁兮永辭。浮雲鬱兮晝昏，霾土忽兮塺塺。息陽城兮廣夏，衰色罔兮中怠。意曉陽兮燎寤，乃息軫兮存兹。思堯舜兮襲興，幸咎繇兮獲謀。悲九州兮靡君，撫軾歎兮作詩。

株　昭

悲哉于嗟兮，心内切磋。欵冬而生兮，凋彼葉柯。瓦礫進寶兮，捐棄隨和。鉛刀厲御兮，頓棄太阿。驥垂兩耳兮，中坂蹉跎。蹇驢服駕兮，無用日多。修潔處幽兮，貴寵沙劘。鳳皇不翔兮，鶉鴳飛揚。乘虹驂蜺兮，載雲變化。鷦鵬開路兮，後屬青蛇。步驟桂林兮，超驤卷阿。丘陵翔儛兮，谿谷悲歌。神章靈篇兮，赴曲相和。余私娱兹兮，孰哉復加。還顧世俗兮，壞敗罔羅。卷佩將逝兮，涕流滂沲。

亂曰：皇門開兮照下土，株穢除兮蘭芷覩。四佞放兮後得禹，聖舜攝兮昭堯緒，孰能若兮願爲輔。

楚辭卷十七終

楚辭卷十八

九　歎

《九歎》者，護左都水使者光禄大夫劉向之所作也。向以博古敏達，典校經書，辯章舊文，追念屈原忠信之節，故作《九歎》。歎者，傷也，息也。言屈原放在山澤，猶傷念君，歎息無已，所謂讚賢以輔志，騁詞以曜德者也。

逢　紛

伊伯庸之末胄兮，諒皇直之屈原。云余肇祖於高陽兮，惟楚懷之嬋連。原生受命于貞節兮，鴻永路有嘉名。齊名字於天地兮，並光明於列星。吸精粹而吐氛濁兮，橫邪世而不取容。行叩誠而不阿兮，遂見排而逢讒。后聽虛而黜實兮，不吾理而順情。腸憤悁而含怒兮，志遷蹇而左傾。心戃慌而不我與兮，躬速速而不吾親。辭靈修而隕意兮，吟澤畔之江濵。椒桂羅目顛覆兮，有竭信而歸誠。讒夫藹藹而曼著兮，曷其不舒予情。始結言於廟堂兮，信中塗而叛之。懷蘭蕙與蘅芷兮，行中壄而散之。聲哀哀而懷高丘兮，心愁愁而思舊邦。願承閒而自恃兮，徑淫曀而道壅。顔黴黧以沮敗兮，精越裂而衰耄。裳襜襜而含風兮，衣納納而掩露。赴江湘之湍流兮，順波湊而下降。徐徘徊於山阿兮，飄風來之洶洶。馳余車兮玄石，步余馬兮洞庭。平明發兮蒼梧，夕投宿兮石城。芙蓉蓋而蔆華車兮，紫貝闕而玉堂。薜荔飾而陸離薦兮，魚鱗衣而白蜺裳。登逢龍而下隕兮，違故都之漫漫。思南郢之舊俗兮，腸一夕而九運。揚流波之潢潢兮，體溶溶而東回。心怊悵以永思兮，意晻晻而自頹。白露紛紛以塗塗兮，秋風瀏瀏以蕭蕭。身永流而不還兮，魂長逝而常愁。

歎曰：譬彼流水，紛揚磕兮。波逢洶涌，紛滂沛兮。揄揚滌盪，漂流隕往，觸岑石兮。龍邛脟圈，繚戾宛轉，阻相薄兮。遭紛逢凶，蹇離尤兮。垂文揚采，遺將來兮。

靈 懷

靈懷其不吾知兮，靈懷其不吾聞。就靈懷之皇祖兮，愬靈懷之鬼神。靈懷曾不吾知兮，即聽夫讒人之諛辭。余辭上參於天墜兮，旁引之於四時。指日月使延照兮，撫招摇目質正。立師曠俾端詞兮，命咎繇使並聽。兆出名曰正則兮，卦發字曰靈均。余幼既有此鴻節兮，長愈固而彌純。不從俗而詖行兮，直躬指而信志。不枉繩以追曲兮，屈情素以從事。端余行其如玉兮，述皇輿之踵跡。羣阿容以晦光兮，皇輿覆以幽辟。輿中塗以回畔兮，駟馬驚而横犇。執組者不能制兮，必折軛而摧轅。斷鑣銜目馳騖兮，暮去次而敢止。路蕩蕩其無人兮，遂不禦乎千里。身衡陷而下沉兮，不可獲而復登。不顧身之卑賤兮，惜皇輿之不興。出國門而端指兮，方冀壹寤而錫還。哀僕夫之坎毒兮，屢離憂而逢患。九年之中不吾反兮，思彭咸之水遊。惜師延之浮渚兮，赴汨羅之長流。遵曲江之逶移兮，觸石碕而衡遊。波灃灃而揚澆兮，順長瀨之濁流。淩黄沱而下低兮，思還流而復反。玄輿馳而竝集兮，身容與而日遠。櫂舟杭以横瀉兮，湓湘流而南極。立江界而長吟兮，愁哀哀而累息。情慌忽以忘歸兮，神浮遊以高厲。志蛩蛩而懷顧兮，魂眷眷而獨逝。

歎曰：余思舊邦，心依違兮。日暮黄昏，嗟幽悲兮。去郢東遷，余誰慕兮？讒夫黨旅，其目兹故兮。河水淫淫，情所願兮。顧瞻郢路，終不返兮。

離　世

惟鬱鬱之憂毒兮，志坎壈而不違。身憔悴而考旦兮，日黄昏而長悲。閔空宇之孤子兮，哀枯楊之冤雛。孤雌吟於高墉兮，鳴鳩棲於桑榆。玄蝯失於潛林兮，獨偏棄而遠放。征夫勞於周行兮，處婦憤而長望。申誠信而罔違兮，情素潔於紉帛。光明齊於日月兮，文采燿於玉石。傷壓次而不發兮，思沉抑而不揚。芳懿懿而終敗兮，名糜散而不彰。背玉門目犇騖兮，蹇離尤而干詬。若龍逢之沉首兮，王子比干之逢醢。念社稷之幾危兮，反爲讐而見怨。思國家之離沮兮，躬獲愆而結難。若青蠅之僞質兮，晉驪姬之反情。恐登階之逢殆兮，故退伏於末庭。孽子之號咷兮，本朝蕪而不治。犯顔色而觸諫兮，反蒙辜而被疑。菀蘼蕪與菌若兮，漸藁本於洿瀆。淹芳芷於腐井兮，棄雞駭於筐簏。執棠谿目刜蓬兮，秉干將目割肉。筐澤瀉目豹鞹兮，破荆和目繼築。時溷濁猶未清兮，世殽亂猶未察。欲容與目竢時兮，懼年歲之既晏。顧屈節以從流兮，心鞏鞏而不夷。寧浮沅而馳騁兮，下江湘目邅廻。

歎曰：山中檻檻，余傷懷兮。征夫皇皇，其孰依兮。經營原野，杳冥冥兮。乘騏騁驥，舒吾情兮。歸骸舊邦，莫誰語兮。長辭遠逝，乘湘去兮。

怨　思

志隱隱而鬱怫兮，愁獨哀而冤結。腸紛紜目繚轉兮，涕漸漸其若屑。情慨慨而長懷兮，信上皇而質正。合五嶽與八靈兮，訊九魁與六神。指列宿目白情兮，訴五帝目置詞。北斗爲我質中兮，太一爲余聽之。云服陰陽之正道兮，御后土之中和。佩蒼龍之蚴虬兮，帶隱虹之逶虵。曳彗星之皓旰[①]兮，撫朱爵與鵕鸃。遊清霧之颯戾兮，服雲衣之披披。杖玉策與朱旗兮，垂明月之玄

① 旰，原刻作"盱"，當作"旰"。形近而訛。"皓盱"不辭。"皓旰"又作"皓旰"，意爲"盛大貌、廣大貌"。《史記·河渠書》："瓠子決兮將奈何？皓皓旰旰閭殫爲河！"三國魏曹植《七啟》："閒宮顯敞，雲屋皓旰，崇景山之高基，迎清風而立觀。"

珠。舉霓旌之墆翳兮，建黄昏之總旄。躬純粹而罔愆兮，承皇考之妙儀。惜往事之不合兮，横汨羅而下厲。椉隆波而南度兮，逐江湘之順流。赴陽侯之潢洋兮，下石瀨而登洲。陸魁堆目蔽視兮，雲冥冥而闇前。山峻高目無垠兮，遂曾閎而迫身。雪雰雰而薄木兮，雲霏霏而隕集。阜隘狹而幽險兮，石嵾嵯目翳日。悲故鄉而發忿兮，去余邦之彌久。背龍門而入河兮，登大墳而望夏首。横舟航而濟湘兮，耳聊啾而戃慌。波淫淫而周流兮，鴻溶溢而滔蕩。路曼曼其無端兮，周容容而無識。引日月目指極兮，少須臾而釋思。水波遠目冥冥兮，眇不睹其東西。順風波目南北兮，霧宵晦目紛闇。日杳杳以西頹兮，路長遠而窘迫。欲酌醴目娛意兮，蹇騷騷而不釋。

歎曰：飄風蓬龍，埃坲坲兮。中木摇落，時槁悴兮。遭傾遇禍，不可救兮。長吟永欷，涕焭焭兮。舒情敶詩，冀目自免兮。頹流下逝，身日目遠兮。

遠　逝

悲余性之不可改兮，屢懲艾而不逐。服覺酷目殊俗兮，貌揭揭目巍巍。譬若王僑之乘雲兮，載赤霄而淩太清。欲與天地參壽兮，與日月而比榮。登崑崙而北首兮，悉靈圉而來謁。選鬼神於太陰兮，登閶闔於玄闕。回朕車俾西引兮，褰虹旗於玉門。馳六龍於三危兮，朝西靈於九濵。結余軫於西山兮，横飛谷㠯南征。絶都廣以直指兮，歷祝融於朱冥。枉玉衡於炎火兮，委兩館於咸唐。貫澒濛㠯東朅兮，維六龍於扶桑。周流覽於四海兮，志升降㠯高馳。徵九神於回極兮，建虹采㠯招指。駕鸞凰㠯上遊兮，從玄鶴與鷦朋。孔鳥飛而送迎兮，騰羣鶴於瑶光。排帝宫與羅囿兮，升縣圃㠯眩滅。結瓊枝㠯雜佩兮，立長庚㠯繼日。淩驚靁㠯軼駭電兮，綴鬼谷於北辰。鞭風伯使先驅兮，囚靈玄於虞淵。遡高風㠯徘徊兮，覽周流於朔方。就顓頊而陳詞兮，考玄冥於空桑。旋車逝於崇山兮，奏虞舜於蒼梧。泝楊舟於會稽兮，就申胥於五湖。見南郢之流風兮，殞余躬於沅湘。望舊邦之黯黮兮，時溷濁猶未央。懷蘭茝之芬芳兮，妬被離而折之。張絳帷㠯襜襜兮，風邑邑而蔽之。日暾暾其西舍兮，陽炎炎而復顧。聊假日㠯須臾兮，何騷騷而自故。

歎曰：譬彼蛟龍，乘雲浮兮。汎淫澒溶，紛若霧兮。潺湲轇轕，雷動電發，馺高舉兮。升虚淩冥，沛濁浮清，入帝宫兮。摇翹奮羽，馳風騁雨，遊無窮兮。

惜　賢

覽屈氏之《離騷》兮，心哀哀而怫鬱。聲嗷嗷以寂寥兮，顧僕夫之憔悴。撥諂諛而匡邪兮，切淟涊之流俗。盪渨涹之姦咎兮，夷蠢蠢之溷濁。懷芬香而挾蕙兮，佩江蘺之菲菲。握申椒與杜若兮，冠浮雲之峨峨。登長陵而四望兮，覽芷圃之蠡蠡。遊蘭皋與蕙林兮，睨玉石之嵾嵯。揚精華㠯眩燿兮，芳鬱渥而純美。結桂樹之旖旎兮，紉荃蕙與辛夷。芳若茲而不御兮，捐林薄而菀死。驅子僑之犇走兮，申徒狄之赴淵。若夷由之純美兮，介子推之隱山。晉申生之離殃兮，荆和氏之泣血。吴子胥之抉眼兮，王子比干之横廢。欲卑身而下體兮，心隱惻而不置。方圜殊而不合兮，鉤繩用而異態。欲竢時於須臾兮，日陰曀其將暮。時遲遲其日進兮，年忽忽而日度。妄周容而入世兮，内距閉而不開。竢時風之清激兮，愈氛霧其如壓。進雄鳩之耿耿兮，讒紛紛而蔽之。默順風㠯偃仰兮，尚由由而進之。心懭悢㠯冤結兮，情舛錯㠯曼憂。搴薜荔於山野兮，采撚枝於中州。望高丘而歎涕兮，悲吸吸而長懷。孰契契而委棟兮，日晻晻而下頹。

歎曰：油油江湘，長流汨兮。挑揄揚波，盪迅疾兮。

憂心展轉，愁怫鬱兮。冤結未舒，長隱忿兮。丁時逢殃，孰可奈何兮。勞心悁悁，涕滂沲兮。

憂　苦

悲余心之悁悁兮，哀故邦之逢殃。辭九年而不復兮，獨煢煢而南行。思余俗之流風兮，心紛錯而不受。遵壄莽目呼風兮，步從容於山藪。巡陸夷之曲衍兮，幽空虛以寂寞。倚石巖目流涕兮，憂憔悴而無樂。登巑岏目長企兮，望南郢而闚之。山修遠其遼遼兮，塗漫漫其無時。聽玄鶴之晨鳴兮，于高岡之峨峨。獨憤積而哀娛兮，翔江洲而安歌。三鳥飛飛以自南兮，覽其志而欲北。願寄言於三鳥兮，去飄疾而不可得。欲遷志而改操兮，心紛結而未離。外彷徨而遊覽兮，内惻隱而含哀。聊須臾以時忘兮，心漸漸其煩錯。願假簧以舒憂兮，志紆鬱其難釋。歎《離騷》以揚意兮，猶未殫於《九章》。長嘘吸以於悒兮，涕横集而成行。傷明珠之赴泥兮，魚眼璣之堅藏。同駑鸁與椉駔兮，雜班駮與闒茸。葛藟虆於桂樹兮，鴟鴞集於木蘭。偓促談於廊廟兮，律魁放乎山間。惡虞氏之簫《韶》兮，好遺風之《激楚》。潛周鼎於江淮兮，爨土鬵於中宇。且人心之有舊兮，而不可保長。邅彼南道兮，以征夫宵行。思念郢路兮，還顧睠睠。涕流交集兮，泣下漣漣。

歎曰：登山長望，中心悲兮。菀彼青青，泣如頹兮。留思北顧，涕漸漸兮。折鋭摧矜，凝氾濫兮。念我煢煢，魂誰求兮？僕夫慌悴，散若流兮。

愍 命

昔皇考之嘉志兮，喜登能而亮賢。情純潔而罔薉兮，姿盛質而無愆。放佞人與諂諛兮，斥讒夫與便嬖。親忠正之悃誠兮，招貞良與明智。心溶溶其不可量兮，情澹澹其若淵。回邪辟而不能入兮，誠願藏而不可遷。逐下袟於後堂兮，迎宓[①]妃於伊雒。刜讒賊於中廇兮，選吕管於榛薄。叢林之下無怨士兮，江河之畔無隱夫。三苗之徒以放逐兮，伊皋之倫以充廬。今反表以爲裏兮，顛裳以爲衣。戚宋萬於兩楹兮，廢周邵於遐夷。却騏驥以轉運兮，騰驢贏以馳逐。蔡女黜而出帷兮，戎婦入而綵繡服。慶忌囚於阱室兮，陳不占戰而赴圍。破伯牙之號鐘兮，挾人箏而彈緯。藏瑉石於金匱兮，捐赤瑾於中

① 宓，原刻作“密”，應爲“宓”，形近而訛。王逸《楚辭章句》：“宓妃，神女。”

庭。韓信蒙於介胄兮，行夫將而攻城。莞芎棄於澤洲兮，瓟蠡蠹於筐簏。麒麟奔於九皋兮，熊羆羣而逸囿。折芳枝與瑤華兮，樹枳棘與薪柴。掘荃蕙與射干兮，耘藜藿與蘘荷。惜今世其何殊兮，遠近思而不同。或沉淪其無所達兮，或清激其無所通。哀余生之不當兮，獨蒙毒而逢尤。雖謇謇以申志兮，君乖差而屏之。誠惜芳之菲菲兮，反以兹爲腐也。懷椒聊之蔎蔎兮，乃逢紛以罹詬。

歎曰：嘉皇既殁，終不返兮。山中幽險，郢路遠兮。讒人諓諓，孰可愬兮。征夫罔極，誰可語兮。行唫累欷，聲喟喟兮。懷憂含戚，何侘傺兮。

思　古

冥冥深林兮，樹木鬱鬱。山參差以嶄巖兮，阜杳杳以蔽日。悲余心之悁悁兮，目眇眇而遺泣。風騷屑以摇木兮，雲吸吸以湫戾。悲余生之無歡兮，愁倥傯於山陸。旦徘徊於長阪兮，夕仿偟而獨宿。髮披披以鬤鬤兮，躬劬勞而瘏悴。魂俇俇而南行兮，泣霑襟而濡袂。心嬋媛而無告兮，口噤閉而不言。違郢都之舊閭兮，回湘沅而遠遷。念余邦之横陷兮，宗鬼神之無次。閔先嗣之中絶兮，心惶惑而自悲。聊浮遊於山陿兮，步周流於江畔。臨深水而長嘯兮，且倘佯而氾觀。興《離騷》之微文兮，冀靈修之壹悟。還余車於南郢兮，復往軌於初古。道修遠其難遷兮，傷余心之不能已。背三五之典刑兮，絶《洪範》之辟紀。播規榘以背度兮，錯權衡而任意。操繩墨而放棄兮，傾容幸而侍側。甘棠枯於豐草兮，藜棘樹於中庭。西施斥於北宮兮，仳倠倚於彌楹。烏獲戚而驂乘兮，燕公操於馬圉。蒯瞶登於清府兮，咎繇棄於壄外。蓋見兹以永歎兮，欲登階而狐疑。乘白水而高騖兮，因徙弛而長詞。

歎曰：倘佯壚阪，沼水深兮。容與漢渚，涕淫淫兮。鍾牙已死，誰爲聲兮？纖阿不遇，焉舒情兮？曾哀悽欷，心離離兮。還顧高丘，泣如灑兮。

楚辭卷十八終

楚辭卷十九

九　思

《九思》者，王逸之所作也。自屈原終没之後，忠臣介士遊覽學者讀《離騷》《九章》之文，莫不愴然，心爲悲感，高其節行，妙其麗雅。至劉向、王褒之徒，咸嘉其義，作賦騁辭，以讚其志。則皆列於譜録，世世相傳。逸與屈原同土共國，悼傷之情與凡有異。竊慕向、褒之風，作頌一篇，號曰《九思》，以裨其辭。未有解説，故聊訓誼焉。辭曰：

逢　尤

悲兮愁，哀兮憂。天生我兮當闇時，被諑譖兮虚獲尤。心煩憒兮意無聊，嚴載駕兮出戲遊。周八極兮歷九州，求軒轅兮索重華。世既卓兮遠眇眇，握佩玖兮中路躇。羨皋繇兮建典謨，懿風后兮受瑞圖。愍余命兮遭六極，委王質兮於泥塗。遽偉遑兮驅林澤，步屏營兮行丘阿。車軏折兮馬虺頽，惷悵立兮涕滂沲。思丁文兮聖明哲，哀平差兮迷謬愚。吕傅舉兮殷周興，忌嚭專兮郢吴虚。仰長歎兮氣餶結，悒殟絶兮活復蘇。虎兕争兮於廷中，豺狼鬭兮我之隅。雲霧會兮日冥晦，飄風起兮揚塵埃。走𢓜㑽兮作東西，欲竄伏兮其焉如。念靈閨兮奥重深，輒願竭節兮隔無由。望舊邦兮路委隨，憂心悄兮志勤劬。魂煢煢兮不遑寐，目眩眩兮痗終朝。

怨　上

令尹兮謷謷，羣司兮譨譨。哀哉兮淈淈，上下兮同流。菽藟兮蔓衍，芳藾兮挫枯。朱紫兮雜亂，曾莫兮别諸。倚此兮巖穴，永思兮窈悠。嗟懷兮眩惑，用志兮不昭。將喪兮玉斗，遺失兮鈕樞。我心兮煎熬，惟是兮用憂。集慕兮九句，退顧兮彭務。擬斯兮二蹤，未知兮所投。謡吟兮中壄，上察兮璇璣。大火兮西睨，攝提兮運低。雷霆兮硠磕，雹霰兮霏霏。奔電兮光晃，涼風兮愴悽。鳥獸兮驚駭，相從兮宿棲。鴛鴦兮噰噰，狐狸兮徽黴。哀吾兮介特，獨處兮罔依。螻蛄兮鳴東，蟊蠽兮號西。蛓緣兮我裳，蠋入兮我懷。蟲豸兮夾余，惆悵兮自悲。佇立兮忉怛，心結縎兮折摧。

疾　世

周徘徊兮漢渚，求水神兮靈女。嗟此國兮無良，謀女詘兮謰謱。鴳雀列兮譁讙，鴝鵒鳴兮聒余。抱昭華兮寶璋，欲衒鬻兮莫取。言逝邁兮北徂，叫我友兮配耦。日陰曀兮未光，闃睄窕兮靡睹。紛載驅兮高馳，將諮詢兮皇羲。遵河皋兮周流，路變易兮時乖。濿滄海兮東遊，沐盥浴兮天池。訪太昊兮道要，云靡貴兮仁義。志欣樂兮反征，就周文兮邠岐。秉玉英兮結誓，日欲暮兮心悲。惟天禄兮不再，背我信兮自違。踰隴堆兮渡漠，過桂車兮合黎。赴崑山兮䫂騄，從邛遨兮棲遲。吮玉液兮止渴，齧芝華兮療饑。居嵺廓兮尠疇，遠梁昌兮幾迷。望江漢兮濩渃，心緊絭兮傷懷。時朏朏兮且旦，塵漠漠兮未晞。憂不暇兮寢食，吒增歎兮如雷。

憫　上

哀世兮睩睩，諓諓兮嗌喔。衆多兮阿媚，骫靡兮成俗。貪枉兮黨比，貞良兮煢獨。鵠竄兮枳棘，鵜集兮帷幄。罽蒘兮青莶，槀本兮萎落。覩斯兮僞惑，心爲兮隔錯。逡巡兮圃藪，率彼兮畛陌。川谷兮淵淵，山皀兮硌硌。叢林兮崯崯，林榛兮岳岳。霜雪兮漼溰，冰凍兮洛澤。東西兮南北，罔所兮歸薄。庇廕兮枯樹，匍匐兮巖石。踡跼兮寒局數，獨處兮志不申，年齒盡兮命迫促。魁壘擠摧兮常困辱，含憂强老兮愁無樂。鬚髮薴顇兮顠鬢白，思靈澤兮一膏沐。懷蘭英兮把瓊若，待天明兮立躑躅。雲濛濛兮電儵爍，孤鶵驚兮鳴呴呴。思怫鬱兮肝切剥，忿悁悒兮孰訴告。

遭　厄

悼屈子兮遭厄，沉玉躬兮湘汨。何楚國兮難化，迄乎今兮不易。士莫志兮羔裘，競佞諛兮讒閴閴。指正義兮爲曲，訿璧玉兮爲石。鶻鵰遊兮華屋，鵕鸃棲兮柴蔟。起奮迅兮奔走，違羣小兮謑訽。載青雲兮上昇，適昭明兮所處。躡天衢兮長驅，踵九陽兮戲蕩。越雲漢兮南濟，秣余馬兮河鼓。霄霓紛兮晻翳，參辰回兮顛倒。逢流星兮問路，顧指我兮從左。俓娵觜兮直馳，御者迷兮失軌。遂踢達兮邪造，與日月兮殊道。志閼絶兮安如，哀所求兮不耦。攀天階兮下視，見鄢郢兮舊宇。意逍遥兮欲歸，衆穢盛兮杳杳。思哽饐兮詰詘，涕流瀾兮如雨。

悼 亂

嗟嗟兮悲夫，殽亂兮紛挐。茅絲兮同綀，冠屨兮共絇。督萬兮侍宴，周邵兮負蒭。白龍兮見鉃，靈龜兮執拘。仲尼兮困厄，鄒衍兮幽囚。伊余兮念兹，奔遁兮隱居。將升兮高山，上有兮猴猿。欲入兮深谷，下有兮虺蛇。左見兮鳴鵙，右睹兮呼梟。惶悸兮失氣，踊躍兮距跳。便旋兮中原，仰天兮增歎。菅蒯兮壄莽，雚葦兮千眠。鹿蹊兮躖躖，貒貉兮蟫蟫。鸇鷂兮軒軒，鶉鴽兮甄甄。哀我兮寡獨，靡有兮匹倫。意欲兮沉吟，迫日兮黄昏。玄鶴兮高飛，增逝兮青冥。鶬鶊兮喈喈，山鵲兮嚶嚶。鴻鸕兮振翅，歸鴈兮于征。吾志兮覺悟，懷我兮聖京。垂屣兮將起，跓竢兮須明。

傷　時

惟昊天兮昭靈，陽氣發兮清明。風習習兮龢煖，百草萌兮華榮。堇荼茂兮敷疏，蘅芷彫兮瑩嫇。愍貞良兮遇害，將夭折兮碎糜。時混混兮澆饡，哀當世兮莫知。覽往昔兮俊彥，亦詘辱兮係纍。管束縛兮桎梏，百貿易兮傳[①]賣。遭桓繆兮識舉，才德用兮列施。且從容兮自慰，玩琴書兮遊戲。迫中國兮迮陿，吾欲之兮九夷。超五嶺兮嵯峨，觀浮石兮崔嵬。陟丹山兮炎野，屯余車兮黃支。就祝融兮稽疑，嘉己行兮無爲。乃回𧿒兮北逝，遇神孋兮宴娭。欲靜居兮自娱，心愁慼兮不能。放余轡兮策駟，忽風騰兮雲浮。蹠飛杭兮越海，從安期兮蓬萊。緣天梯兮北上，登太一兮玉臺。使素女兮鼓簧，乘戈龢兮謳謠。聲嗷誂兮清和，音晏衍兮要媱。咸欣欣兮酣樂，余眷眷兮獨悲。顧章華兮太息，志戀戀兮依依。

---

① 傳，原刻作"傅"，當作"傳"。傳賣不辭。傳賣，即轉賣。《戰國策·秦策二》："百里奚，虞之乞人，傳賣以五羊之皮，穆公相之，而朝西戎。"《文子·自然》："百里奚傳賣，管仲束縛。"

哀歲

旻天兮清涼，玄氣兮高朗。北風兮潦烈，草木兮蒼唐。蛜蚗兮噍噍，蝍蛆兮穰穰。歲忽忽兮惟暮，余感時兮悽愴。傷俗兮泥濁，矇蔽兮不章。寶彼兮沙礫，捐此兮夜光。椒瑛兮湼汙，葈耳兮充房。攝衣兮緩帶，操我兮墨陽。昇車兮命僕，將馳兮四荒。下堂兮見蠆，出門兮觸蠭。巷有兮蚰蜒，邑多兮螳螂。睹斯兮嫉賊，心爲兮切傷。俛念兮子胥，仰憐兮比干。投劍兮脱冕，龍屈兮蜿蟤。潛藏兮山澤，匍匐兮叢攢。窺見兮溪澗，流水兮沄沄。黿鼉兮欣欣，鱣鮎兮延延。羣行兮上下，駢羅兮列陳。自恨兮無友，特處兮煢煢。冬夜兮陶陶，雨雪兮冥冥。神光兮熲熲，鬼火兮熒熒。修德兮困控，愁不聊兮遑生。憂紆兮鬱鬱，惡所兮寫情。

守志

陟玉巒兮逍遥，覽高岡兮嶢嶢。桂樹列兮紛敷，吐紫華兮布條。實孔鸞兮所居，今其集兮惟鴞。烏鵲驚兮啞啞，余顧瞻兮怊怊。彼日月兮闇昧，障覆天兮祲氛。伊我后兮不聰，焉陳誠兮効忠。攄羽翮兮超俗，遊陶遨兮養神。乘六蛟兮蜿蟬，遂馳騁兮陞雲。揚彗光兮爲旗，秉電策兮爲鞭。朝晨發兮鄢郢，食時至兮增泉。繞曲阿兮北次，造我車兮南端。謁玄黄兮納贄，崇忠貞兮彌堅。歷九宫兮徧觀，睹祕藏兮寶珍。就傅説兮騎龍，與織女兮合婚。舉天罼兮掩邪，彀天弧兮躲姦。隨真人兮翱翔，食元氣兮長存。望太微兮穆穆，睨三階兮炳分。相輔政兮成化，建烈業兮垂勳。目瞥瞥兮西没，道遐迥兮阻歎。志稸積兮未通，悵敞罔兮自憐。

亂曰：天庭明兮雲霓藏，三光朗兮鏡萬方，斥蜥蜴兮進龜龍，策謀從兮翼機衡。配稷契兮恢唐功，嗟英俊兮未爲雙。

楚辭卷十九終

楚辭跋

王通氏續經，君子譏之甚者，等爲僭亂，則所云“經與續經俱妄”。昭仲慨詩教失傳，操卷寤歌，茫墮雲霧。晦翁朱先生嘗釋《詩》及《騷》，深愛《騷》，未敢竟進。昭仲慨然命《騷》《詩》之自《詩》，《騷》而《詩》道益廣，人心俱得通悒無礙。嗚呼!《春秋》作而賊亂懼，《詩》敘忠臣孝子之道，以明《騷》之存亡。昭仲其亦不得已也夫?

昭陽李思誌又新父跋

附録：楚辭雜論

魏文帝曰：優游按衍，屈原尚之；窮侈極妙，相如之長也。然原據托譬喻，其意周旋，綽有餘度，長卿、子雲不能及。

沈約曰：周氏既衰，風流彌著，屈平、宋玉導清源於前，賈誼、相如振芳塵於後。英辭潤金石，高義薄雲天。自兹以降，情志愈廣，王褒、劉向、揚、班、崔、蔡之徒異軌同奔，遞相師祖，雖清詞麗曲時發乎篇，而蕪音累氣固亦多矣。若夫平子豔發，文以情變，絶唱高蹤，久無嗣響。至於建安，曹氏基命，三祖陳王，咸蓄盛藻。甫乃以情緯物，以文被質。自漢至魏，四百餘年，辭人才子，文體三變：相如工爲形似之言，二班長於情理之説，子建、仲宣以氣質爲體。並摽能擅美，獨映當時。是以一世之士，各相慕習。原其飇流所始，莫不同祖風騷；徒以賞好異情，故意制相詭。

劉勰曰：自風雅寢聲，莫或抽緒，奇文蔚起，其《離騷》哉；固已軒翥詩人之後，奮飛辭家之前，豈去聖之未遠，而楚人之多才乎！昔漢武愛騷，而淮南作傳，以爲《國風》好色而不淫，《小雅》怨誹而不亂。若《離騷》者，可謂兼之。蟬蜕穢濁之中，浮游塵埃之外，皭然涅而不緇，雖與日月爭光可也。班固以爲露才揚己，忿懟沉江。

羿、澆、二姚，與左氏不合；崑崙、懸圃，非經義所載。然文辭麗雅，爲詞賦之宗，雖非明哲，可謂妙才。王逸以爲詩人之提耳。屈原婉順，《離騷》之文，依經立義。駟虬乘鷖，則時乘六龍。崑崙流沙，則《禹貢》敷土。名儒詞賦，莫不擬其儀表，所謂金相玉振，百世無匹者也。及漢宣嗟歎，以爲皆合經術。揚雄諷味，亦言體同詩雅。四家舉以方經，而孟堅謂不合傳，褒貶任聲，抑揚過實，可謂鑒而弗精，翫而未覈者也。將覈其論，必徵言焉。故其陳堯、舜之耿介，稱禹、湯之祗敬，典誥之體也。譏桀、紂之昌披，傷羿、澆之顛隕，規諷之旨也。虬龍以喻君子，雲蜺以譬讒邪，比興之義也。每一顧而掩涕，歎君門之九重，忠怨之辭也。觀兹四事，同於風雅者也。至於託雲龍，説迂怪，豐隆求宓妃，鴆鳥媒娀女，詭異之辭也。康回傾地，夷羿蔽日，一夫九首，土伯三足，譎怪之談也。依彭咸之遺則，從子胥以自適，狷狹之志也。士女雜座，亂而不分，指以爲樂，娱酒不廢，沉湎日夜，舉以爲懽，荒淫之意也。摘此四事，異乎經典者也。故論其典誥則如彼，語其夸誕則如此。固知《楚辭》者，體憲於三代，而風雅於戰國，乃雅頌之博徒，而詞賦之英傑也。觀其骨鯁所樹，肌膚所附，雖取鎔經意，亦自鑄偉辭。故《騷經》《九章》，朗麗以哀志；《九歌》《九辯》，綺靡以傷情；《遠遊》《天問》，瓌詭而惠巧；《招魂》《招隱》，耀艷而深華；《卜居》標放言之致，《漁父》寄獨往之才。故能氣往轢古，辭來切今，驚采絶艷，難與並能矣。自《九懷》以下，遽躡其跡，而屈、宋逸步，莫之能追。故其敘情怨，則鬱伊而易感；述離居，則愴怏而難懷；論山水，則循聲而得貌；言節候，則披文而見時。枚、賈追風以入麗，馬、揚沿波而得奇，其衣被詞人，非一代也。故才高者菀其鴻裁，中巧者獵其艷辭，吟諷者銜其山川，童蒙者拾其香草。若能憑軾以倚雅頌，懸轡以馭楚篇，酌奇而不失其貞，玩華而不墜其實，則顧盼可以驅辭力，欬唾可以窮文致，亦不復乞靈於長卿，假寵於子淵矣。《辯騷》。

又曰：詩人綜韻，率多清切，《楚辭》辭楚，故訛韻實繁。及張華論韻，謂士衡多楚，《文賦》亦稱如楚不易，可謂銜靈均之餘聲，① 失黄鐘之正響也。《聲律》。

又曰：《詩》文弘奥，包韞六義；毛公述《傳》，獨標"興體"，豈不以"風"通而"賦"同，"比"顯而"興"隱哉？故比者，附也；興者，起也。附理者切類以指事，起情者依微以擬議。起情故興體以立，附理故比例以生。比則畜憤以斥言，興則環譬以記諷。蓋隨時之義不一，故詩人之志有二也。觀夫興之託諭，婉而成章，稱名也小，取類也大。關雎有别，故后妃方德；尸鳩貞一，故夫人象義。義取其貞，無從於夷禽；德貴其别，不嫌於鷙鳥；明而未融，故發注而後見也。且何謂爲比？蓋寫物以附意，颺言以切事者也。故金錫以喻明德，珪璋以譬秀民，螟蛉以類教誨，蜩螗以寫號呼，澣衣以擬心憂，卷席以方志固。凡斯切象，皆比義也。至如"麻衣如雪"，"兩驂如舞"，若斯之類，皆比類者也。襄楚信讒，而三閭忠烈，依《詩》製《騷》，諷兼"比""興"。炎漢雖盛，而辭人誇毗，詩刺道喪，故興義銷亡。於是賦頌先鳴，故比體雲構，紛紜雜遝，倍舊章矣。《比興》。

又曰：《離騷》代興，觸類而長，物貌難盡，故重沓舒狀，於是嵯

---

① 原刻作"聲餘"，誤。

峨之類聚，葳蕤之群積矣。及長卿之徒，詭勢瓌聲，模山范水，字必魚貫，所謂詩人麗則而約言，辭人麗淫而繁句也。至如《雅》詠棠華，或黄或白；《騷》述秋蘭，緑葉紫莖。凡摛表五色，貴在時見，若青黄屢出，則繁而不珍。自近代以來，文貴則似，窺情風景之上，鑽貌草木之中。吟詠所發，志惟深遠；體物爲妙，功在密附。故巧言切狀，如印之印泥，不加雕削，而曲寫毫芥；故能瞻言而見貌，印字而知時也。然物有恒姿，而思無定檢，或率爾造極，或精思愈疏。且《詩》《騷》所標，並據要害，故後進鋭筆①，怯於争鋒。莫不因方以借巧，即勢以會奇，善於適要，則雖舊彌新矣。是以四序紛迴，而入興貴閑；物色雖繁，而析辭尚簡；使味飄飄而輕舉，情曄曄而更新。古來辭人，異代接武，莫不參伍以相變，因革以爲功，物色盡而情有餘者，曉會通也。若乃山林皋壤，實文思之奥府，略語則闕，詳説則繁。然屈平所以能洞監風騷之情者，抑亦江山之助乎！《物色》。

洪興祖曰：《藝文志》云：屈原賦二十五篇，然則自《騷經》至《漁父》皆賦也。後之作者苟得其一體，可以名家矣。而梁蕭統作《文選》，自《騷經》《卜居》《漁父》之外，《九歌》去其五，《九章》去其八。然司馬相如《大人賦》率用《遠遊》之語，《史記·屈原傳》獨載《懷沙》之賦，揚雄作《伴牢愁》，亦旁《惜誦》至《懷沙》。統所去取未必當也。自漢以來，靡麗之賦，勸百而諷一，無復惻隱古詩之義。故子雲有曲終奏雅之譏，而統乃以屈子與後世詞人同日而論，其識如此，則其文可知矣。

---

① 原刻作“華”，誤。

朱熹曰：洪氏《目録》《九歌》下注云："一本此下皆有'傳'字。"晁氏本則自《九辯》以下乃有之。呂伯恭《讀詩記》引鄭氏《詩譜》曰："《小雅》十六篇、《大雅》十八篇爲正經。"孔穎達曰："凡書非正經者謂之傳，未知此傳在何書也。"按《楚辭》屈原《離騷》謂之經，自宋玉《九辯》以下皆謂之傳。以此例考之，則《六月》以下，《小雅》之傳也；《民勞》以下，《大雅》之傳也。孔氏謂"凡非正經者謂之傳"，善矣。又謂"未知此傳在何書"，則非也。然則呂氏寔據晁本而言，但洪、晁二本，今亦未見其的據，更當博考之耳。

又曰：《七諫》《九懷》《九歎》《九思》雖爲騷體，然其詞氣平緩，意不深切，如無所疾痛而强爲呻吟者。就其中《諫》《歎》，猶或粗有可觀，兩王則卑已甚矣。故雖幸附書尾，而人莫之讀，今亦不復以累篇袠也。賈傅之詞，於《西京》爲最高，且《惜誓》以著於篇，而二賦尤精，乃不見取，亦不可曉，故今並録以附焉。若揚雄，則尤刻意於楚學者，但其反騷實乃屈子之罪人也。洪氏譏之當矣。舊録既不之取，今亦不欲特收，姑別定爲一篇，使居八卷之外，而并著洪説於其後。蓋古今同異之説，皆聚於此。亦得因以明之，庶幾紛紛或小定云。

又曰：王逸曰："同列大夫上官靳尚妬害其能。"似以爲同列之大夫姓上官而名靳尚者。洪氏曰："《史記》云：'上官大夫與之同列。'又云：'用事臣靳尚。'"則是兩人，明甚。逸以騷名家者，不應謬誤如此。然詞不別白，亦足以誤後人矣。

又曰：秦誑楚絶齊交，是惠王時事。又誘楚會武關，是昭王時事。王逸誤以爲一事。洪氏正之，爲是。

又曰：王逸曰："楚武王子瑕，受屈以爲客卿。"客卿，戰國時官，爲他國之人遊宦者設。春秋初年，未有此事，亦無此官，況瑕又本國之王子乎?

又曰：王逸以太歲在寅曰攝提格，遂以爲屈子生於寅年寅月寅日，得陰陽之正中。《補注》因之爲説，援據甚廣。以今考之，月日雖寅，而歲則未必寅也。蓋攝提自是星名，即劉向所言"攝提失方，孟陬無紀"，而注謂"攝提之星，隨斗柄以指十二辰"者也。其曰"攝提貞於孟陬"，乃謂斗柄正指寅位之月耳，非太歲在寅之名也。必爲歲名，則其下少一"格"字，而"貞於"二字亦爲衍文矣。故今正之。①

又曰：古音能，孥代，叶又乃代，蓋於篇首發此一端，以見篇内凡韻皆叶，非謂獨此字爲然，而他韻皆不必協也，故洪本載歐陽公、蘇子容、孫莘老本於"多艱""夕替"下注："徐鉉云：'古之字音多與今異，如皂亦音香，乃亦音仍。他皆倣此。蓋古今失傳，不可詳究，如艱與替之類，亦應叶，但失其傳耳。'"夫騷韻於俗音不叶者多，而三家之本獨於此字立説，則是他字皆可類推，而獨此爲未合也。黄長睿乃謂"或韻或否爲楚聲"，其考之亦不詳矣。近世吴棫才老，始究其説，作《補音》《補韻》，援據根原，甚精且博。而余故友

① 劉向本引用古語見《大戴禮》注云："攝提，左右六星與斗柄相直，恒指中氣。"

黄子厚及古田蔣全甫祖其遺説，亦各有所論著，今皆已附於注矣。讀者詳之。

又曰：謇，難於言也。蹇，難於行也。

又曰：索與妬叶，即索音素。洪氏曰：“《書序》《八索》，徐氏有素音。”

又曰：諑，音卓，則當从豖；又許穢反，則當从喙耳。

又曰：《補注》引《水經》曰：“屈原有賢姊，聞原放逐，來歸喻之，令自寬全。鄉人因名其地曰‘姊歸’，後以爲縣。縣北有原故宅，宅之東北有女嬃廟，擣衣石尚存。”今存於此。

又曰：《九辯》，不見於經傳，不可考。而《九歌》著於《虞書》《周禮》《左氏春秋》，其爲舜禹之樂無疑。至屈子爲《騷經》，乃有啟《九歌》《九辯》之説，則其爲誤亦無疑。王逸雖不見《古文尚書》，然據左氏爲説，則不誤矣。顧以不敢斥屈子之非，遂以啟脩禹樂爲解，則又誤也。至洪氏爲《補注》，正當據經傳以破二誤，而不唯不能，顧乃反引《山海經》“三嬪”之説以爲證，則又大爲妖妄，而其誤益以甚矣。然爲《山海經》者，本據此書而傅會之，其於此條，蓋又得其誤本，若它謬妄之可驗者亦非一，而古今諸儒皆不之覺，反謂屈原多用其語，尤爲可笑。今當於《天問》言之，此未暇論也。五臣以啟爲開，其説尤謬。王逸於下文又謂“太康不用啟樂，自作淫聲”。今詳本文，亦初無此意。若謂啟有此樂，而太康樂之太過，則差近之。然經傳所無，則自不必論也。

又曰：沈約《郊居賦》“雌霓連蜷”，讀作入聲。司馬温公云：“約賦但取聲律便美，非霓不可讀爲平聲也。”故今定《離騷》“雲霓”爲平聲，《九章》《遠遊》爲入聲，蓋各從其聲之便也。

又曰：虙妃，一作宓妃。《説文》：“虙，房六反，虎行貌。”“宓，美畢反，安也。”《集韻》云：“虙與伏同，虙犧氏，亦姓也。宓與密同，亦姓。俗作密，非是。”《補注》引顔之推説云：“宓字本从虍。虙子賤即伏犧之後，而其碑[①]文説‘濟南伏生又子賤之後’。是知古字伏、虙通用，而俗書作宓，或復加山，而並轉爲密音耳。”此非大義所繫，今亦姑存其説，以備參考。

又曰：《孟子》“不理於口”，《漢書》“無俚之至”，説者皆訓爲“賴”，則“理”固有“賴”音矣。

又曰：舊説有娀國在不周之北，恐其不應絶遠如此。又言求佚女，爲求忠賢與共事君，亦非是。

又曰：鴆及雄鳩，其取喻爲有意，且文可見。注於他説，亦欲援此爲例，則鑿矣。《補注》又引《淮南》説：“運日知晏，則鴆乃小人之有智者，故雖能爲讒賊，而屈原亦因其才而使之。”是以屈原爲真嘗使鴆媒簡狄而爲所賣也。其固滯乃如此，甚可笑也。

---

① 原刻作“什”，誤。

又曰："鳳皇既受詒"，舊以爲"既受我之禮而將行"者，誤矣。審爾，則高辛何由而先我哉？正爲己用鴆鳩，而彼使鳳皇，其勢不敵，故恐其先得之耳。又或謂以高辛喻諸國之賢君，亦非文勢。

又曰：或問"終古"之義，曰：開闢之初，今之所始也。宇宙之末，古之所終也。《考工記》曰："輪已庳，則於馬終古登阤也。"注曰："終古，常也。"正謂常如登阤，無有已時。猶釋氏之言，盡未來際也。

又曰：楚人以重午插艾於要，豈其故俗耶？

又曰：鶗鴂，顔師古以爲子規，一名杜鵑。服虔、陸佃以爲鶪，一名伯勞。未知孰是。然子規以三月鳴，乃衆芳極盛之時；鶪以七月鳴，則陰氣至而衆芳歇矣。又鴂、鶪音亦相近，疑服、陸二説是。

又曰：化與離協，《易》曰："日昃之離，不鼓缶而歌，則大耋之嗟。"則離可爲力加反。又《傳》曰："通其變，使民不倦。神而化之，使民宜之。"則化可爲胡圭反。《服賦》"庚子日斜"，遷《史》以"斜"爲"施"，此韻亦可考。

又曰：待與斯叶，《易·小象》"待"有與"之"叶者，即其例也。

又曰：猋①，《説文》从三犬，而釋爲"羣犬走貌"，然《大人賦》

① 原刻作"焱"，誤。

有“焱風涌而雲浮”者，其字從三火，蓋别一字也。此類皆當從三火。

又曰：北斗字，舊音斗爲主。以《詩》考之，《行葦》主、醹、斗、耇爲韻，《卷阿》厚、主爲韻，此類甚多。但不知此非叶韻，而舊音特出此字，其説果何爲耳?

又曰：堂、宫、中，或云當並叶堂韻，宫字已見《雲中君》，中字今閩音正爲當字。

又曰：雄，與凌叶，今閩人有謂“雄”爲“形”者，正古之遺聲也。

又曰：隅隈之數，《注》引《淮南子》言“天有九野，九千九百九十九隅”，此其無稽亦甚矣哉!

又曰：《論衡》云：“日晝行千里，夜行千里。”如此，則天地之間狹亦甚矣。此王充之陋也。

又曰：《補注》引《山海經》言：“鯀竊帝之息壤以堙洪水，帝令祝融殛之羽郊。”詳其文意，所謂帝者，似指上帝。蓋上帝欲息此壤，不欲使人干之，故鯀竊之而帝怒也。後來柳子厚、蘇子瞻皆用此説，其意甚明。又祝融，顓帝之後，死而爲神。蓋言上帝使其神誅鯀也，若堯舜時則無此人久矣，此《山海經》之妄也。後禹事中又引《淮南子》言：“禹以息壤寘洪水，土不減耗，掘之益多。”其言又與前事自相抵牾，若是壤也果帝所息，則父竊之而殛死，子掘之而成功，何帝之喜怒不常乃如是耶？ 此又《淮南子》之妄也。 大氐古今説《天問》者，皆本此二書。 今以文意考之，疑此二書本皆緣解此《問》而作，而此《問》之言，特戰國時俚俗相傳之語，如今世俗僧伽降無之祈、許遜斬蛟蜃精之類，本無稽據，而好事者遂假託撰造以實之，明理之士，皆可以一笑而揮之，政不必深與辯也。

又曰：《補注》引《淮南》説，增城高一萬一千里百一十四步二尺六寸。 尤爲可笑，豈有度萬里之遠而能計其跬步尺寸之餘者乎？ 此蓋欲覽者以爲己所親見而曾實計之，而不知適所以章其譎而且謬也。柳《對》本意，似有意於破諸妄説，而於此章反以西王母者實之，又何惑耶？

又曰：《補注》引《淮南子》説，崑崙虛旁有四百四十門，而其西北隅北門，開以納不周之風。 皆是注解此書之語，予之所疑，又可驗其必然矣。

又曰："雄虺倏忽"，或云今嶺南有異蛇，能一日行數百里以逐人者，即此物。 但不見説有九首耳。

又曰：《補注》説："今湖州武康縣東有防風山，山東二百步有禺山，防風廟在封、禺二山之間"。 洪君晚居霅川，當得其實。

又曰："巴蛇"事下注中食鹿出骨事，似若迂誕，然予嘗見山中人説：大蛇能吞人家所伏雞卵，而登木自絞，以出其殼者。 人甚苦之，因爲木卵著藪中，蛇不知而吞之，遂絞而裂云。

又曰：“羿焉彈日，烏焉解羽。”洪引《歸藏》云：“羿彈十日。”《補注》引《山海經》注曰：“天下有十日，日之數十也。然一日方至，一日方出，雖有十日，自使以次迭出，而今俱見，乃爲妖怪。故羿仰天控弦，而九日潛退耳。”按：此十日，本是自甲至癸耳，而傳者誤以爲十日並出之説，注者既知其誤，又爲此説以彌縫之，而其誕益彰。然世人猶或信之，亦可恠也。

又曰：“啟代益作后，卒然離蠥。”王逸以益失位爲離，固非文義。《補》①以有扈不服爲“離蠥”，文義粗通，然亦未安。或恐當時傳聞别有事實。《史記》燕人説禹崩，益行天下事，而啟率其徒攻益，奪之。《汲冢書》至云“益爲啟所殺”。是則豈不敢謂益既失位，而復有陰謀，爲啟之蠥，啟能憂之，而遂殺益爲能達其拘乎？然此事要當質以孟子之言，齊東鄙論，不足信也。

又曰：“啟棘賓商”四字，本是啟夢賓天，而世傳兩本，彼此互有得失，遂致紛紜不復可曉。蓋作《山海經》者所見之本，“夢天”二字不誤，獨以賔、嬪相似，遂誤以賓爲嬪，而造爲“啟上三嬪于天”之説，以實其謬。王逸所傳之本，賓字幸得不誤，乃以篆文夢、天二字中間壞滅，獨存四外，有似棘、商，遂誤以夢爲棘，以天爲商，而於注中又以列陳宫商爲説。洪則既引“三嬪”以注《騷經》，而於此篇反據王本而解爲急於賓禮商契。以今考之，凡此三家，均爲穿鑿。

① 《補》，當爲洪興祖所著《楚辭補注》，下同。

而以事理言之，則《山海》之恠妄爲尤甚；以文義言之，則王注之訓詁爲尤疏。洪則兼承二誤而又兩失，且謂屈原多用《山海經》語，而不知《山海》實因此書而作。“三嬪”又本此句二字之誤，其爲紕漏，又益甚矣。獨柳子貿嬪之對，似覺《山海》之謬，然亦不能深察而明著之，是以其義雖正，而亦不能以自伸也。大氐古書之誤，類多如此。讀者若能虛心静慮，徐以求之，則邂逅之間，或當偶得其實。顧乃安於苟且，狃於穿鑿，牽於依據，僅得一説而遽執之，便以爲是，以故不能得其本真。而已誤之中，或復之誤。此邢子才所以獨有“日思誤書”之適，又有“思之若不能得，則便不勞讀書”之對，雖若出於戲劇，然實天下之名言也。

又曰：“勤子屠母”，舊注引《帝王世紀》言禹腷副母背而生，《補》又引干寶言：“黄初五年，汝南民妻生男，從右脇下小腹上出，而平和自若，母子無恙。”以爲證。此事有無，固未可定，然上句言啟事而未有所問，則此句不應反説禹初生時事矣。故疑當爲啟母化石事也。

又曰：《哀郢》楚文王自丹陽徙江陵，謂之郢。後九世，平王城之。又後十世，爲秦所拔，而楚徙東郢。

又曰：客有語余者曰：“高宗恭默思道，夢帝賚以良弼，寤而求之，即得傅説，遂以爲相。若使夢賚之夕，應時即生，則自襁緥之間以及强立之歲，亦須二三十年，始堪任用。王者政令所出，日有萬幾，豈容數十年之間不發一語，又虛相位以待乳下之嬰兒乎？今《書》之言如此，則是高宗既得此夢，即時搜訪，便得其人，而已堪作相，以代王言矣。明是一旦忽然從天而下，便爲成人，無少長之漸也。”余聞其言，心驚恠之而不敢答。今讀此書，洪注所引《莊子音義》已有傅説生無父母之説，乃知古人之慮已有及此者矣。洪氏引之而無他説，則豈亦以是爲不易之論而無所疑也耶？然則余之昧陋，而見事獨遲，爲可笑已。

又曰：屈子“載營魄”之言，本於老氏，而揚雄又因其語以明月之盈闕，其所指之事雖殊，而其立文之意則一。顧爲三書之解者，皆不能通其説，故今合而論之，庶乎其足以相明也。蓋以車承人謂之載，古今世俗之通言也。以人登車亦謂之載，則古文史類多有之，如《漢紀》云“劉章從謁者與載”，《韓集》云“婦人以孺子載”，蓋皆此意，而今三子之言，其字義亦如此也。但老子、屈子以人之精神言之，則其所謂“營”者，字與“熒”同，而爲晶明光炯之意。其所謂“魄”，則亦若余之所論於《九歌》者耳。楊子以日月之光明論之，則固以月之體質爲魄，而日之光耀爲魂也。以人之精神言者，其意蓋以魂陽動而魄陰静，魂火二而魄水一，故曰“載營魄抱一，能勿離乎”。言以魂加魄，以動守静，以火迫水，以二守一，而不相離，如人登車而常載於其上，則魂安静而魄精明，火不燥而水不溢，固長生久視之要訣也。屈子之言，雖不致詳，然以其所謂“無滑而魂，虛以待之”之語推之，則其意當亦出此無疑矣。其以日月言者，則謂日以其光加於月魄而爲之明，如人登車而載於其上也，故曰“月未望則載魄於西，既望則終魄於東，其遡於日乎”。言月之方生，則以日之光加被於魄之西，而漸滿其東，以至於望而後圜。及既望矣，則以日之光終守其魄之東，而漸虧其西，以至其晦而後盡。蓋月遡日以爲明，未望則日在其右，既望則日在其左，故各向其所在而受光，如民向君之化而承俗也。三子之言，雖爲兩事，而所言“載魄”，則其文義同爲一説，故丹經歷術，皆有“納甲”之法，互相資取，以相發明，蓋其理初不異也。

又曰：衣叶於巾反者，《禮記》“一戎衣”，鄭讀爲“殷”，古韻通也。

又曰：無伯樂之善相，今誰使乎譽之？譽，一作訾，相度之義也。又與上句“知”字叶韻，故當作“訾”爲是。但下句兩“之”上字復不韻，則又不可曉。故今且作譽，而四句皆以“之”字爲韻。

又曰：後世招魂之禮，有不專爲死人者，如杜子美《彭衙行》云：“煖湯濯我足，剪紙招我魂。”蓋當時關陝間風俗，道路勞苦之餘，則皆爲此禮，以祓除而慰安之也。近世高抑崇作《送終禮》云：“越俗有暴死者，則亟使人徧於衢路以其姓名呼之，往往而甦。”以此言之，又見古人於此誠有望其復生，非徒爲是文具而已也。

又曰：無木謂之臺，有木謂之榭。一曰：凡屋無室曰榭。《説文》乃云：“臺，觀四方而高者。”“榭，臺有屋也。”《説文》與二説不同，以《春秋》“宣榭火”觀之，則榭有屋明矣。

又曰：卒章“心”字，舊蘇含反，蓋以下叶南韻，然於上句“楓”字卻不叶，此不知“楓”有“孚金”、“南”有“尼金”可韻，而誤以楓爲散句耳。心字但當如字，而以楓、南二字叶之，乃得其讀，前亦多此例矣。

葉盛曰：昔周道中微，《小雅》盡廢。宣王興滯補弊，明文、武之功業，而《大雅》復興。褒姒之禍，平王東遷，《黍離》降爲《國風》，王德夷於邦君，天下無復有雅，然列國之風，達於事變而懷其舊俗。故風雖變，而止乎禮義。逮《株林》《澤陂》之後，變風又亡，陵夷至於戰國，文、武之澤既斬，三代禮樂壞，君臣上下之義瀆亂舛逆，邪說姦言之禍糜爛天下。屈原當斯世，正道直行，竭忠盡智，可謂持操之士，而懷、襄之君，昵比群小，讒佞傾覆之言，慆堙心耳。原信而見疑，忠而被謗，《離騷》之作，獨能崇同姓之恩，篤君臣之義。憤悱出於思泊，不以汙世而二其心也；愁痛發於愛上，不以汙君而韜其賢也。故《離騷》源流於六義，具體而微，興遠而情逾親，意切而辭不迫。既申之以《九章》，又重之以《九歌》《遠游》《天問》《大招》，而猶不能自已也，其忠厚之心亦至矣。班固乃謂其露才揚己，苟欲求進，甚矣其不知原也！是不察其專爲君而無他、迷不知寵之門之意也。顔之推至謂文人常陷輕薄，是惑於固之說，而不體其一篇之中三致其意之義也。《遠游》極黄老之高致，而揚雄乃謂棄由聃之所珍。《大招》所陳，深規楚俗之敗，而劉勰反以娛酒不廢，謂原志於荒淫，豈騷之果難知哉！王逸於騷，好之篤矣，如謂夕攬洲之宿莽，則《易》之潛龍勿用。登崑崙，涉流沙，則《禹貢》之敷土。就重華而陳詞，則皋陶之謀謨，又皆非原之本意。故揚之者或過其實，抑之者多損其真。然自宋玉、賈誼而下，如東方朔、嚴忌、淮南小山、王褒、劉向之徒，皆悲原意，各有纂著。大抵紬繹緒言，相與嗟詠而已。若夫原之微言匿旨，不能有所建明。嗚呼！忠臣義士，殺身成仁，亦云至矣。然猶追琢其辭，申重其意，垂光來葉，待天下後世之心至不薄也。而劉勰猥曰："枚、賈追風以入麗，馬、揚沿波而得奇。顧眄可以驅辭力，咳唾可以窮文致。”徒欲酌奇玩華，艷溢錙毫，至於扶掖名教，激揚忠蹇之大端，顧鮮及之。如此，則原之本意，又將復亡矣！

王世貞曰：《楚辭》十七卷。其前十五卷，爲漢中壘校尉劉向編集。尊屈原《離騷》爲經，而以原別撰《九歌》等章及宋玉、景差、賈誼、淮南、東方、嚴忌、王褒諸子凡有推佐原意而循其調者爲傳。其十六卷，則中壘所撰《九歎》，以自見其意，前後皆王逸通故爲章句。最後卷，則逸所撰《九思》，以附於中壘者也。蓋太史公悲屈子之忠而大其志，以爲“可與日月争光”，至取其“好色不淫”“怨誹不亂”，足以兼《國風》《小雅》。而班固氏乃擬其論之過，而謂原露才揚己，競乎危國群小之間，以離讒賊，强非其人，忿懟不容，沉江而死。自太史公與班固氏之論狎出，而後世中庸之士垂裾拖紳以談性命者，意不能盡滿於原，而志士仁人發於性而束於事，其感慨不平之衷無所之，則益悲原之值，而深乎其味。故其人而楚則楚之，或其人非楚而辭則楚，其辭非楚而旨則楚。如劉氏集而王氏故者，比比也。夫以班固之自異於太史公，大要欲求是其見，所爲屈信龍蛇而已，卒不敢低昂其文，而美之曰：“弘博麗雅，爲詞賦宗。”然中庸之士相率而疑其所謂經者，蓋其言曰孔子删諸國風比於雅頌，析兩曜之精而五之，此何以稱哉？是不然也，孔子嘗欲放鄭聲矣，又曰：“桑間濮上之音，亡國之音也。”至删詩，而不能盡黜鄭衛。今學士大夫童習而頒重不敢廢，以爲孔子獨廢楚。夫孔子而廢楚，欲斥其僭王則可，然何至脂轍方城之内哉！夫亦以筳篿妖淫之俗，蟬緩其文，而侏𩥞其音，爲不足被金石也。藉令屈原及孔子時，所謂《離騷》者，縱不敢方響《清廟》，亦何渠出齊秦二風下哉！孔子不云乎：“詩可以興，可以怨，邇之事父，遠之事君，多識乎鳥獸草木之名。”以此而等，屈氏何忝也？是故孔子而不遇屈氏則已，孔子而遇屈氏，則必采而列之楚風。夫庶幾屈氏者，宋玉也。蓋不佞之言曰：班固得屈氏之顯者也，而迷於隱，故輕詆中壘；王逸得屈氏隱者也，而略于顯，故輕擬。夫輕擬之與輕詆，其失等也。然則爲屈氏宗者，太史公而已矣。

又曰：雜而不亂，復而不厭，其所以爲屈乎！麗而不徘，放而有制，其所以爲長卿乎！子雲雖有剽模，尚少谿徑。班張而後，愈博愈晦愈下。

陳深曰：《離騷經》凡二千四百九十二字，可謂肆矣。然氣如纖流，迅而不滯。詞如繁露，貫而不糅。故曰“騷人之清深”，君子樂之，不愿其長。漢氏猶步趨也，魏晉而下，卮焉，瀰焉，浩矣，博矣，忘其祖矣。

周拱辰曰：《離騷》敷陳似實，温厚似夷，從容似緩，而嚴毅峻卓之致，夐不可攀。如：“亦余心之所善兮，雖九死其猶未悔。”“寧溘死以流亡兮，余不忍爲此態也。”“伏清白以死直兮，固前聖之所厚。”“雖解體吾猶未變兮，豈余心之可懲。”立志之壹也。“昔三后之純粹兮，固衆芳之所在。”“彼堯舜之耿介兮，既遵道而得路。”“湯禹儼而祗敬兮，周論道而莫差。”擇術之正也。步蘭皋馳椒丘至縣圃，留靈瑣遊春宫陟陞皇。抗跡之高也。駟玉虬，駕飛龍，戒鳳凰，麾蛟龍。衛役之貴也。“紉秋蘭以爲佩”，“貫薜荔之落蕊”。“製芰荷以爲衣，集芙蓉以爲裳。”服飾之芳也。“飲木蘭之墜露，飡秋菊之落英。”“折瓊枝以爲羞，精瓊靡以爲糧。”飲食之潔也。誠以選物，物以養氣，氣以實志，志以事君，忠信之精，綱常之奉也。真可上觀千世，下觀千世。

又曰：吾令蹇脩以爲理，晦翁以蹇脩爲人名，非也。猶《上林賦》所謂“亡是公”“烏有先生”之類，《九章》云：命薜荔以爲理。謂薜荔亦人名可乎？

又曰：“説操築於傅岩兮，武丁用而不疑。”晦翁引孔安國言説“隱虞虢間，代胥靡築岩因以供食”。其言妄矣。《傳》曰：“傅説胥靡，又曰禰衡罪同胥靡，不能發明王之夢。”明乎！傅説有罪而操築矣。故曰“武丁用而不疑”。吕望曰得舉，甯戚曰該輔，獨傅説曰用而不疑，何以不疑乎？有罪而能不疑，故賢也。

又曰：自“不任汩鴻”至“康回”，凡十二段，皆鯀禹事，娓娓言之不休。遂古之初至曜靈安臧，單指宇宙開闢，此首問人物，而特選鯀禹，帝高陽之苗裔，顓頊五代生鯀，鯀生禹，侈祖德也。篇中問鯀而曰：“順欲成功。”又曰“纂就前緒，遂成考功”，鯀豈無功者哉。程子曰：“鯀雖九年而功弗成，然其所治，非他人可及也。惟其功有緒，故其自任益強，咈戾圮族，公議隔而人心離矣。”又《史編》曰：“傳稱禹能脩鯀之功，則九載之間，非盡無功也，但無成耳。僉之舉鯀也，方命圮族，帝已知之矣。帝將戒其所短以用其所長，則曰欽哉以勉之。然則帝固將全鯀之才，而鯀則棄帝之命。天下之以才自負忽不加謹祇以取敗者，寧獨鯀哉！”宋儒一褒一貶，自謂嚴於聖人之筆削，豈其獨私一鯀而爲之推原，爲之矜惜如此？蓋深扼腕於九載之運未夷，即才如鯀而善用之，亦無奈之何。況乎鯀不殛，則禹不用。禹不用，則四百七十年之夏祚，孰從而啟之。天蓋敗鯀以爲禪禹，地天且不能違，況人乎？抑高陽氏有才子八人，蒼舒、隤敳、檮戭、大臨、龍降、庭堅、仲容、叔達，天下稱之八愷。舜臣堯，舉八愷，使主后土，以揆百事，莫不時敘，地平天成。師之舉鯀也，在舜舉八愷之前，則鯀之才踰八人可知矣。其後，人稱高陽八愷，而鯀不與。成敗論人，自古以然耶！康回憑怒，地何故以東南傾？似正語，似結語，大是可參。水流不返，莫洗崇伯之憾，東南地陷，不竟康回之怒，屈原比而言之，憑弔深矣！

附録楚辭雜論終